半日闲

# 子不语

黄敦兵 选注
崔岩 讲解

岳麓書社·长沙

**图书在版编目(CIP)数据**

子不语/(清)袁枚著;黄敦兵选注.—长沙:岳麓书社,2020.4

ISBN 978-7-5538-1131-4

Ⅰ.①子…　Ⅱ.①袁…②黄…　Ⅲ.①笔记小说—小说集—中国—清代　Ⅳ.①I242.1

中国版本图书馆CIP数据核字(2019)第094581号

ZI BU YU

子不语

作　　者:[清]袁枚

选　　注:黄敦兵

责任编辑:张丽琴

责任校对:舒　舍

封面设计:山和水工作室

岳麓书社出版发行

地址:湖南省长沙市爱民路47号

直销电话:0731-88804152　0731-88885616

邮编:410006

2020年4月第1版第1次印刷

开本:850mm×1168mm　1/32

印张:8

字数:180千字

ISBN 978-7-5538-1131-4

定价:32.00元

承印:长沙鸿发印务实业有限公司

如有印装质量问题,请与本社印务部联系

电话:0731-88884129

以下为本书讲解音频二维码，在正式阅读本书前，可扫描二维码获取讲解音频，以对全书内容有大致了解，使阅读过程更为顺畅。

1.《子不语》：怪力乱神故事会

2.《子不语》里都有啥

3. 鬼怪狐仙：奇哉怪也不离凡俗

4. 神仙打架：阴间阳间一个样

5. 因果报应：前生后世实难逆料

6. 人鬼情未了：一切都不是障碍

# “程朱席上懒勾留”

## ——袁枚和他的“子不语”世界

清代文言小说，除了蒲松龄的《聊斋志异》外，《子不语》和纪晓岚的《阅微草堂笔记》最负盛名。

袁枚的“子不语”世界，是“程朱席上懒勾留”而“走出理学”的“性灵”世界。

## 一、袁枚：晚明名士

袁枚（1716—1798），清乾隆年间“江左三才子”之一，他一生历经康、雍、乾、嘉四朝，在八十二年的人生中，只为官九年，三十二岁时即急流勇退，归居田园，过起了“著述穷晨昏”的林下生活。

这位“孔郑门前不掉头，程朱席上懒勾留”的名士，自言挂冠以来“于诗兼唐宋，于文极汉秦。六经多创解，百氏有讨论。八十一家中，颇树一帜新”。《清史稿》之《文苑二·袁枚传》也称赞他的“随园集”曾哄动海内外，“上自公卿，下至市井负贩，皆知其名。海外琉球有来求其书者”。其实，他的《子不语》及其续集，也是一部好玩的书，也可视为他“独抒性灵”的作品之一，其中不少故事颇令人低回流连，深思不已。

袁枚的《子不语》，后改名《新齐谐》，原取意于《论语》所谓“子不语怪、力、乱、神”，书名似乎定位于诙谐，取意于示炫。原书共二十四卷，后作续集十卷，共约一千则。袁枚的小说以叙事见长，通过鬼神怪异之事反映社会的多方面，结集为《子不语》。

## 二、袁枚“子不语”世界的“出场”

《子不语》中的不少故事，可以引发现代人多层次的解读与思考。有的故事经过解析，甚至可引申套用，以对应分析现代社会的某些现象。从儒家文化上看，“子不语”中有“怪”“力”“乱”“神”，而《子不语》的故事集中，亦是怪异种种，总让人觉得其是“醉翁之意不在酒”，而实在是另有着眼。

鬼怪狐仙，是“怪”故事中的主角。《狐生员劝人修仙》中的狐界，犹如人界，各为进阶萃拔于优越的科考而焦心劳瘁，作者似乎想揭示科考对士人内心的冲击。“南山顽石”竟然成为邪鬼，“不倒翁”作怪竟可偷店主财物，江怪大鳖临难托梦于妇女……古树古物，万物有灵，种种灵异效应是传统社会中即使士人也多深信不疑的。其中的狐女助寒士，其途多类，包括了诸如婚配、治家、科场助文、助资营商等各个方面。《陈清恪公吹气退鬼》中，陈鹏年未遇时，与乡人寒士李孚秋夕乘月闲话，李外出沽酒，陈持其诗卷坐观等待。这时见“门外有妇人，蓝衣蓬首，开户入，见陈，便却去”，一如阳间男女有别之礼。李孚虽家贫，却“好客不已”，以至于其妻子“头止一钗，拔去沽酒”。平素不良的陈氏子，游普济寺时，见寺中将五通神供于关帝之上，“怒其无礼，呼僧责之，命移五通于关帝之下”，连“游人观者俱以为是，陈傲然自得”。晚上却遭五通神伏身显灵：“我五通大王也，享人间血食久矣，偶然运气不好，撞着江苏巡抚老汤、两江总督小尹，将我诛逐。他两个都是贵人，又是正人，我无可奈何，只得甘受。汝乃市井小人，敢作威福，我不能饶汝矣！”家人环拜乞请用三牲纸课，延僧祷祀，也没能救得了他。灵异事件中，神怪竟然能择人而产生不同后果。

果报种种，亦为传统社会所崇奉不移的信念，然而其中也不乏暴“力”。《平阳令》中的朱铄，为“性惨刻”的酷吏，主观断案，在旅店被鬼怪捉弄，错杀了自己的妻妾子女。因果报应，或然或不然，但竟然牵连无辜的家人。在果报中，无辜者常常成为果报的“陪斩者”。这些现象会让今人觉得，那些“爽然不失”的“天理”“报应”似乎有失仁慈，有失公道。鬼怪亦有善恶，然其善恶无定，显示了灵异世界的复杂性，一如凡尘。《两神相殴》中常州钟孝廉，虽“一生行善”，却“晚年无子，且衣食不周”，不免指斥神灵无报，“将生平修善不报之事，一一诉知，且责神无灵”。然而，神灵世界亦是分工细密，各司其职。当他前往拜见素大王，听闻了历史上“如此奇冤，二千年来绝无报应”，“钟方悟世事不平者，尚有许大冤抑，如我贫困，固是小事，气为之平”。篇中所言“理不胜数，自古皆然”，不免让人对繁密的“天理”与复杂的“报应”畏葸屏声、安之若命了。

在传统社会中，民间的淫祀与盲从，即使士类亦难免。鬼知民间荣禄仕进的隐机，了然于“世间功名之事”，对此，士人也确信不疑。像山东林秀才，四十不第，遂有“改业之想”，而冤鬼劝其不要放弃，并暗示科考必胜的天机。故事集中的有些县宰，亲历果报，他们装神弄鬼，神道设教，扶乩占卦，像《红楼梦》的贾雨村一样作“葫芦判案”，也从侧面说明了俗世的无奈，法律的无力，世态人心的复杂。

故事集中那种“信则有，不信则无”的态度，即使从现代人的眼光去评判，仍不失为一种高明的民间立场，一种处理超验领域问题的智慧。神佛世界与凡尘人间交织，兽性、人性、神性混杂，增加了人世间的不确性，促成了上述价值观判准的形成与稳固。《尸行诉冤》等超越阴阳人鬼二界的诉讼案例，会让读者感到那个冤狱丛脞的不公社会。《两神相殴》更进一步地揭示了神的糊涂，以酒量大小决定权力归属。《城隍神酗酒》中的城隍神“酗酒妄刑”，不辨善恶，混淆秀才与盗贼，也让神性光辉黯然失色。《柳如是为厉》说柳如是曾缢死于苏州昭文县署，为祟于现任官家眷，致使其迷幻缢死，可见“忠义之鬼”，亦不免用“引路替代”。《鬼借官衔嫁女》揭示了官本位社会价值观的影响所及，鬼亦如世人爱惜体面、尊崇势利。

通过怪异故事揭示人性的复杂性，是《子不语》的最大主题之一。生死观是人生哲学一大主题，小说集中不少笔墨用在描写主人公如何面对死亡上。《棺床》中沈秀才的父亲，为人达观，以为自古皆有死，先行“演习”死亡，致令借宿秀才虚惊一场。《南昌士人》描写了一个托付甚重，践诺实难的故事，亡友托付同窗赡养老母、照顾年轻寡妻、梓行遗稿、还数千钱欠款。践诺家累之托、传名之命、补欠之付中的任意一项，对于一个尚未高中科举的穷友而言，都是一项不小的考验，不免让读者为之担心。你看被托者因鬼托而“唯唯”，实由于害怕而言不由衷地答应了。死者起立曰：“既承兄担承，吾亦去矣。”然而留下生者的无限恐惧与无穷累赘。不知怎么，这总还会让人想到李贽之不见族人，心底里恐怕受族人之“迫”而不得自由。在给曾继泉的一封信里，李贽曾说到他所以落发的原因，“则因家中闲杂人等时时望我归去，又时时不远千里来迫我，以俗事强我，故我剃发以示不归，俗事亦决然不肯与理也”。读书人的柔弱、俗化形象，无处不在。《李香君荐卷》揭示了士人的美梦，他们希望自己的八股文才华，得到“美人”赏识推荐。

人与灵异世界的情感纠葛，亦是值得重视的文学生态现象。当士人痛感现世情感纠结的存在时，常常会塑造出人鬼恋情、人狐恋情、人神恋情、人怪畸恋等，比如《陈圣涛遇狐》中有人狐恋，《洗紫河车》有人鬼恋，而《屃赑精》中有人怪恋，《张光熊》中则有人狐再续前缘。然而，“上帝最恶者，以生人而好与鬼神交接，其孽在淫嗔以上”之警戒，不免为想象的士人情爱世界的边缘，镶上了一道可怖的黑边。《喀雄》中的狐女以身相报，且“冒托”他女，最后成就他人姻缘，全身而退。这种报恩与恋情夹杂的故事，在中外小说史上都极具代表性。

作为一部清代的文言短篇小说集，《子不语》中已经绽露了新思想的幼芽。《替鬼做媒》中显示了作者赞同寡妇再嫁的立场。据当时实事改写的《全姑》，则描写了貌美的全姑，与陈生两情相悦，却受到“自负理学名”的县令的残暴凌辱；《狐道学》讽刺世间满口仁义道德，“口谈理学而身作巧宦”的理学家的假道学面孔，都是从侧面批评理学流弊，嘲弄假道学，主张尊重女性，讥刺贪暴官吏。从《鹤静先生》中，可以读出文人袁枚于政治立场之问题，实是采取了无可无不可的态度。《秀民册》中所录，“皆有文而无禄者”，其中发出“科第中皆无实学乎”的质疑，与“既有文才，又有文福，一代不过数人”的残酷现实，正可从“一第区区何足羡，贵人传者古无多”的诗句中，读出诸多辛酸与无奈。

## 三、袁枚的俗世关切及其近代意义

袁枚性格豁达，他“程朱席上懒勾留”而喜好山水之游，乐交天下好友。他的《子不语》之类的著述，很多为“文史”外寻求“娱乐”的结果。正如袁氏自序所言，这是他从事文史之余，“广采游心骇耳之事，妄言妄听，记而存之”以自娱。

袁枚的俗世关怀，通过建构“子不语”世界而得到有力的表现。文学生态中的诸神谱系，几近于凡尘之俗陋。这似乎说明“谱系”内、“体制内”的神佛，并非理想之仙佛。前述不同类型的故事情节，既是袁枚俗世关怀多样性的文学表达，也从侧面反映了明清之际儒学的某种近代转向。

袁枚借至圣孔子的“不语”模式，其实也是想表达他的主张：即使怪力乱神之事，存疑可也，不必过于认真的。在我眼中，袁枚几乎成了“避席畏闻文字狱，著书只为稻粱谋”时代一道奇异的风景，他的闲适放达的生存模式，寓庄于谐的著述方式，成为一种维护读书人尊严、坚守思想自由的曲线表达。

笔者选注的《子不语》，以随园三十八种本为底本。我认为选注型的研读工作，大致可以分为三步：第一步，根据底本，参照数种出版物，整理出最完整的初校、初注电子稿，做到字词、句读几无差误，形成该书的整体“意象群”，这步工作大概要断断续续进行一年多；第二步，用近一年时间研读相关研究成果，在全部稿本基础上再“海选”故事性强、启发性大、较具可读性的长短故事；第三步，与第二步略后一步，从阅读受众层面考虑，再用近半年时间，结合一些大学初年级学生，尤其是中学为理科出身的学生所提出的疑难字句与阅读感觉，再次补注精选、斟酌损益。

因此，古代文史典籍的选注研究，往往既是“狮子搏兔”用尽全力的结果，也是集体智慧的结晶，在某种程度上，也可视为向谨严性选注典范学习的结果。另外，出于引发读者进一步思考的考虑，书中部分注释与导读及相关疏释，对某些篇目、议题作了些想当然的引申，都还具有一定的学术性。

最后，本书的校注与选译前后持续了五年，其间积累了很多点滴心得，现在作为湖北省高等学校哲学社会科学研究重大项目、湖北省社科基金前期资助专项马克思主义中青年理论家项目“近代国学意识的兴起与红色基因的生成”(19ZD121)、湖北经济学院法商学院暨马克思主义学院教研项目“国学经典新诠提升新时代大学生人文素养的路径研究”(2019J14)的阶段性成果，希望能通过课题，推进国学典籍的普及与国学研究的深入。在此，对资助单位和岳麓书社嘉惠学林的慷慨之举，表示由衷的感谢！不足之处，敬祈读者诸君指正。

是为序。

黄敦兵

二〇一九年春于中国传统哲学与文化研究中心

# 目　录

# 自　序

“怪、力、乱、神”，子所不语也。然“龙血”“鬼车”，《系词》语之；玄鸟生商，牛羊饲稷，《雅》《颂》语之。左丘明亲受业于圣人，而内外《传》语此四者尤详，厥何故欤？盖圣人教人，“文、行、忠、信”而已，此外则“未知生，焉知死”“敬鬼神而远之”，所以立人道之极也。《周易》取象幽渺，诗人自记祥瑞，左氏恢奇多闻，垂为文章，所以穷天地之变也，其理皆并行而不悖。

余生平寡嗜好，凡饮酒、度曲、摴蒱，可以接群居之欢者，一无能焉。文史外无以自娱，乃广采游心骇耳之事，妄言妄听，记而存之，非有所惑也。譬如嗜味者餍八珍矣，而不广尝夫蚳醢、葵菹，则脾困；嗜音者备《咸》《韶》矣，而不旁及于侏㒧僸佅，则耳狭。以妄驱庸，以骇起惰，不有博弈者乎？为之犹贤，是亦裨谌适野之一乐也。昔颜鲁公、李邺侯功在社稷，而好谈神怪；韩昌黎以道自任，而喜驳杂无稽之谈；徐骑省排斥佛、老，而好采异闻，门下士竟有伪造以取媚者。四贤之长，吾无能为役也；四贤之短，则吾窃取之矣。

书成，初名《子不语》，后见元人说部有雷同者，乃改为《新齐谐》云。

# 卷　一

## 李通判

广西李通判者，巨富也。家畜七姬，珍宝山积。通判年二十七疾卒。有老仆者，素忠谨，伤其主早亡，与七姬共设斋醮[1]。忽一道人持簿化缘[2]，老仆呵之曰："吾家主[3]早亡，无暇施汝。"道士笑曰："尔亦思家主复生乎？吾能作法，令其返魂。"老仆惊，奔语诸姬，群讶然。出拜，则道士去矣。老仆与群妾悔轻慢[4]神仙，致令化去，各相归咎。

未几，老仆过市，遇道士于途。老仆惊且喜，强持之请罪乞哀。道士曰："非我靳[5]尔主之复生也，阴司例：死人还阳[6]，须得替代[7]。恐尔家无人代死，吾是以去。"老仆曰："请归商之。"

拉道士至家，以道士语告群妾。群妾初闻道士之来也，甚喜；继闻将代死也，皆恚[8]，各相视，噤[9]不发声。老仆毅然曰："诸娘子青年可惜，老奴残年何足惜！"出见道士曰："如老奴者代，可乎？"道士曰："尔能无悔无怖则可。"曰："能。"道士曰："念汝诚心，可出外与亲友作别。待我作法，三日法成，七日法验矣。"

老仆奉道士于家，旦夕敬礼。身至某某家，告以故，泣而诀别。其亲友有笑者，有敬者，有怜者，有揶揄[10]不信者。老仆过圣帝庙——素所奉也，入而拜且祷曰："奴代家主死，求圣帝助道士放回家主魂魄。"语未竟，有赤脚僧[11]立案前叱曰："汝满面妖气，大祸至矣！吾救汝，慎弗泄。”赠一纸包，曰：“临时取看。”言毕不见。老仆归，偷开之：手爪五具，绳索一根。遂置怀中。

俄而三日之期已届，道士命移老仆床与家主灵柩相对，铁锁扃[12]门，凿穴以通食饮。道士与群姬相近处筑坛诵咒。居亡何，了无他异。老仆疑之。心甫[13]动，闻床下飒然[14]有声，两黑人自地跃出：绿睛深目，通体短毛，长二尺许，头大如车轮，目眏眏[15]视老仆，且视且走，绕棺而行，以齿啮棺缝。缝开，闻咳嗽声，宛然家主也。二鬼启棺之前和，扶家主出。状奄然[16]若不胜病者。二鬼手摩其腹，口渐有声。老仆目之，形是家主，音则道士，愀然[17]曰：“圣帝之言，得无验乎！”急揣怀中纸。五爪飞出，变为金龙，长数丈，攫老仆于室中，以绳缚梁上。老仆昏然，注目下视：二鬼扶家主自棺中出，至老仆卧床，无入焉者。家主大呼曰：“法败矣！”二鬼狰狞，绕屋寻觅，卒不得。家主怒甚，取老仆床帐被褥，碎裂之。一鬼仰头，见老仆在梁，大喜，与家主腾身取之。未及屋梁，震雷一声，仆坠于地，棺合如故，二鬼亦不复见矣。

群妾闻雷，往启户视之。老仆具道所见。相与急视道士，道士已为雷震死坛所，其尸上有硫黄大书“妖道炼法易形，图财贪色，天条决斩如律令”十七字。

注释：

1 斋醮：请僧道设斋坛祈祷。 2 化缘：僧道向人求布施。3 家主：一家之主，主人。 4 轻慢：轻视怠慢。 5 靳：不肯给予。 6 还阳：死而复活。 7 替代：替身。 8 恚（huì）：恨、怒。 9 噤：闭口不说话。 10 揶揄（yé yú）：戏弄、取笑。11 赤脚僧：又称托钵僧。这些出家者舍弃一切装饰品，穿着袈裟，赤着双足，托钵行乞，以取得生活必需品。 12 扃（jiōng）：上闩，关门。 13 甫：刚刚，才。 14 飒然：形容风声。 15 睒睒（shǎn shǎn）：眼睛很快地开闭；眨眼。 16 奄然：萎靡不振的样子。 17 愀（qiǎo）然：形容神色严肃或不愉快。

## 南昌士人

江南南昌县有士人某，读书北兰寺，一长一少，甚相友善。长者归家暴卒，少者不知也，在寺读书如故。天晚睡矣，见长者披闼[1]入，登床抚其背曰："吾别兄不十日，竟以暴疾亡。今我鬼也，朋友之情不能自割，特来诀别。"少者畏慑，不能言。死者慰之曰："吾欲害兄，岂肯直告？兄慎弗怖。吾之所以来此者，欲以身后相托也。"少者心稍定，问托何事。曰："吾有老母，年七十余，妻年未三十，得数斛[2]米，足以养生，愿兄周恤[3]之，此其一也。吾有文稿未梓，愿兄为镌刻[4]，俾[5]微名不泯，此其二也。吾欠卖笔者钱数千，未经偿还，愿兄偿之，此其三也。"少者唯唯。死者起立曰："既承兄担承，吾亦去矣。"言毕欲走。

少者见其言近人情，貌如平昔，渐无怖意，乃泣留之，曰："与君长诀，何不稍缓须臾去耶？"死者亦泣，回坐其床，更叙平生数语。复起曰："吾去矣。"立而不行，两眼瞠视[6]，貌渐丑败。少者惧，促之曰："君言既毕，可去矣。"尸竟不去。少者拍床大呼，亦不去，屹立如故。少者愈骇，起而奔，尸随之奔。少者奔愈急，尸奔亦急。追逐数里，少者逾墙仆地，尸不能逾墙，而垂首墙外，口中涎沫，与少者之面相滴涔涔[7]也。天明，路人过之，饮以姜汁，少者苏。尸主家方觅尸不得，闻信，舁[8]归成殡。

识者曰："人之魂善而魄恶，人之魂灵而魄愚。其始来也，一灵不泯，魄附魂以行；其既去也，心事既毕，魂一散而魄滞。魂在，则其人也；魂去，则非其人也。世之移尸走影[9]，皆魄为之，惟有道之人为能制魄。”

注释：

1 披闼（pī tà）：推门，撞开门。 2 斛（hú）：一斛十斗，后改五斗。 3 周恤：周济，接济。 4 镌刻：雕刻。 5 俾（bǐ）：使。 6 瞠视：瞪着眼睛看。 7 涔涔：形容雨、汗、泪水等不断流出或渗出的样子。 8 舁（yú）：抬。 9 移尸走影：迷信认为僵尸有移尸、走影、走尸三个别名，可分成紫僵、白僵、绿僵、毛僵、飞僵、游尸、伏尸、不化骨等八个品种。

## 钟孝廉

余同年邵又房，幼从钟孝廉某，常熟人也。先生性方正[1]，不苟言笑，与又房同卧起。

忽夜半醒，哭曰：“吾死矣。”又房问故，曰：“吾梦见二隶人从地下耸身起，至榻前拉吾同行。路泱泱然，黄沙白草，了不见人。行数里，引入一官衙，有神，乌纱冠，南向坐。隶掖[2]我跪堂下，神曰：‘汝知罪乎？’曰：‘不知。’神曰：‘试思之。’我思良久，曰：‘某知矣。某不孝，某父母死，停棺二十年，无力卜葬[3]，罪当万死。’神曰：‘罪小。’曰：‘某少时曾淫一婢，又狎二妓。’神曰：‘罪小。’曰：‘某有口过，好讥弹[4]人文章。’神曰：‘此更小矣。’曰：‘然则某无他罪。’神顾左右曰：‘令渠[5]照来。’左右取水一盘，沃其面，恍惚悟前生姓杨，名敞，曾偕友贸易湖南，利其财物，推入水中死。不觉战栗，匐伏[6]神前曰：‘知罪。’神厉声曰：‘还不变么！’举手拍案，霹雳一声，天崩地坼，城郭、衙署、神鬼、器械之类，了无所睹；但见汪洋大水，无边无岸，一身渺然，飘浮于菜叶之上。自念叶轻身重，何得不坠？回视己身，已化蛆虫，耳目口鼻，悉如芥子，不觉大哭而醒。吾梦若是，其能久乎？”又房为宽解曰：“先生毋苦，梦不足凭也。”

先生命速具棺殓之物。越三日，呕暴血亡。

注释：

1方正：端方正直。 2掖（yè）：扶。 3卜葬：择吉日安葬。 4讥弹：讥讽，抨击。 5渠：方言，他。 6匐（fú）伏：趴伏。

## 南山顽石

海昌陈秀才某，祷梦于肃愍[1]庙。梦肃愍开正门延[2]之，秀才逡巡。肃愍曰：“汝异日我门生也，礼应正门入。”坐未定，侍者启：“汤溪县城隍[3]禀见。”随见一神峨冠来。肃愍命陈与抗礼[4]，曰：“渠属吏，汝门生，汝宜上坐。”秀才惶恐而坐。闻城隍神与肃愍语甚细，不可辨，但闻“死在广西，中在汤溪，南山顽石，一活万年”十六字。城隍告退，肃愍命陈送之。至门，城隍曰：“向与于公[5]之言，君颇闻乎？”曰：“但闻十六字。”神曰：“志[6]之，异日当有验也。”入见肃愍，言亦如之。惊而醒，以梦语人，莫解其故。

陈家贫，有表弟李姓者，选广西某府通判[7]，欲与同行。陈不可，曰：“梦中神言‘死在广西’，若同行，恐不祥。”通判解之曰：“神言‘始在广西’，乃始终之‘始’，非死生之‘死’也。若既死在广西矣，又安得‘中在汤溪’乎？”陈以为然，偕至广西。

通判署中西厢房，封锁甚秘，人莫敢开。陈开之，中有园亭花石，遂移榻焉。月余无恙。八月中秋，在园醉歌曰：“月明如水照楼台。”闻空中有人拊[8]掌笑曰：“‘月明如水浸楼台’，易‘照’字便不佳。”陈大骇，仰视之，有一老翁，白藤帽，葛衣[9]，坐梧桐枝上。陈悸，急趋卧内。老翁落地，以手持之曰：“无怖。世有风雅之鬼如我者乎？”问：“翁何神？”曰：“勿言。吾且与汝论诗。”陈见其须眉古朴，不异常人，意渐解。入室内，互相唱和。老翁所作字，皆蝌蚪[10]形，不能尽识。问之，曰：“吾少年时，俗尚此种笔画，今颇欲以楷法易之，缘手熟，一时未能骤改。”所云少年时，乃娲皇[11]前也。自此每夜辄来，情甚狎[12]。

通判家僮常见陈持杯向空处对饮，急白通判。通判亦觉陈神气恍惚，责曰：“汝染邪气，恐‘死在广西’之言验矣。”陈大悟，与通判谋归家避之。甫登舟，老翁先在，旁人俱莫见也。路过江西，老翁谓曰：“明日将入浙境，吾与汝缘尽矣，不得不倾吐一言：吾修道一万年，未成正果，为少檀香三千斤刻一玄女像耳。今向汝乞之，否则将借汝之心肺。”陈大惊，问翁修何道，曰：“斤车大道。”陈悟“斤”“车”二字，合成一“斩”字，愈骇，曰：“俟归家商之。”

同至海昌，告其亲友，皆曰：“肃愍所谓‘南山顽石’者，得毋此怪耶？”

次日，老翁至。陈曰：“翁家可住南山乎？”翁变色，骂曰：“此非汝所能言，必有恶人教汝。”陈以其语语友。友曰：“然则拉此怪入肃愍庙可也。”如其言，将至庙，老翁失色反走。陈两手夹持之，强掖以入。老翁长啸一声，冲天去。自此，怪遂绝。

后陈生冒籍[13]汤溪，竟成进士。会试房师[14]，乃状元于振也。

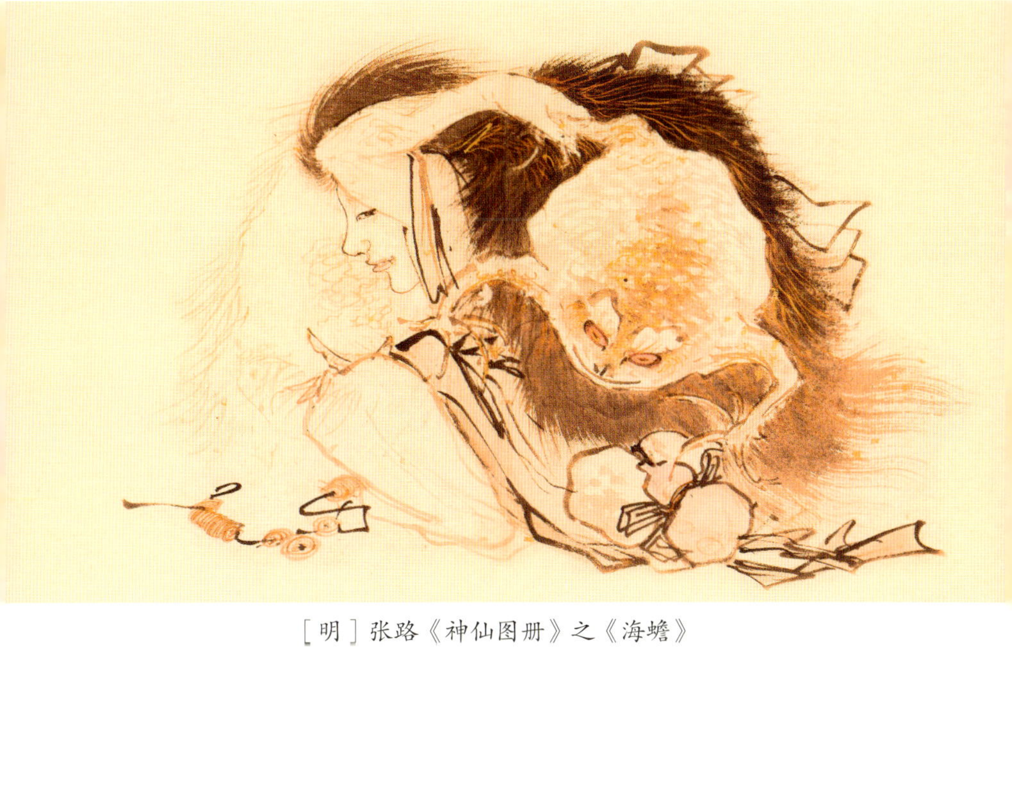

［明］张路《神仙图册》之《海蟾》

［明］张路《神仙图册》之《白鹿仙》

注释：

1 肃愍：明代名臣于谦的谥号。 2 延：请，引进。 3 城隍：掌握城池的神。 4 抗礼：又作“亢礼”“伉礼”，行平等的礼。
5 于公：指肃愍公于谦。 6 志：记在心里。 7 通判：明清时指分掌各府粮运及农田水利等事务的官员。 8 拊（fǔ）：拍。 9 葛衣：夏天穿的葛布衣。 10 蝌蚪：指蝌蚪文，亦称“蝌蚪篆文”“蝌蚪书”，因古书的笔画头大尾小，形如蝌蚪，据说能辨验天机，多为术士所通。 11 娲（wā）皇：女娲氏。 12 狎：亲近。
13 冒籍：假冒籍贯。 14 房师：科举制度中，举人、贡士对荐举本人试卷的同考官的尊称。

## 狐生员劝人修仙

赵大将军之子襄敏公总督保定，夜读书西楼，门户已闭，有自窗缝中侧身入者，形甚扁。至楼中，以手搓头及手足，渐次而圆，方巾[1]朱履，向上长揖拱手曰：“生员狐仙也，居此百年，蒙诸大人俱许在此。公忽来读书，生员不敢抗天子之大臣，故来请示。公必欲在此读书，某宜迁让，须宽限三日。如公见怜，容其卵息[2]于此，则请扃锁如平时。”赵公大骇，笑曰：“尔狐矣，安得有生员？”曰：“群狐蒙太山娘娘考试，每岁一次。取其文理精通者为生员，劣者为野狐。生员可以修仙，野狐不许修仙。”因劝赵公曰：“公等贵人，可惜不学仙耳。如某等，学仙最难。先学人形，再学人语。学人语者，先学鸟语；学鸟语者，又必须尽学四海九州之鸟语；无所不能，然后能为人声，以成人形，其功已五百年矣。人学仙，较异类学仙少五百年功苦。若贵人、文人学仙，较凡人又省三百年功苦。大率学仙者，千年而成，此定理也。”公喜其言，即于次日扃西楼让之。

此二事得于镇远太守讳之坛者，即将军之孙，且曰：“吾父后悔未问太山娘娘出何题目考狐也。”

注释：

1方巾：明代的一种头巾，处士及儒生所用。 2卯息：寄居。

## 煞神受枷

淮安李姓者与妻某氏琴瑟调[1]甚。李三十余病亡，已殓矣。妻不忍钉棺，朝夕哭，启而视之。故事：民间人死七日，则有迎煞[2]之举，虽至戚皆回避。妻独不肯，置子女于别室，己坐亡者帐中待之。

至二鼓，阴风飒然，灯火尽绿。见一鬼，红发圆眼，长丈余，手持铁叉，以绳牵其夫从窗外入。见棺前设酒馔，便放叉解绳，坐而大啖。每咽物，腹中啧啧有声。其夫摩抚旧时几案，怆然长叹。走至床前揭帐，妻哭抱之，泠然如一团冷云，遂裹以被。红发神竞前牵夺。妻大呼，子女尽至，红发神踉跄走。妻与子女以所裹魂放置棺中，尸渐奄然有气，遂抱置卧床上，灌以米汁，天明而苏。其所遗铁叉，俗所焚纸叉也。复为夫妇二十余年。

妻六旬矣，偶祷于城隍庙，恍惚中见二弓丁舁一枷犯至。眕[3]之，所枷者，即红发神也。骂妇曰：“吾以贪馋故，为尔所弄，枷二十年矣！今乃相遇，肯放汝耶！”妇至家而卒。

注释：

1琴瑟调：琴瑟两种乐器一起合奏，声音和谐，比喻夫妻恩爱。 2迎煞：人死七天后，鬼差上门，家人走避灵堂，以免撞上勾魂鬼。 3眕（zhěn）：视。

## 阿 龙

苏州徐世球，居木渎，幼入城中，读书于韩其武家。韩有仆曰阿龙，年二十，侍书室颇勤。

一夕，徐读书楼上，命阿龙下取茶。少顷，阿龙失色而至，曰："某见一白衣人在楼下狂走，呼之不应，殆鬼耶？"徐笑而不信。次夕，阿龙不敢上楼，徐命柳姓者代其职。至二更，柳下取茶，足有所触，遂仆地，视之，阿龙死于阶下。柳大呼，徐与韩氏诸宾客共来审视，见阿龙颈下有手搦[1]痕，青黑如柳叶大，耳目口鼻尽塞黄泥，尸横而气未绝。饮以姜汁，乃苏，曰："吾下阶时，昨白衣者当头立，年可四十余，短鬚黑面，向我张嘴，伸其舌，长尺许。吾欲叫喊，遂为所击，以手夹我喉。旁有一老者，白须高冠，劝曰：'渠年少，未可欺侮。'我尔时[2]几欲气绝，适柳某撞我脚上，白衣者冲屋去矣。"徐命众人扶之登床，床上鬼灯数十，如极大萤火，彻夜不绝。

次日，阿龙痴迷不食。韩氏召女巫眕之，巫曰："取县官堂上朱笔，在病者心上书一'正'字，颈上书一'刀'字，两手书两'火'字，便可救也。"韩氏如其言。书至左手"火"字，阿龙张目大叫曰："勿烧我！我即去可也。"

自此怪遂绝。阿龙至今犹存。

注释：

1搦（nuò）：握，掐。 2尔时：那时，彼时。

## 大乐上人

洛阳水陆庵僧，号大乐上人[1]，饶于财。其邻人周某充县役，家贫，承催税租，皆侵蚀之。每逢比期[2]，辄向上人借贷，数年间，积至七两。上人知其无力偿还，不复取索。役颇感恩，相见必曰："吾不能报上人恩，死当为驴马以报。"居无何[3]，晚，有人叩门，甚急。问为谁，应声曰："周某也，来报恩耳。"上人启户，了不见人，以为有相戏者。是夜，所畜驴产一驹。明旦访役，果死。上人至驴旁，产驹奋首翘足，若相识者。

上人乘之一年，有山西客来宿，爱其驹，求买之。上人弗许，不忍明言其故。客曰："然则借我骑往某县一宿，可乎？"上人许之。客上鞍揽辔，笑曰："吾诈和尚耳。我爱此驴，骑之未必即返。我已措价[4]置汝几上，可归取之。"不顾而驰。上人无可奈何，入房视之，几上白金七两，如其所负之数。

注释：

1 上人：佛教指智德兼备可为僧众之师的高僧。 2 比期：官府催缴租税的限期。 3 居无何：停了不多久。 4 措价：估计价值，安排支付。

## 蒲州盐枭

岳水轩过山西蒲州盐池，见关神[1]祠内塑张桓侯[2]像，与关面南坐。旁有周将军[3]像，怒目狰狞，手拖铁练，锁朽木一枝，不解何故。土人指而言曰："此盐枭也。"

问其故，曰："宋元祐间，取盐池之水，熬煎数日，而盐不成。商民惶惑，祷于庙。梦关神召众人谓曰：'汝盐池为蚩尤所据，故烧不成盐。我享血食[4]，自宜料理。但蚩尤之魄，吾能制之；其妻名枭者，悍恶尤甚，我不能制。须吾弟张翼德来，始能擒服。吾已遣人自益州召之矣。’众人惊寤[5]。旦，即在庙中添塑桓侯像。其夕风雷大作，朽木一根，已在铁索之上。次日，取水煮盐，成者十倍。”始悟今所称“盐枭”，实始于此。

注释：

1关神：关羽。 2张桓侯：张飞，字翼德。 3周将军：周仓。 4享血食：享受祭品。 5惊寤：惊吓而醒。

# 卷　二

## 张元妻

河南偃师县乡人张元，妻薛氏，归宁[1]母家，返，小叔迎之。路过古墓，树木阴森。薛氏将溲[2]焉，牵所乘驴与小叔，使视之，而挂所衣红布裙于树。溲毕返，裙失所在。归家，与夫宿，侵晨[3]不起。家人撞门入，窗牖宛然，而夫妇有身无首。告之官，不能理。拘小叔讯之，具道昨日失裙事。迹至墓所，墓旁有穴，滑溜如常有物出入者。窥之，红布裙带在外，即其嫂物。掘之，两首俱在，并无棺椁[4]。穴甚小，仅容一手。官竟不能谳也。

注释：

1 归宁：已嫁女子回娘家省视父母。　2 溲：便溺。　3 侵晨：天快亮时。　4 棺椁：椁，套于棺外的大棺。棺椁泛指棺材。

## 平阳令

平阳令朱铼，性惨刻，所宰邑，别造厚枷巨梃。案涉妇女，必引入奸情讯之。杖妓，去小衣，以杖抵其阴，使肿溃数月，曰："看渠如何接客！"以臀血涂嫖客面。妓之美者加酷焉，髡其发，以刀开其两鼻孔，曰："使美者不美，则妓风绝矣。"逢同寅官，必自诧曰："见色不动，非吾铁面冰心，何能如此！"以俸满，迁山东别驾。挈眷至茌平旅店，店楼封锁甚固。朱问故，店主曰："楼中有怪，历年不启。"朱素愎，曰："何害！怪闻吾威名，早当自退！"妻子苦劝，不听。乃置妻子于别室，己独携剑秉烛坐。至三鼓，有扣门进者，白须绛冠，见朱长揖。朱叱："何怪？"老人曰："某非怪，乃此方土地神也。闻贵人至，此正群怪殄灭之时，故喜而相迎。"且嘱曰："公，少顷怪至，但须以宝剑挥之，某更相助，无不授首矣。"朱大喜，谢而遣之。须臾，青面者、白面者以次第至。朱以剑斫，应手而倒。最后有长牙黑嘴者来，朱以剑击，亦呼痛而陨。朱喜自负，急呼店主告之。时鸡已鸣，家人秉烛来照，横尸满地，悉其妻妾子女也。朱大叫曰："吾乃为妖鬼所弄乎！"一恸而绝。

## 不倒翁

蒋生某，往河南，过巩县，宿焉。店家有西楼，洒扫极净，蒋爱之，以行李往。店主笑曰："公胆大否？此楼不甚安。"蒋曰："椒山自有胆。"[1]秉烛坐至夜深，闻几下如竹桶泛水声，有跃出者：青衣皂冠，长三寸许，类世间差役状。睨蒋许久，叱叱而退。

少顷，数短人舁一官至，旗帜马车之类，历历如豆。官乌纱冠危坐，指蒋大詈，声细如蜂虿[2]。蒋无怖色。官愈怒，小手拍地，麾众短人拘蒋。众短人牵鞋扯袜，竟不能动。官嫌其无勇，攘臂[3]自起。蒋以手撮之，置于几上，细视之，世所卖不倒翁也。块然僵仆，一土偶耳。其舆从俯伏罗拜，乞还其主。蒋戏曰："尔须以物赎。"应声曰："诺。"墙穴中嗡嗡有声，或四人辇[4]一钗，或二人扛一簪。顷刻，首饰金帛之属布散于地。蒋取不倒翁掷与之，复能举动如初。然队伍不复整矣，奔窜而散。

天渐明，店主大呼："失贼！"问之，则楼上赎官之物，皆三寸短人所偷店主物也。

注释：

1 据《明史·杨继盛传》，明朝嘉靖三十二年（1553），兵部员外郎杨继盛（椒山）因劾权相严嵩十大罪，下狱，受尽酷刑。一次，杨将挨笞打的时候，有人送给他治伤的药——蚺蛇胆。他拒绝说："椒山自有胆，要蚺蛇胆何用！" 2 虿（chài）：蝎类害虫。 3 攘臂：捋起袖子，露出胳膊，表示振奋。 4 揫：拉。

## 鬼借力制凶人

俗传凶人之终，必有恶鬼，以其力能相制也。扬州唐氏妻某，素悍妒，妾婢死其手者无数。亡何，暴病，口喃喃詈骂，如平日撒泼状。邻有徐元，膂力[1]绝人，先一日昏晕，鼾呼叫骂，如与人角斗者，逾日始苏。或问故，曰："吾为群鬼所借用耳。鬼奉阎罗命拘唐妻，而唐妻力强，群鬼不能制，故来假吾力缚之。吾与斗三日，昨被吾拉倒其足，缚交群鬼，吾才归耳。"往视唐妻，果气绝，而左足有青伤。

注释：

1 膂（lǚ）力：体力，筋力。

## 炼丹道士

楚中大宗伯张履昊好道。予告归，寄居江宁。入城时，拥朱提[1]一百六十万。有郎总兵者，公门下士也，荐朱道士善黄白之术[2]，寿九百余岁，烧杏核成银，屡试若神。道士说公烧丹，以白银百万，炼丹一枚，则长生可致。公惑之，斋戒三日，定坎离[3]之位。每一炉，辄下银五万两，炭百担。昼则公亲监之，夜则使人守之。银登时化为水。炼三月，费银八十万，丹无消息。公诘之，道士曰："满百万则丹成。成后含之，不饥不寒，可南可北，随意所之，无不可到。"公无奈何，复与十余万，然已觉其妄，道士溲溺，必遣人尾之。

清晨，道士溲于园，尾者回顾，忽失道士所在。往视其炉，百万俱空矣。启道士行李，得书一封，云："公此种财，皆非义物也。吾与公有宿缘，特来取去，为公打点阴间赎罪费用，日后自有效验。幸毋相怪。"家人觇[4]道士者皆云："每五万银下炉时，屋上隐隐有雷声，道士惶恐伏地，以朱符盖其头。其搬运实无痕迹。"

注释：

1 朱提（shú shí）：朱提先为山名（在今云南省昭通市），再为县、郡名；因盛产白银，世有"朱提银"，亦用作银的代称。 2 黄白之术：古代指方士烧炼丹药点化金银的法术。 3 坎离：坎、离本为《周易》的两卦，道家以"坎男"为汞、阴精，而以"离女"为铅、阳气，故借"坎离"称铅汞、水火、阴阳。 4 觇（chān）：窥视；察看。

## 叶老脱

有叶老脱者，不知其由来，科头跣足[1]，冬夏一布袍，手挈[2]竹席而行。尝投维扬旅店，嫌客房嘈杂，欲择洁地。店主指一室曰："此最静僻，但有鬼，不可宿。"叶曰："无害。"径自扫除，摊竹席于地。

夜，卧至三鼓，门忽开，见有妇人系帛于项，双眸抉出，悬两颐下，伸舌长数尺，彳亍[3]而来。旁有无头鬼，手提两头继至。尾其后者：一鬼遍体皆黑，耳目口鼻甚模糊；一鬼四肢黄肿，腹大于五石匏[4]。相诧曰："此间有生人气，当共攫之。"群作搜捕状，卒不得近叶。一鬼曰："明明在此，而搜之不得，奈何？"黄胖者曰："凡吾辈之所以能摄人者，以其心怖而魂先出也。此人盖有道之士，心不怖，魂不离体，故仓猝不易得。"群鬼方彷徨四顾，叶乃起，坐席上，以手自表曰："我在此。"群鬼惊悸，齐跪地下。叶一一讯之。妇人指三鬼曰："此死于水者，此死于火者，此盗杀人而被刑者，我则缢死此室者也。"叶曰："若辈服我乎？"皆曰："然。"曰："然则各自投生，勿在此作祟。"各罗拜去。

迨[5]晓，为主人道其事，嗣后此室宴然[6]。

注释：

1 科头跣（xiǎn）足：亦作"科头徒跣""科头赤足"，意指露着头，赤着足。 2 挈：提。 3 彳亍（chì chù）：徘徊，慢行。 4 五石匏：一作"五石瓠"，可容五石的大葫芦。匏，比"瓠"大的草本植物，可对剖作水瓢，俗称"葫芦瓢"。 5 迨（dài）：等到。 6 宴然：平静安定。

## 赵、李二生

广东赵、李二生，读书番禺山中。端阳节日，赵氏父母馈酒肴为两生庆节，两生同饮甚乐。

至二鼓，闻扣门声，启之，亦书生也，衣冠楚楚。自云相离十里许，慕两生高义，愿来纳交。邀入座，言论风生。先论举业，后及古文、词、赋，元元本本，两生自以为弗及。最后论及仙佛，赵素不乐闻，而李颇信之，书生因力辨其有，且曰："欲见佛乎？此顷刻事也。"李欣然欲试之。书生取案几叠高五尺许，身踞其上，登时有旃檀[1]之气氤氲四至，随取身上绢带作圈，谓二生曰："从圈入，即佛地也，可以见佛。"李信之既笃，见圈中观音、韦驮，香烟飘渺，即欲以头入圈；而赵望之，则獠牙青面、吐舌丈余者在圈中矣，遂大呼。家人共进，李如梦醒者，虽挣脱，而颈已有伤，书生杳然不复可见。

两生家俱以此山有邪，不可读书，各令还家。

明年，李举孝廉，会试连捷，出授庐江知县。卒以被劾，自缢而亡。

注释：

1 旃（zhān）檀：亦作"栴檀"，檀香。

## 山东林秀才

山东林秀才长康，四十不第。一日，有改业之想，闻旁有呼者曰："莫灰心。"林惊问："何人？"曰："我鬼也，守公而行，并为公护驾者数年矣。"林欲见其形，鬼不可。再四言，鬼曰："公必欲见我，无怖而后可。"林许之，遂跪于前，丧面流血，曰："某蓝城县市布者也，为掖县张某谋害，以尸压东城门石磨盘之下。公异日当宰掖县，故常侍公，求为申冤。"且言公某年举乡试，某年成进士，言毕不复见。

至期，果举孝廉，惟进士之期爽[1]焉。林叹曰："世间功名之事，鬼亦有不知者乎！"言未毕，空中又呼曰："公自行有亏耳，非我误报也！公于某月日私通孀妇某，幸不成胎，无人知觉。阴司记其恶而宽其罪，罚迟二科[2]。"林悚然，谨身修善，逾二科而成进士，授官掖县。抵任，进城，见一石磨，启之，果得尸。立拘张某，讯之，尽吐杀人情实，置之于法。

注释：

1 爽：违背，差失。 2 二科：乡试是古代正式科考的第一关，每三年一科，清朝于子、卯、午、酉年举行，遇庆典加科为"恩科"。因乡试于八月在两京及省城贡院举行，故称"秋闱"。次年春，京师举办会试，称"春闱"，本故事指考进士的会试，迟二科即指晚两个科考年。

## 关神断狱

溧阳马孝廉丰，未第时，馆于邑之西村李家。邻有王某，性凶恶，素捶其妻。妻饥饿，无以自存，窃李家鸡烹食之。李知之，告其夫。夫方被酒[1]，大怒，持刀牵妻至。审问得实，将杀之。妻大惧，诬鸡为孝廉所窃。孝廉与争，无以自明，曰："村有关神庙，请往掷环珓[2]卜之。卦阴者妇人窃，卦阳者男子窃。"如其言，三掷皆阳。王投刀放妻归，而孝廉以窃鸡故，为村人所薄，失馆数年。

他日，有扶乩者方登坛，自称"关神"。孝廉记前事，大骂神之不灵。乩书灰盘曰："马孝廉，汝将来有临民之职，亦知事有缓急重轻耶？汝窃鸡，不过失馆；某妻窃鸡，立死刀下矣。我宁受不灵之名，以救生人之命。上帝念我能识政体，故超升三级。汝乃怨我耶？”孝廉曰：“关神既封帝矣，何级之升？”乩神曰：“今四海九州皆有关神庙，焉得有许多关神分享血食？凡村乡所立关庙，皆奉上帝命，择里中鬼平生正直者代司其事，真关神在帝左右，何能降凡耶？”孝廉乃服。

注释：

1被酒：中酒，即喝醉了。 2环珓（jiào）：迷信者用以占卜的器具。用玉做成蚌壳状，或以竹木制之。两片可分合，掷于地，观其俯仰，以占吉凶。

## 紫清烟语

苏州杨大瓢讳宾者，工书法，年六十时，病死而苏，曰：“天上书府唤我赴试耳。近日玉帝制《紫清烟语》一部，缮写者少，故召试诸善书人。我未知中式否。如中式，则不能复生矣。”越三日，空中有鸾鹤之声，杨愀然曰：“吾不能学王僧虔[1]，以秃笔自累，致损其生。”瞑目而逝。或问天府书家姓名，曰：“索靖[2]一等第一人，右军[3]一等第十人。”

注释：

1王僧虔：南朝齐书法家，王羲之四世族孙。 2索靖：西晋著名书法家。 3右军：指王羲之，字逸少，东晋著名书法家，曾领右将军。

## 妖道乞鱼

余姊夫王贡南，居杭州之横河桥。晨出，遇道士于门，拱手曰："乞公一鱼。"贡南嗔曰："汝出家人吃素，乃索鱼肉耶？"曰："木鱼也。"贡南拒之。道士曰："公吝于前，必悔于后。"遂去。是夜，闻落瓦声。旦视之，瓦集于庭。次夜，衣服尽入厕溷[1]中。

贡南乞符于张有虔秀才家。张曰："我有二符，其价一贱一贵。贱者张之，可制之于旦夕；贵者张之，现神获怪。"贡南取贱者归，悬中堂。是夜，果安。越三日，又有老道士，形容古怪，来叩门，适贡南他适，次子后文出见。道士曰："汝家日前为某道所苦，其人即我之弟子也。汝索救于符，不如索救于我。可嘱汝父，明日到西湖之冷泉亭，大呼'铁冠'三声，我即至矣。否则，符且为鬼窃去。"贡南归，后文告之。贡南侵晨至冷泉亭，大呼"铁冠"数百声，杳无应者。适钱塘令王嘉会路过，贡南拦舆，口诉原委。王疑其痴，大被诟辱。是夜，集家丁雄健者数人护守此符。五更，砉然[2]有声，符已不见。旦视之，几有巨人迹，长尺许。从此，每夜群鬼毕集，撞门掷碗。贡南大骇，以五十金重索符于张氏。悬后，鬼果寂然。

一日，王怒其长男后曾，将杖之。后曾逃，三日不归。余姊泣不已。贡南亲自寻求，见后曾彷徨于河，将溺焉，急拉上肩舆[3]，其重倍他日。到家，两眼瞪视，语喃喃不可辨。卧席上，忽惊呼曰："要审！要审！我即去。"贡南曰："儿何去？我当偕去。"后曾起，具衣冠，跪符下，贡南与俱。贡南无所见，后曾见一神上坐，眉间三目，金面红须，旁跪者皆渺小丈夫。神曰："王某阳寿未终，尔何得以其有畏惧之心便惑之以死？"又曰："尔等五方小吏，不受上清[4]敕令，乃为妖道奴仆耶！"各谢罪，神予杖三十，鬼啾啾乞哀。视其臀，作青泥色。事毕，以靴脚踢后曾，如梦之初醒，汗浃于背。

嗣后，家亦安宁。

注释：

1溷（hùn）：厕所。 2砉（xū）然：皮骨相离发出的声响。或读huā，指迅速动作的声音。 3肩舆：用肩抬着走的代步工具。 4上清：道家有玉清、上清、太清三清境。

## 尸行诉冤

常州西乡有顾姓者，日暮郊行，借宿古庙。庙僧曰："今晚为某家送殓，生徒尽行，庙中无人，君为我看庙。"顾允之，为闭庙门，吹灯卧。

至三鼓，有人撞门，声甚厉。顾喝问："何人？"外应曰："沈定兰也。"沈定兰者，顾之旧交，已死十年之人也。顾大怖，不肯开。门外大呼曰："尔无怖，我有事托君。若迟迟不开，我既为鬼，独不能冲门而进乎？所以唤尔开门者，正以照常行事，存故人之情耳。"顾不得已为启其钥，砉然有声，如人坠地。顾手忙眼颤，意欲举烛。忽地上又大呼曰："我非沈定兰也。我乃东家新死李某，被奸妇毒死，故托名沈定兰，求汝申冤。"顾曰："我非官府，冤何能申？"鬼曰："尸伤可验。"问："尸在何处？"曰："灯至即见。但见灯，我便不能言矣。"

正匆遽[1]间，外扣门者人声甚众，顾迎出，则群僧归庙，各有骇色，曰："正诵经送尸，尸隐不见，故各自罢归。"顾告以故，同举火照尸，有七窍流血者奄然在地。次日，同报有司，为理其冤。

注释：

1匆遽（jù）：亦作"匆剧"，匆忙，急促。

# 沭阳洪氏狱

乾隆甲子，余宰沭阳。有淮安吴秀才者，馆于洪氏。洪故村民，饶于财。吴挈一妻一子，居其外舍。洪氏主人偶馔先生并其子，妻独居于室。夜二更返，妻被杀死，刀掷墙外，即先生家切菜刀也。余往验尸，见妇人颈上三创，粥流喉外，为之惨然。根究凶手，无可踪迹。洪家有奴洪安者，素以左手持物，而刀痕左重右轻，遂刑讯之。初即承认，既而诉："为家主洪生某指使，为奸师母不遂，故杀之。生即吴之学徒也。"及讯洪生，则又以奴曾被笞，故仇诬耳。狱未具，余调江宁。后任魏公廷会，竟坐[1]洪安，以状上。臬司[2]翁公藻嫌供情未确，均释之，别缉正凶。十二年来，未得也。

丙子六月，余从弟凤仪自沭阳来，道："有洪某者，系武生员，去年病死，尸柩未出，见梦于其妻曰：'某年月日奸杀吴先生妇者我也。漏网十余载，今被冤魂诉于天。明午雷来击棺，可速为我迁棺避之。'其妻惊觉，方议引輴[3]之事，而棺前失火，并骨为灰烬矣。其余草屋木器俱完好也。"余方愧身为县令，妇冤不能雪，又加刑于无罪之人，深为作吏之累。然天报必迟至十年后，又不于其身而于其无知之骸骨，何耶？此等凶徒，其身已死，其鬼不灵，何以尚存精爽[4]于梦寐？而又自惜其躯壳者，何耶？

注释：

1 坐：定罪。 2 臬司：明、清提刑按察使司的别称，主管一省司法。 3 輴（chūn）：载棺柩的车。 4 精爽：魂魄。

## 鬼冒名索祭

某侍卫好驰射，逐兔东直门。有翁蹲而汲水，马逸不止，挤翁于井。某大惧，急奔归家。是夜，即见此翁排闼入，骂云："尔虽无心杀我，然见我落井，唤人救我，尚有活理，何乃忍心潜逃，竟归家耶？"某无以答。翁即毁器坏户，作祟不已。举家跪求，为设斋醮。鬼曰："无益也。欲我安宁，须刻木为主，写我姓名于上，每日以豚蹄享我，当作祖宗待我，方饶汝。"如其言，祟为之止。自此，过东直门，必纡[1]道而避此井。

后扈从[2]圣驾，当过东直门，仍欲纡道走。其总管斥之曰："倘上问汝何在，将何词以对？况青天白日，千乘万骑，何畏鬼耶？"某不得已，仍过井所，则见老翁宛然立井边，奔前牵衣骂曰："我今日寻着汝矣！汝前年马冲我而不救，何忍心耶？"且詈且殴之。某惊遽哀恳曰："我罪何辞，但翁已在我家受祭数年，曾面许宽我，何以又改前言？"翁更怒曰："吾未死，何需汝祭？我虽为马所冲，失脚落井，后有过者闻我呼救，登时曳出。尔何得疑我为鬼？"某大骇，即拉翁同至其家，共观木主[3]，所书者非其姓名。翁攘臂骂，取木主掷之，撒所供物于地。举家惶愕[4]，不解其故，闻空中有声大笑而去。

注释：

1 纡（yū）：屈曲；曲折。 2 扈（hù）从：随皇帝出巡的护卫侍从人员。 3 木主：木制神位。 4 惶愕：惊恐。

## 天 壳

浑天之说：天地如鸡卵，卵中之黄白未分，是混沌也；卵中之黄白既分，是开辟也。人不能游于卵壳之外。则道家三十三天之说，终属渺茫。

秦中地厚，往往崩裂，全村皆陷。有冲起黑水者，有冒出烟火者，有裂而仍合者，惟所陷之人民家室，从无再出土者，亦不知何往矣。

顺治三年，武威地陷。有董遇者，学炼形[1]之术，能伏气沉海中不死。全家遭此劫。九日后，竟一身自地下起，云："初陷时，沉沉然。一日一夜，坠至于泉。其坠下之势，似飞非飞，似晕非晕，颇为顺适，犹与家人答问。一至于泉，则家口尽溺死。"董伏气入水底千余丈，乃复干燥，觉四面纯黄色。已而渐明，下视苍苍然，有天在下。细听之，人民鸡犬之声，因风而至。"我意此是天壳之外天也，得落第二层天宫固佳，即落在人家瓦上，岂不敬我为天上人耶？因极力将身挣坠。为罡风[2]所勒[3]，兜卷空中，终不得下。俄而，有古衣冠人，长二丈余，叱曰：'此两天分界处，万古神圣不破此关。汝何人，作此妄想？速趁地未合时，仍归汝世界，否则大地一合百万丈。汝能穿水，不能穿土，死矣！'语未毕，忽金光万道，自远而来，热不可耐。古衣冠者抚其背曰：'速行！速行！日轮[4]至矣！我且避去，汝血肉之身，不走，将炽为飞灰。'"董闻之悚然，即运气腾身而上。面目为水土所蚀，黑如焦炭；衣服、肌肤，粘结一片。逾月，始复人形，自称"劫外叟"。

余按《淮南子》曰："温带之下，无血气之伦。"日轮所近，即温带矣。

注释：

1 炼形：道教修炼自身形体的法术。　2 罡（gāng）风：道教对天空极高处风的称谓。 3 勒：强制，束缚。 4 日轮：太阳。

## 董贤为神

康熙间，从叔祖弓韬公，为西安同知，求雨终南山。山侧有古庙，中塑美少年，金貂龙衮，服饰如汉公侯。问道士何神，道士指为孙策。弓韬公以为，孙策横行江东，未尝至长安。且以策才武，当有英锐之气，而神状妍媚如妇女，疑为邪神。会建修太白山龙王祠，意欲毁庙，拆其木瓦，移而用之。

是夕，梦神召见，曰："余非孙郎，乃汉大司马董圣卿也。我为王莽所害，死甚惨。上帝怜我无罪，虽居高位、蒙盛宠，而在朝未尝害一士大夫，故封我为大郎神，管此方晴雨。"弓韬公知是董贤，记《贤传》中有"美丽自喜"之语，谛视不已。神有不悦之色，曰："汝毋为班固所欺也，固作《哀皇帝本纪》，既言帝病痿，不能生子，又安能幸我耶？此自相矛盾语也。我当日君臣相得，与帝同卧起，事实有之。武帝时，卫、霍两将军亦有此宠，不得以安陵、龙阳见比。幸臣一星，原应天象，我亦何辞？但二千年冤案，须卿为我湔雪[1]。"言未毕，有二鬼獠牙监面者牵一囚至，年已老，头秃而声嘶，手捧一卷书。神指之曰："此莽贼也，上帝以其罪恶滔天，贬入阴山，受毒蛇咀嚼久矣。今赦出，押至我所，司溷圊[2]之事。有小过，辄以铁鞭鞭之。"弓韬公问："囚手挟何书？"神笑曰："此贼一生信《周礼》，虽死，犹抱持不放。受铁鞭时，犹以《周礼》护其背。"弓韬公就视之，果《周礼》也。上有"臣刘歆恭校"等字，不觉大笑，遂醒。

次日，捐俸百金，葺其庙，祀以少牢[3]。又梦神来谢，且曰："蒙君修庙，甚感高义！但无人配享我，未免血食太孤。我掾史[4]朱栩，义士也，曾收葬我尸，为莽所杀。我感其恩，奏上帝，荫其子浮，为光武皇帝大司空，君其留意。”弓韬公即塑朱公像于董公侧，而兼塑一囚为王莽状，跪阶下。嗣后祈晴雨，无不立应。

注释：

1 湔（jiān）雪：洗刷罪名。 2 圊（qīng）：厕所。 3 少牢：古代称祭祀用的豕和羊。 4 掾（yuàn）史：汉代中央及各州县设立的分曹治事官员，唐宋以后渐专指胥吏。

# 卷　三

## 火烧盐船一案

乾隆丁亥，镇江修城隍庙。董其事者，有严、高、吕三姓，设簿劝化[1]。一日早雨，有妇人肩舆来，袖中出银一封，交严曰："此修庙银五十两，拜烦登簿。"严请姓氏府居，以便登记。妇曰："些微小善，何必留名！烦记明银数便了。"语毕，去。高、吕二人至，严述其故，并商何以登写。吕笑曰："登簿何为？趁此无人知觉，三人派分，似亦无害。"高曰："善。"严以为非理，急止之。二人不听，严无奈何，去。高、吕将银对分。及工竣，此事惟严一人知之。越八年，乙未，高死；丙申，吕继亡。严未尝与人谈及。

戊戌春，患疾，见二差持票谓严曰："有一妇在城隍案下告君，我等奉差拘质。"问告何事，差亦不知。严与同行，到庙门外，气象严冷，不复有平日算命起课[2]者在矣。门内两旁，旧系居人，此时所见，尽是差役班房。过仙桥，至二门，见一带枷囚叫曰："严兄来耶！"视之，高生也。向严泣曰："弟自乙未年辞世，迄今四载受苦，总皆阳世罪谴[3]。眼前正在枷满，可以托生，不料又因侵蚀修庙银一案发觉，拘此审讯。"严曰："此事已隔十数年，何以忽然发觉，想彼妇告发耶？"高曰："非也。彼妇今年二月寿终。凡鬼，无论善恶，俱解城隍府。彼妇乃系善人，同几个行善鬼解来过堂。城隍神戏问曰：'尔一生闻善即趋，上年本府修署，尔独惜费，何耶？’妇曰：‘鬼妇当年六月二十日送银五十两到公所，系一严姓生员接去。自觉些微小善，册上不肯留名，故尊神有所未知。’神随命瘅恶司[4]细查原委，不觉和盘托出。因兄有劝阻之言，故拘兄来对质。”严问：“吕兄今在何处？”高叹曰：“渠生前罪重，已在无间狱[5]中，不止为分银一事也。”语未毕，忽二差至，曰：“老爷升座矣。”严与高等随差立阶下。有二童持彩幢引一妇上殿，又牵一枷犯至，即吕也。城隍谓严曰：“善妇之银可交汝手乎？”严一一从实诉明。城隍谓判官曰：“事干修理衙署，非我擅专，宜申详东岳大帝定案，可速备文书申送。”仍令二童送妇归。

二差押严并高、吕二生出庙，过西门，一路见有男着女衣者，女穿男服者，有头罩盐蒲包者，有披羊、狗皮者，纷纷满目。耳闻人语曰：“乾隆三十六年仪征火烧盐船一案，凡烧死溺死者，今日业满，可以转生。”二差谓严曰：“难得大帝坐殿，我们可速投文。”已而疾走呼曰：“文书已投，可各上前听点。”严等急趋。立未定，闻殿上判曰：“所解高某，窃分善妇之银，其罪尚小，应照该城隍所拟枷责发落。吕某生前包揽词讼[6]，坑害良民，其罪甚大，除照拟枷责外，应命火神焚毁其尸。严某，君子也，阳禄[7]未终，宜速送还阳。”

严听毕惊醒，则身卧在床，家人皆已挂孝，曰：“相公已死三日矣。因心头未冷，故尔相守。”严将梦中事一一言之，家人未信。后一年八月夜，吕家失火，柩果遭焚。

注释：

1 劝化：募化，劝人施舍财物。 2 起课：通过转盘看干支或摇铜钱看正反面来占卜问事。 3 罪谴：罪责。 4 瘅（dàn）恶司：阴间惩治恶人的部门。痺，憎恨。 5无间（jiàn）狱："无间地狱"的简称，也称"阿鼻地狱"，系八大地狱之第八个，也是最苦的一个。 6包揽词讼：招揽承办别人的诉讼，从中敲诈勒索。 7阳禄：阳寿，寿命。

## 鄱阳小神

江西新建县张某，生二女，同日出嫁。天大风，送亲及舁轿者一时迷惑，将妹嫁其姊家，将姊嫁其妹家。成婚后一日，方知错误。两家父母以为天缘，亦各相安，无异言。

其小妹所嫁夫金某，买货过鄱阳湖，舟中忽谓其伙伴曰："我将作官，即日到任。"伙伴咸笑之，以为戏语。行又数里，金欣然曰："胥役轿马都来迎我，我不可以久留。"言毕，跃入水中，死。是夕，近湖村人见一男子昂然来，立村前曰："我鄱阳小神也，应血食汝地方，可塑像祀我。"言毕不见。村人迟疑，未为立庙。已而头痛发热，口称小神为祟。众大骇，纠钱立庙祀之。凡有祈求，神应如响。未几，小神又至曰："岂可神明而无妃偶乎？汝等再塑立一娘娘像配我，不可缓也。"村人如其言，塑之。

金家闻水死之信，捞尸殡殓，举家成服。忽一日，其妻脱衰麻，换盛服，敷脂抹粉，扬扬得意。公姑怒，责曰："此非孀妇所宜。"曰："我夫并未死，现在鄱阳外湖作官，差胥役夫轿迎我上任，都已在外伺候，我何为不吉服耶？"言毕，作上轿状，随瞑目矣。嗣后，鄱阳小神之名颇著，远近烧香者争赴焉。

# 囊囊

桐城南门外章云士，性好神佛。偶过古庙，见有雕木神像，颇尊严，迎归作家堂神，奉祀甚虔。夜梦有神如所奉像，曰："我灵钧法师也。修炼有年，蒙汝敬我，以香火祀我，倘有所求，可焚牒招我，我即于梦中相见。"章自此倍加敬信。

邻有女为怪所缠。怪貌狞恶，遍体蒙茸，似毛非毛。每交媾，则下体痛楚难忍，女哀求见饶。怪曰："我非害汝者，不过爱汝姿色耳。"女曰："某家女比我更美，汝何不往缠之，而独苦我乎？"怪曰："某家女正气，我不敢犯。"女子怒骂曰："彼正气，偏我不正气耶！"怪曰："汝某月日烧香城隍庙，路有男子方走，汝在轿帘中暗窥，见其貌美，心窃慕之，此得为正气乎？"女面赤，不能答。

女母告章，章为求家堂神。是夜梦神曰："此怪未知何物，宽三日限，当为查办。"过期，神果至，曰："怪名囊囊，神通甚大，非我自往剪除不可。然鬼神力量，终需恃人而行。汝择一除日，备轿一乘、夫四名、快手四名、绳索刀斧八物，剪纸为之，悉陈于厅。汝在傍喝曰'上轿'，曰'抬到女家'，更喝曰'斩'，如此，则怪除矣。"两家如其言。

临期，扶纸轿者果觉重于平日。至女家，大喝"斩"字，纸刀盘旋如风，飒飒有声。一物掷墙而过。女身霍然如释重负。家人追视之：乃一蓑衣虫，长三尺许，细脚千条，如耀丝闪闪，自腰斫为三段。烧之，臭闻数里。

桐城人不解囊囊之名，后考《庶物异名疏》，方知蓑衣虫一名囊囊。

## 两神相殴

孝廉钟悟，常州人，一生行善，晚年无子，且衣食不周，意郁郁不乐。病临危，谓其妻曰：“我死，慎毋置我棺中。我有不平事，将诉冥王。或有灵应，亦未可知。”随即气绝，而中心尚温，妻如其言，横尸以待。

死三日后，果苏，曰：

我死后到阴间，所见人民往来，与阳世一般。闻有李大王者，司赏善罚恶之事。我求人指引到他衙门，思量具诉。果到一处，宫殿巍峨，中坐尊官。我进见，自陈姓名，将生平修善不报之事一一诉知，且责神无灵。神笑曰：“汝行善行恶，我所知也；汝穷困无子，非我所知，亦非我所司。”问：“何神所司？”曰：“素大王。”我心知“李”者，“理”也；“素”者，“数”也。因求神送至素王处一问。神曰：“素王尊严，非如我处无人拦门者。我正有事要与素王商办，汝可随行。”少顷，闻呼驺[1]声，所从吏役，皆整齐严肃。

行至半途，见相随有沥血者曰“受冤未报”，有嚼齿者曰“逆党未除”，有美妇人而拉丑男者曰“夫妇错配”。最后有 人衮冕玉带，状若帝王，貌伟然而衣履尽湿，曰：“我，周昭王也。我家祖宗，自后稷、公刘，积德累仁，我祖父文、武、成、康，圣贤相继，何以一传至我，而依例南征，无故为楚人溺死？幸有勇士辛游靡，长臂多力，曳我尸起，归葬成周，否则，徒为江鱼所吞矣。后虽有齐侯小白借端一问，亦不过虚应故事，草草完结。如此奇冤，二千年来绝无报应，望神替一查。”李王唯唯。余鬼闻之，纷纷然俱有怒色。钟方悟世事不平者，尚有许大冤抑，如我贫困，固是小事，气为之平。

行少顷，闻途中唱道而至曰：“素王来。”李王迎上，各在舆中交谈。始而絮语，继而忿争，哓哓[2]不可辨。再后两神下车，挥拳相殴。李渐不胜，群鬼从而助之，我亦奋身相救，终不能胜。李神怒云：“汝等从我上奏玉皇，听候处分。”随即腾云而起，二神俱不见。

少顷俱下，云中有霞帔[3]而宫装者二仙女相随来，手持金尊玉杯，传诏曰：“玉帝管三十六天事，无暇听些些小讼。今赐二神天酒一尊，共十杯。有能多饮者，便值其事。”李神大喜，自称“我量素佳”。踊跃持饮，至三杯，便捧腹欲吐。素神饮毕七杯，尚无醉色。仙女曰：“汝等勿行，且俟我复命后再行。”

须臾，又下，颁玉帝诏云：“理不胜数，自古皆然。观此酒量，汝等便该明晓。要知世上凡一切神鬼圣贤、英雄才子、时花美女、珠玉锦绣、名画法书，或得宠逢时，或遭凶受劫，素王掌管七分，李王掌管三分。素王因量大，故往往饮醉，颠倒乱行。我三十六天日食星陨，尚被素王抱持擅权，我不能作主，而况李王乎！然毕竟李王能饮三杯，则人心天理、美恶是非，终有三分公道，直到万古千秋，绵绵不断。钟某阳数虽绝，而此中消息非到世间晓谕一番，则以后告状者愈多，故且开恩增寿一纪[4]，放他还阳，此后永不为例。”钟听毕还魂。又十二年乃死。

常语人云：“李王貌清雅，如世所塑文昌神；素王貌陋，团团浑浑，望去，耳、目、口、鼻，不甚分明。从者诸人，大概相似，千百人中，亦颇有美秀可爱者，其党亦不甚推尊也。”钟本名护，自此乃改名悟。

注释：

1 驺（zōu）：古代贵族骑马时的前后侍从骑士。 2 哓哓（xiāo）：

争辩声。 3 霞帔（pèi）：古代妇女的一种披肩服饰。 4 纪：记年代的方式。一纪，古代指十二年。

## 赌钱神号迷龙

李某，官缙云令，以赌博被参，然性好之，不能一日离。病危时，犹拍肘床上作呼卢[1]声。其妻泣谏曰："气喘劳神，何苦如是？"李曰："赌非一人所能，我有朋类数人，在床前同掷骰盆[2]，汝等特未之见耳。"已而气绝。忽又苏醒，伸手向家人云："速烧纸镙[3]，替还赌钱。"妻问："与何人决胜？"曰："阴司赌神，号称迷龙，其门下有赌鬼数千，皆受驱使。探人将托生时，便请迷龙作一花押[4]，纳入天灵盖中。此人一落母胎，性便好赌，虽严父贤妻，万不能救。《汉书·公卿表》以博掩失侯者十余人，可见此神从古有之。或且一心贪赌，有美食而让他人食，有美妻而让他人眠，皆迷龙作祟也。但阴间赌法与世间不同，其法：聚十余鬼，同掷十三颗骰子；每子下盆，有五彩金色光者，便是全胜，群鬼以所畜纸镙全行献上。迷龙高坐抽头[5]，以致大富。群鬼赌败穷极，便到阳间作瘟疫，诈人酒食。汝等此时烧纸钱一万，可以放我生还。"

家人信之，如其言，烧与之，而李竟瞑目长逝。或曰："渠又哄得赌本，可以放心大掷，故不返也。"

注释：

1 呼卢：古时博戏，用木制骰子五枚，每枚两面，一面涂黑，画牛犊，一面涂白，画雉，一掷五子皆黑者为卢，为最胜采；五子四黑一白者为雉，是次胜采。所以，赌徒赌博时，且掷且喝，希望得全黑头采，故赌博亦称"呼卢""呼卢喝雉"。 2 骰（tóu）盆：

一作“骰盘”，掷骰子的盘子。 3纸锞（kè）：纸锭。 4花押：又称“押字”“画押”，兴于宋，因盛于元，故又称“元押”。多为长方，一般上刻楷书姓氏，下刻八思巴文或花押。 5抽头：一称“乞头”，即设局邀人聚赌，抽取头钱。

## 瓜棚下二鬼

海阳邑中刘氏女，夏日在瓜棚下刺绣。薄暮，家人铺蒲席招凉，女忽于座间顾影絮语。众怪其诞，呵之。乃大声曰：“唉！我岂若女耶？我为某村某妇，气忿缢死多年，欲得替人，故在此。”语毕大笑，举带自勒其颈。阖室尽惊，取米豆厌胜之。不退，乃哀求曰：“我女年年为他人压金线，取钱易米，家贫可怜。与汝素无冤，幸相舍。不然，天师将至，我当往诉。”鬼惧曰：“吓人，吓人。虽然，我不可以虚返，当思所以送我。”众曰：“供香楮[1]何如？”不应。曰：“加斗酒只鸡何如？”乃有喜色，且颔之。如其言，女果醒。

未三日，家人方相庆，女衣袖忽又翩舞，愦语曰：“汝等如此薄待我，回想不肯甘休，仍须讨替。”更作恶状，以带套颈。众察其音，不类前鬼。正惊疑间，俄闻瓜棚下綷綷[2]履响，仍在女口叱曰：“鬼婢！冒我姓名，来诈钱镪，辱没煞人！亟去！亟去！不然，我将讼汝于城隍神。”又劳问女家：“勿怕，此无赖鬼。我在此，他不敢为厉。”言毕，其女颊晕红潮，状若羞缩者。食顷，两鬼寂然皆退。次日，其女依旧临镜。询其事，杳然如梦。

老人李某，海阳人。薄暮，自邑中还家，觉腰缠重物，解视无有，勉荷而归。时已月上，家人闻叩扉声，走相问安，老人瞪目无言；为设酒脯[3]，亦不食；愈益怪之。既而，取布幅许，悬梁间，作缢状，曰："余缢死鬼也，今与汝翁作交代。"众惊，诘以前因。曰："余为李氏，栖泊城中。曾至某家，祟其女于瓜棚下。因其家中哀求，我亦念伊女婉弱，是以舍去，别寻替代。奔及城门，有二大人司管甚严，不敢走过。以此日日受苦，一言难尽。"众家人曰："城门大人既然拦阻，汝今日何能复来？"乃嘻嘻笑曰："此实大巧事。今早，乡人以粪桶寄门侧，大人者恶其臭也，两相谓曰：'昨宵雨歇，城头山色当佳，盍一凭眺乎？'遂约伴登山去矣。余得乘间出城。遇汝翁归，附他腰带间，蒙其负荷。急于得生，故仍欲相借重耳。"

众闻其言软，似可以情动者，乃哀求曰："翁年老，墓木已拱，你不忍于弱女，宁独甘心于秃翁？如蒙哀怜，当为延名僧修法事，令你生天人境界，何如？"鬼拍手喜曰："我前在瓜棚下，原欲挽彼作此功德，视其家贫，是以勿言。今众居士既能发大愿力，余又何求？虽然，世人惯作哄鬼伎俩，惟求居士勿忘此言。"众唯唯，鬼即作顶礼状。食顷，老人已起，索水浆饮矣。

翌日，广延僧众，作七日道场，瓜棚下从此清净。

注释：

1 香楮（chǔ）：祭神鬼用的香和纸钱。 2 綷綷（cuì）：形容行动时衣服摩擦的声音。 3 酒脯（fǔ）：酒和干肉，泛指酒肴。

## 李香君荐卷

吾友杨潮观，字宏度，无锡人，以孝廉授河南固始县知县。乾隆壬申乡试，杨为同考官。阅卷毕，将发榜矣，搜落卷为加批焉，倦而假寐。梦有女子年三十许，淡妆，面目疏秀，短身，青绀[1]裙，乌巾束额，如江南人仪态，揭帐低语曰："拜托使君，'桂花香'一卷，千万留心相助。"杨惊醒，告同考官，皆笑曰："此噩梦也，焉有榜将发而可以荐卷[2]者乎？"杨亦以为然。

偶阅一落卷，表联有"杏花时节桂花香"之句，盖壬申二月表，题即谢开科事也。杨大惊，加意翻阅。表颇华赡[3]，五策尤详明，真饱学者，以时艺[4]不甚佳，故置之孙山外。杨既感梦兆，又难直告主司，欲荐未荐，方徘徊间，适正主试钱少司农东麓先生嫌进呈策通场未得佳者，命各房搜索。杨喜，即以"桂花香"卷荐上。钱公如得至宝，取中八十三名。拆卷填榜，乃商丘老贡生侯元标，其祖侯朝宗也。方疑女子来托者，即李香君。杨自以得见香君，夸于人前，以为奇事。

注释：

1 绀（gàn）：天青色。一种深青带红的颜色。 2 荐卷：科举考试中被选荐的试卷。 3 华赡：文辞华美富丽。 4 时艺：时文、八股文。

# 卷　四

## 吕蒙涂脸

湖北秀才钟某，唐太史赤子之表戚也。将赴秋试，梦文昌神[1]召，跪殿下。不发一言，但呼之近前，取笔向砚上蘸极浓墨，涂其脸几满。大惊而醒，虑有污卷之事，意忽忽不乐。随入场，倦，在号檐中假寐。见有伟丈夫掀其号帘，长髯绿袍，乃关帝也。骂曰："吕蒙老贼！你道涂抹面孔，我便不认得你么！"言毕不见，钟方悟前身是吕蒙，心甚惶悚。是年，获隽[2]。

后十年，选山西解梁知县。到任三日，往谒武庙，一拜不起。家人视之，业已死矣。

注释：

1 文昌神：亦称"文曲星""文星"。中国古代神话中主宰功名、禄位的神。　2 获隽：会试得中，泛指科举考试得中。

## 郑细九

扬州名奴，多以"细"称。细九者，商人郑氏奴也。郑家主母病革[1]，忽苏，矍然[2]而起，曰："事太可笑。我死何妨，不应托生于细九家为儿，以故我魂已出户，到半途得此消息，将送我者打脱而返。"言毕，道"口渴"，索青菜汤。家人煮与之。咽少许，仍仆于床，瞑目而逝。须臾，郑细九来报，家中产一儿，口含菜叶，啼声甚厉。嗣后，郑氏颇加恩养[3]，不敢以奴产子待也。

注释：

1 病革：病势危急。 2 矍（jué）然：惊惶四顾貌。 3 恩养：爱护养育。

## 替鬼做媒

江浦南乡有女张氏，嫁陈某，七年而寡，日食不周，改适张姓。张亦丧妻七年，作媒者以为天缘巧合。婚甫半月，张之前夫附魂妻身曰："汝太无良！竟不替我守节，转嫁庸奴！"以手自批其颊。张家人为烧纸钱，再三劝慰，作厉如故。未几，张之前妻又附魂于其夫之身，骂曰："汝太薄情！但知有新人，不知有旧人！"亦以手自击撞。举家惊惶。

适其时原作媒者秦某在旁，戏曰："我从前既替活人作媒，我今日何妨替死鬼作媒。陈某既在此索妻，汝又在此索夫，何不彼此交配而退？则阴间不寂寞，而两家活夫妻亦平安矣。何必在此吵闹耶？"张面作羞缩状，曰："我亦有此意，但我貌丑，未知陈某肯要我否？我不便自言。先生既有此好意，即求先生一说，何如？"秦乃向两处通陈，俱唯唯。忽又笑曰："此事极好，但我辈虽鬼，不可野合，为群鬼所轻。必须媒人替我剪纸人作舆从，具锣鼓音乐，摆酒席，送合欢杯，使男女二人成礼而退，我辈才去。"张家如其言，从此，两人之身安然无恙。乡邻哄传某村替鬼做媒，替鬼做亲。

［明］张路《神仙图册》之《仙姑》

［明］张路《麻姑献寿图》

## 三斗汉

三斗汉者，粤之鄙人也，其饭须三斗粟乃饱，人故呼为“三斗汉”。身长一丈，围抱不周。须虬面黑，乞食于市，所得莫能果腹。一日，之惠州，戏于提督军门外，双手挈二石狮去。提督召之，则仍双挈石狮而来。提督命五牛曳横木于前，三斗汉挽其后，用鞭鞭牛，牛奋欲奔，终不能移尺寸。提督奇其力，赏食马粮[1]，使入伍学武。乃跪求云：“小人食需三斗粟，愿倍其粮。”提督许之。习武有年，驰马辄坠，箭发不中，乃改步卒。郁郁不得志而归，游于潮州。值潮之东门修湘子桥。桥梁石长三丈余，宽厚皆尺五。众工构天架，数十人挽之，莫能上。三斗汉从旁笑曰：“如许众人，赪面汗背，犹不能升一条石块耶？”众怒其妄，命试之。遂登架，独挽而上，众股栗。桥洞故有百数，辛卯年圮[2]其三，郡丞范公捐俸倡修，见此人能独挽巨石，费省工速，遂命尽挽其余，赏钱数十千。不一月，食尽去，莫知所之。或云饿死于澄江。

注释：

1 马粮：军饷。 2 圮（pǐ）：塌坏，倒塌。

## 叶生妻

桐城邑西牛栏铺界叶生，笔耕糊口，父兄业农。乾隆癸卯春，佃其族人田于牌门庄，阖宅移居于是。其妻年十八，素端重寡言，忽发颠谩骂，其音不一，惟骂：“李某丧绝天良，毁我辈十人冢，盖造房屋，好生受用，将我等骸骨践踏污秽。”叶生不解，询邻老，始知房主李某于康熙时平坟架屋，事实有之。乃诘其妻云："平坟做屋，实李某事，于我何干？"妻答云："当时李某气焰甚高，我等忍气不言，多出游避之。今看尔家运低，故在此泄忿。"骂音中惟此厉声者最恶，其九音偶尔相间，亦略平和。生许以拆屋培冢，答云："屋有主人，尔不能擅拆，盍往商量？"生奔请李姓来，其妻引至堂西两正屋内，指示曰："此二椁也，此四坟也，其牖旁乃二女坟，我坟在床后墙下。"李问："尔何人？"答云："我阮姓孚名，年二十二，前明正德间儒生。读书白鹤观，戏习道教，竟成羽士。偶为贪色逾墙，被辱自缢。葬此十人中，惟我受践踏污秽更苦，故我纠合伊等同来。"李云："汝骨在何处？"答曰："正中一冢，掘下三尺，见棺黑色者，是我也。"李踌躇不敢掘，鬼骂不息。远近劝者络绎而至，有问必答。或烧纸钱求之，其九鬼亦从旁劝解，音皆自其妻口中出。缢鬼骂曰："汝等九个赌贼！得受叶家纸钱，彼此赶老羊[1]快活，便来劝我么？"

自是九鬼无声，惟缢鬼独闹。生请羽士禳解，属塾师陈某作荐送文。鬼大笑曰："不通之极！某故事用错，某处文词鄙俗。况送我文，当求我，不应以威胁我。"塾师惭赧[2]，唯唯而已。道士诵经略错，必加切责。

生之戚有程氏者，家素丰，方到门，鬼曰："富翁来矣，当备好茶。"章孝廉甫与生有姻，将到，鬼曰："文星至矣，求为我作墓志。"章口占一律赠之，曰："当年底事竟投缳？遗体飘零瘗[3]此间。茅屋妄成将拆去，高封误毁已培还。从兹独乐安黄壤，还望垂怜放翠鬟。他日超升借法力，直排阊阖[4]列仙班。"鬼谢曰："蒙奖太过。孚有风流罪过，安能排阊阖列仙班乎！惟五、六二语见教极是，吾遵命去矣。"临去，呼叶生字，告之曰："吾不受道士忏悔，受文人忏悔，亦未忘结习[5]故也。尔盍镌诗墓石，以光泉壤？”

生妻瞑目无言。越一日，乃醒。

注释：

1赶老羊：赌输赢、决胜负的一种游戏。以骰子六枚掷之，除去相同者三枚，视余下骰子点数之多少而定胜负。 2赧（nǎn）：因羞愧而脸红。 3瘗（yì）：掩埋，埋葬。 4阊阖（chāng hé）：传说中的天门。 5结习：积习，积久而难改的习惯。

## 陈清恪公吹气退鬼

陈公鹏年，未遇时，与乡人李孚相善。秋夕，乘月色过李闲话。李故寒士，谓陈曰：“与妇谋酒不得，子少坐，我外出沽酒，与子赏月。”陈持其诗卷坐观待之。门外有妇人，蓝衣蓬首，开户入，见陈，便却去。陈疑李氏戚也，避客，故不入，乃侧坐避妇人。妇人袖物来，藏门槛下，身走入内。陈心疑何物，就槛视之，一绳也，臭，有血痕。陈悟此乃缢鬼，取其绳置靴中，坐如故。

少顷，蓬首妇出，探藏处，失绳，怒，直奔陈前，呼曰：“还我物！”陈曰：“何物？”妇不答，但耸立张口吹陈，冷风一阵如冰，毛发噤龄[1]，灯荧荧青色将灭。陈私念：“鬼尚有气，我独无气乎？”乃亦鼓气吹妇。妇当公吹处，成一空洞，始而腹穿，继而胸穿，终乃头灭。顷刻，如轻烟散尽，不复见矣。

少顷，李持酒入，大呼：“妇缢于床！”陈笑曰：“无伤也，鬼绳尚在我靴。”告之故，乃共入解救，灌以姜汤，苏，问：“何故寻死？”其妻曰：“家贫甚，夫君好客不已。头止一钗，拔去沽酒。心闷甚，客又在外，未便声张。旁忽有蓬首妇人，自称左邻，告我以夫非为客拔钗也，将赴赌钱场耳。我愈郁恨，且念夜深，夫不归，客不去，无面目辞客。蓬首妇手作圈曰：‘从此入即佛国，欢喜无量。’余从此圈入，而手套不紧，圈屡散。妇人曰：‘取吾佛带来，则成佛矣。’走出取带，良久不来。余方冥然若梦，而君来救我矣。”

访之邻，数月前果缢死一村妇。

注释：

1 噤龂（jìn xiè）：毛发森森竖立貌。

## 陈圣涛遇狐

绍兴陈圣涛者，贫士也，丧偶。游扬州，寓天宁寺侧一小庙，庙僧遇之甚薄。陈见庙有小楼扃闭，问僧何故。僧曰：“楼有怪。”陈必欲登，乃开户入。见几上无丝毫尘，有镜架梳篦等物。大疑，以为僧藏妇人，不语出。过数日，望见美妇倚楼窥，陈亦目挑之。妇腾身下，已至陈所。陈始惊以为非人。妇曰：“我仙也，汝毋怖，为有夙缘故耳。”款接甚殷，竟成夫妇。

每月朔，妇告假七日，云：“往泰山娘娘处听差。”陈乘妇去，启其箱，金玉灿然。陈一丝不取，代扃锁如初。妇归，陈私谓曰：“我贫甚，而君颇有余资，盍假我屯货为生业乎？”妇曰：“君骨相贫，不能富，虽作商贾无益。且喜君行义甚高，开我之箱，分文不取，亦足敬也。请资君衣食。”自后，陈不起炊，中馈之事，妇主之。

居年余，妇谓陈曰：“妾所畜金，已为君捐纳飞班[1]通判，赴京投供，即可选也。妾请先入京师置屋待君。”陈曰：“娘子去，我从何处访寻？”曰：“君第入都，到彰义门，妾自遣人相迎。”

陈如其言，后妇人两月入都，至彰义门，果有苍头跪曰："主君到迟，娘娘相待久矣。"引至米市胡同[2]，则崇垣大厦，奴婢数十人皆跪迎叩头，如旧曾服侍者。陈亦不解其故。登堂，妇人盛服出迎，携手入房。陈问："诸奴婢何以识我？"曰："勿声张。妾假君形貌赴部投捐，又假君形貌买宅立契，诸奴婢投身时，亦假君形貌以临之，故皆认识君。"因私教陈曰："若何姓，若何名，唤遣时须如我所嘱，毋为若辈所疑。"陈喜甚，因通书于家。

明年，陈之长子来，知父已续娶后母，入房拜见。母慈恤倍至，如所生。子亦孝敬不违。妇人曰："闻儿有妇，何不偕来？明年可同至别驾任所。"长子唯唯。妇人赠舟车费，迎其妻入京同居。忽一日，门外有少年求见。陈问："何人？"少年曰："吾母在此。"陈问妇人，妇人曰："是吾儿，妾前夫所生也。"唤入，拜陈，并拜陈之长子，呼为兄。

居亡何，妇假日也，不在家。长子亦外出。妻王氏方梳妆，少年窥嫂有色，排窗入，拥抱求欢。王不可，少年强之，弛下衣，以阴示嫂，茎头无肉而有毛，尖挺如立锥。王愈畏恶，大呼乞命。少年惧，奔出。王之裙褶已毁裂矣。长子夜归，被酒，见妻容色有异，问之，具道所以。长子不胜忿，拔几上刀寻少年。少年已卧，就帐中斫之。烛照，一狐断首而毙。陈知其事，惊骇。惧妇人假满归，必索其子命，乃即夜父子逃归绍兴。官不赴选，一钱不得着身，贫如故。

注释：

1 飞班：不按次序，提前就职。　2 胡同：小街小巷。

# 陈州考院

河南陈州学院衙，堂后有楼三间封锁，相传有鬼物。康熙中，汤西崖先生以给谏[1]视学其地，亦以老吏言，扃其楼如故。时值盛暑，幕中人多屋少，杭州王秀才叕、中州景秀才考祥，居常以胆气自壮，欲移居高楼。汤告以所闻，不信。断锁登楼，则明窗四敞，梁无点尘，愈疑前言为妄。景榻于楼之外间，王榻于楼之内间，让中一间为起坐所。

漏下二鼓，景先睡，王从中间持烛归寝，语景曰："人言楼有祟，今数夕无事，可知前人无胆，为书吏所愚。"景未答，便闻楼梯下有履声徐徐登者。景呼王曰："楼下何响？"王笑曰："想楼下人故意来吓我耳。"少顷，其人连步上，景大窘，号呼；王亦起，持烛出。至中间，灯光收缩如萤火。二人惊，急添烧数烛。烛光稍大，而色终青绿。楼门洞开，门外立一青衣人，身长二尺，面长二尺，无目无口无鼻而有发，发直竖，亦长二尺许。二人大声唤楼下人来，此物遂倒身而下。窗外四面啾啾然作百种鬼声，房中什物皆动跃。二人几骇死，至鸡鸣始息。

次日，有老吏言：先是溧阳潘公督学时，岁试毕，明日当发案，潘已就寝。将二更，忽闻堂上击鼓声。潘遣僮问之，值堂吏云："顷有披发妇人从西考棚中出，上阶求见大人。吏以深夜，不敢传。答曰：'吾有冤，欲见大人陈诉。吾非人，乃鬼也。'吏惊仆，鬼因自击鼓。"署中皆惶遽，不知所为。仆人张姓者，稍有胆，乃出问之。鬼曰："大人见我何碍？今既不出，即烦致语：我，某县某生家仆妇也。主人涎我色，奸我，不从，则鞭挞之。我语夫，夫醉后有不逊语，渠夜率家人杀我夫喂马。次早入房，命数人抱我行奸。我肆口詈之，遂大怒，立捶死，埋后园西石槽下。沉冤数载，今特来求申。”言毕大哭。张曰：“尔所告某生，今来就试否?”鬼曰：“来，已取第二等第十三名矣。”张入告潘公。公拆十三名视之，果某生姓名也，因令张出慰之曰：“当为尔檄府县查审。”鬼仰天长啸去。潘次日即以访闻檄县，果于石槽下得女尸，遂置生于法。

此是衙门一异闻，而楼上之怪，究不知何物也。王后举孝廉，景后官侍御。

注释：

1 给谏：宋代给事中及谏议大夫合称，职掌纠正及规谏。明、清专用为六科给事中别称。

## 符离楚客

康熙十二年冬，有楚客贸易山东，由徐州至符离。约二鼓，北风劲甚，见道旁酒肆灯火方盛。入饮，即假宿焉。店中人似有难色，有老者怜其仓追，谓曰：“方设馔以待远归之士，无余酒饮君。右有耳房，可以暂宿。”引客进。

客饥渴甚，不能成寐，闻外间人马喧声，心疑之。起，从门隙窥，见店中匝地皆军士，据地饮食，谈说兵间事。皆不甚晓。少顷，众相呼曰：“主将来矣。”远远有呵殿声，咸趋出迎候。见纸灯数十，错落而来，一雄壮长髯者下马，入店上坐，众人伺立门外。店主人具酒食上，哺啜[1]有声。毕，呼军士入曰：“尔辈远出久矣，各且归队，吾亦少憩，俟文书至，再行未迟。”众诺而退。随呼曰：“阿七，来！”有少年军士从店左门出，店中人闭门避去。阿七引长髯者入左门，门隙有灯射出。客从右耳房潜至左门隙窥之，见门内有竹床，无睡具，灯置地上。长髯者引手撼其头，头即坠下，放置床上。阿七代捉其左右臂，亦皆坠下，分置床内外。然后倒身卧于床，阿七摇其身，自腰下对裂作两段，倒于地。灯亦旋灭。客悸甚，飞趋耳房，以袖掩面卧，辗转不能寐。

遥闻鸡鸣一二次，渐觉身冷。启袖，见天色微明，身乃卧乱树中。旷野无屋，亦无坟堆。冒寒行三里许，始有店。店主人方开门，讶问："客来何早？"客告以所遇，并问所宿为何地。曰："此间皆旧战场也。"

注释：

1 餔啜（bū chuò）：食与饮。泛指吃食。

# 卷　五

## 城隍替人训妻

杭州望仙桥周生，业儒。妇凶悍，数忤其姑[1]。每岁逢佳节，着麻衣拜姑于堂，诅其死也。周孝而懦，不能制妻，惟日具疏祷城隍神，愿殛[2]妇以安母。章凡九焚，不应。乃更为忿语，责神无灵。

是夕，梦一卒来，曰："城隍召汝。"周随往，入跪庙中。城隍曰："尔妇忤逆状，吾岂不知？但查汝命，只一妻，无继妻，恰有子二人。尔孝子，胡可无后？故暂宽汝妇。汝何哓哓？"周曰："妇恶如是，奈堂上何？且某与妇恩义既绝，又安得有嗣？"城隍曰："尔昔何媒？"曰："范、陈二姓。"乃命拘二人至，责曰："某女不良，而汝为媒，嫁于孝子，害皆由汝。"呼杖之。二人不服，曰："某无罪。女处闺中，其贤否某等无由知。"周亦代为祈免，曰："二人不过要好作媒，非贪媒钱作诳语[3]者，与伊何罪？据某愚见，妇人虽悍，未有不畏鬼神念经拜佛者。但求城隍神呼妇至，示之惩警，或得改逆为孝，事未可定。"城隍曰："甚是。但尔辈皆善类，故以好面目相向，妇凶悍，非吾变相，不足示威。尔辈无恐。"命蓝面鬼持大锁往擒其妻，而以袍袖拂面。顷刻，变成青靛色，朱发睁眼。召两旁兵卒执刀锯者，皆狰狞凶猛。油铛肉磨，置列庭下。须臾，鬼牵妇至，觳觫[4]跪阶前。城隍厉声数其罪状，取登注册示之。命夜叉："拉下剥皮，放油锅中。”妇哀号伏罪，请后不敢。周及两媒代为之请，城隍曰：“念汝夫孝，姑宥汝，再犯者有如此刑。”乃各放归。

次日，夫妇证此梦皆同。妇自此善视其姑，后果生二子。

注释：

1 姑：旧时妻称夫的母亲为“姑”。 2 殛（jí）：杀死。 3 诳语：欺骗之语。 4 觳觫（hú sù）：恐惧战栗的样子。

## 洗紫河车

四川酆都县皂隶丁恺，持文书往夔州投递。过鬼门关，见前有石碑，上书“阴阳界”三字。丁走至碑下，摩观良久，不觉已出界外。欲返，迷路。不得已，任足而行。至一古庙，神像剥落，其旁牛头鬼蒙灰丝蛛网而立。丁怜庙中之无僧也，以袖拂去其尘网。

又行二里许，闻水声潺潺，中隔长河，一妇人临水洗菜，菜色甚紫，枝叶环结如芙蓉。谛视渐近，乃其亡妻。妻见丁，大惊曰：“君何至此？此非人间。”丁告之故，问妻所居何处，所洗何菜，妻曰：“妾亡后为阎罗王隶卒牛头鬼所娶，家住河西槐树下。所洗者，即世上胞胎，俗名‘紫河车’是也。洗十次者，儿生清秀而贵；洗两三次者，中常之人；不洗者，昏愚秽浊之人。阎王以此事分派诸牛头管领，故我代夫洗之。”丁问妻：“可能使我还阳否？”妻曰：“待吾夫归商之。但妾既为君妇，又为鬼妻，新夫旧夫，殊觉启齿为羞。”语毕，邀至其家，谈家常，讯亲故近状。

少顷，外有敲门者，丁惧，伏床下。妻开门，牛头鬼入，取牛头掷于几上，一假面具也。既去面具，眉目言笑，宛若平人，谓其妻曰："惫甚！今日侍阎王审大案数十，脚跟立久酸痛，须斟酒饮我。"徐惊曰："有生人气！"且嗅且寻。妻度不可隐，拉丁出，叩头告之故，代为哀求。牛头曰："是人非独为妻故将救之，是实于我有德。我在庙中蒙灰满面，此人为我拭净，是一长者。但未知阳数何如，我明日往判官处，偷查其簿，便当了然。"命丁坐，三人共饮。有肴馔至，丁将举箸，牛头与妻急夺之，曰："鬼酒无妨，鬼肉不可食，食则常留此间矣。"

次日，牛头出，及暮，归，欣欣然贺曰："昨查阴司簿册，汝阳数未终，且喜我有出关之差，正可送汝出界。"手持肉一块，红色臭腐，曰："以赠汝，可发大财。"丁问故，曰："此河南富人张某之背上肉也。张有恶行，阎王擒而钩其背于铁锥山。半夜肉溃，脱逃去。现在阳间患发背疮，千医不愈。汝往，以此肉研碎敷之即愈，彼必重酬汝。"丁拜谢，以纸裹而藏之，遂与同出关，牛头即不见。

丁至河南，果有张姓患背疮。医之痊，获五百金。

## 画工画僵尸

杭州刘以贤，善写照。邻人有一子一父而居室者。其父死，子外出买棺，嘱邻人代请以贤为其父传形[1]。以贤往，入其室，虚无人焉。意死者必居楼上，乃蹑梯登楼，就死人之床，坐而抽笔。尸忽蹶然起，以贤知为走尸，坐而不动。尸亦不动，但闭目张口，翕翕然眉撑肉皱而已。以贤念身走则尸必追，不如竟画，乃取笔申纸，依尸样描摹。每臂动指运，尸亦如之。以贤大呼，无人答应。俄而其子上楼，见父尸起，惊而仆。又一邻上楼，见尸起，亦惊，滚落楼下。以贤窘甚，强忍待之。俄而，抬棺者来。以贤徐记尸走畏苕帚[2]，乃呼曰：“汝等持苕帚来！”抬棺者心知有走尸之孽，持帚上楼，拂之，倒。乃取姜汤灌醒仆者，而纳尸入棺。

注释：

1 传形：画像。 2 苕帚：疑为“笤帚”。笤帚，用去粒的高粱穗、黍子穗等绑成的用来清除尘土、垃圾等的用具。

## 莺娇

扬州妓莺娇，年二十四，矢志从良[1]。有柴姓者娶为妾，婚期已定。太学生朱某慕之，以十金求欢。妓受其金，绐曰：“某夕来，当与郎同寝。”朱临期往，则花烛盈门，莺娇已登车矣。朱知为所诳，怅然返。逾年，莺娇病瘵[2]卒。朱忽梦见莺娇披黑衫直入朱门，曰：“我来还债。”惊而醒。明日，家产一黑牛，向朱依依，若相识者。卖之，竟得十金。狎邪之费，尚且不可苟得也如此。

注释：

1 从良：旧称妓女嫁人为“从良”。 2 瘵（zhài）：指肺结核病。

## 旁观因果

常州马秀才士麟，自言幼时从父读书北楼，窗开处，与卖菊叟王某露台相近。一日早起，倚窗望，天色微明，见王叟登台浇菊，毕，将下台。有担粪者荷二桶升台，意欲助浇。叟色不悦，拒之；而担粪者必欲上，遂相挤于台坡。天雨台滑，坡仄且高，叟以手推担粪者，上下势不敌，遂失足陨台下。叟急趋扶之，未起，而双桶压其胸，两足蹶然直矣。叟大骇，噤不发声，曳担粪者足，开后门，置之河干，复举其桶置尸傍。归，闭门复卧。马时虽幼，念此关人命事，不可妄谈，掩窗而已。日渐高，闻外轰传河干有死人，里保[1]报官。日午，武进知县鸣锣至。仵作[2]跪启："尸无伤，系失足跌死。"官询邻人，邻人齐称不知。乃命棺殓加封焉，出示招尸亲而去。

事隔九年，马年二十一，入学为生员。父亡，家贫，即于幼时读书所招徒授经。督学使者刘吴龙将临岁考[3]，马早起温经，开窗，见远巷有人肩两桶冉冉来。谛视之，担粪者也。大骇，以为来报叟仇。俄而过叟门不入，别行数十步，入一李姓家。李颇富，亦近邻而居相望者也。马愈疑，起尾之。至李门，其家苍头[4]踉跄出曰："吾家娘子分娩甚急，将往招收生婆。"问："有担桶者入乎？"曰："无。"言未毕，门内又一婢出曰："不必招收生婆，娘子已产一官人矣。"马方悟担粪者来托生，非报仇也。但窃怪李家颇富，担粪者何修得此？自此，留心访李家儿作何举止。

又七年，李氏儿渐长，不喜读书，好畜禽鸟。而王叟康健如故，年八十余，爱菊之性，老而弥笃。一日者，马又早起倚窗，叟上台灌菊，李氏儿亦登楼放鸽。忽十余鸽飞集叟花台栏杆上。儿惧飞去，再三呼鸽不动。儿不得已，寻取石子掷之，误中王叟。叟惊，失足陨于台下，良久不起，两足蹶然直矣。儿大骇，噤不发声，默默掩窗去。日渐高，叟之子孙咸来寻翁，知是失足跌死，哭殓而已。

此事闻于刘绳庵相公。相公曰："一担粪人，一叟，报复之巧如此，公平如此，而在局中者彼此不知，赖马姓人冷观历历。然则天下事吉凶祸福，各有来因，当无丝毫舛错[5]，而惜乎从旁冷观者之无人也！”

注释：

1 里保：旧指乡里为官府办差的人，俗称“地保”。 2 仵作：旧时官署中检验死伤的吏役。 3 岁考：明清时期府、州、县学生员必须参加的每年一度的考试，由学官分别优劣，酌定赏罚。4 苍头：奴仆。 5 舛（chuǎn）错：差错。

## 楚 陶

乾隆丙寅夏，江阴县民徐甲家患黑眚[1]，火焚其突，矢盈于甑[2]，啸嗥无宁夕，里人咸患苦之。时邑令刘君翰长，粤西名士也，祷于神，不应；延羽士[3]赛祈，不应；乃记刘少司空星炜为文，祷于城隍。令斋沐投炉，宿神庑下听命。

翌日，无所兆，但炉灰坟起，作“楚陶”二字。令谓曰：“汝岂与楚人陶姓有冤乎？”甲大惊，吐实云：

甲幼年访其宗人某，往武昌，路患恶疾，同行者委之于道，分转沟壑死矣。有一丐者，雄躯深目，分糗糒[4]食之，携与同乞。月余，病良已。丐者以力凌其曹偶[5]，所得独赢，因省啬为甲作归计，竟得归。甲素有心计，为人佣租，得婚娶，且小阜[6]矣。亡何，丐忽至，挟巨橐，颜色窘甚。叩之，曰：“曩别后窜身绿林，浮沉湖湘间二十载。今事败捕急，请从子而庇焉。”甲唯唯，语其子。子谓：“功令[7]匿盗者与盗同罪，不如放之使逸。”甲方嗫嚅[8]未决，忽伍伯[9]数人入，絷[10]其人以去，甲大惊。有拍手笑于房者，其子妇也，曰：“大恩不报，新妇知若父子不忍，故已通知捕快，召之入矣。获厚资，且得赏，何惧为？”甲无可奈何，顾常大恨，不意其祟至于此也。

刘令曰："盗劫人而子杀盗，盗当其罪，何厉之能为？顾汝享其利，则汝亦盗也。神人乌能庇盗？"无何，祟益甚，毁其家殆尽。子若妇先后卒，祟乃绝。

注释：

1 黑眚（shěng）：五行水气而生的灾祸。因五行中水为黑色，故称"黑眚"。 2 甑（zèng）：中国古代蒸食炊器。 3 羽士：道士别称。 4 糗糒（qiǔ bèi）：干粮。 5 曹偶：同类。 6 小阜：稍稍富裕。 7 功令：古代国家对学者进行考核和录用为官的法令或规程。 8 嗫嚅（niè rú）：要说话而又顿住的样子。 9 伍伯：衙门中行刑的役卒。 10 絷（zhí）：拘禁。

## 老妪为妖

乾隆二十年，京师人家生儿辄患惊风[1]，不周岁便亡。儿病时，有一黑物如鸺鹠[2]盘旋灯下，飞愈疾，则小儿喘声愈急，待儿气绝，黑物乃飞去。

未几，某家儿又惊风，有侍卫鄂某者，素勇，闻之，怒，挟弓矢相待。见黑物至，射之。中弦而飞，有呼痛声，血涔涔洒地。追之，逾两重墙，至李大司马家之灶下乃灭。鄂挟矢来灶下，李府惊，争来问讯。鄂与李素有戚，道其故，大司马命往灶下觅之。见旁屋内一绿眼妪插箭于腰，血犹淋漉，形若猕猴，乃大司马官云南时带归苗女。最笃老，自云不记年岁。疑其为妖，拷问之，云："有咒语，念之便能身化异鸟，专待二更后出食小儿脑，所伤者不下数百矣。"李公大怒，捆缚置薪火焚之。

嗣后，长安小儿病惊风竟绝。

注释：

1 惊风：小儿病名，又称“惊厥”“抽风”，有急惊风、慢惊风之分，临床表现为抽搐、昏迷。 2 鸺鹠（xiū liú）：鸟名，羽毛棕褐色，有横斑，尾巴黑褐色，腿部白色，脸部羽毛略呈放射状，头部没有角状的羽毛，捕食鼠、兔等。古书中被视为不祥之鸟。

## 署雷公

婺源董某，弱冠时，暑月[1]昼卧，忽梦奇鬼数辈审视其面，相谓曰：“雷公患病，此人嘴尖，可替代也。”授以斧，纳其袖中。引至一处，壮丽如王者居。立良久，召入，冠冕旒者坐殿上谓曰：“乐平某村妇朱氏，不孝于姑，合遭天殛。适雷部两将军俱为行雨过劳，现在患病，一时不得其人。功曹辈荐汝充此任，汝可以领符前往。”董拜命出，自视足下云生，闪电环绕，公然一雷公矣。顷刻至乐平界，即有社公导往。董立空中，见妇方诟谇其姑，观者如堵。董取袖中斧一击毙之，声轰然，万众骇跪。

归复命，王者欲留供职。以母老辞，王亦不强。问董何业，曰：“应童子试。”王顾左右取郡县册阅之，曰：“汝某岁可游庠[2]。”遂醒，急语所亲。诣乐平县验之，果然震死一妇，时日悉合。方阅籍时，董窃睨邑试一名为程隽仙，二名为王佩葵，次年皆验。

注释：

1 暑月：农历六月前后小暑、大暑之时。 2 游庠（xiáng）：就读于府、州、县的学宫。庠，原系周代乡学，后泛称学校。

## 捉 鬼

婺源汪启明，迁居上河之进士第，其族汪进士波故宅也。乾隆甲午四月，一日，夜梦魇良久，寤，见一鬼逼帷立，高与屋齐。汪素勇，突起搏之。鬼急夺门走，而误触墙，状甚狼狈。汪追及之，抱其腰。忽阴风起，残灯灭，不见鬼面目，但觉手甚冷，腰粗如瓮。欲喊集家人，而声噤不能出。久之，极力大叫，家人齐应。鬼形缩小如婴儿。各持炬来照，则所握者，坏丝绵一团也。窗外瓦砾乱掷如雨，家人咸怖，劝释之。汪笑曰："鬼党虚吓人耳，奚能为？倘释之，将助为祟，不如杀一鬼以惩百鬼。"因左手握鬼，右手取家人火炬烧之。腷膊[1]有声，鲜血迸射，臭味不可闻。迨晓，四邻惊集，闻其臭，无不掩鼻者。地上血厚寸许，腥腻如胶，竟不知何鬼也。

王葑亭舍人为作《捉鬼行》纪其事。

注释：

1 腷膊（bì bó）：拟声词。

## 某侍郎异梦

乾隆二十年，某侍郎督视黄河，驻扎陶庄。岁除夕矣，侍郎素勤，骑匹马，跟从者四人，持悬火[1]巡河。行冰淖中，一望黄茅白苇，自觉凄然。见草中有支布帐而露烛光者，召问，则主簿某也。侍郎爱其勤，大加夸奖。主簿请曰："大人除夕至此，夜已三鼓，天寒风紧，回馆尚远，某有度岁酒肴，献上一醉，何如？"侍郎笑而受之。饮数觞，仍归公馆，倦，解衣卧。

梦中依旧骑马看河，觉所行处便非前境，最后黄沙茫茫。行二里许，有火光出庐舍间，就之，老妪迎门，细视，即其亡母太夫人也。见侍郎惊曰："汝何至此？"侍郎告以奉命看河之故。太夫人曰："此非人间，汝既来，汝何能归？"侍郎方悟太夫人已亡，己身已死。遂大哭。太夫人曰："河西有老和尚，法力甚大，吾带汝往求之。"侍郎随行。

至一庙，庄严如王者居，南面坐一老僧，闭目无言。侍郎跪阶下，再拜，僧不为礼。侍郎问："我奉天子命看河，因何至此？"僧又无言。侍郎怒曰："我为天子大臣，纵有罪当死，亦须示我，使我心服，何嘿嘿如哑羊[2]耶？"老僧笑曰："汝杀人多矣，禄折尽矣，尚何问为？"侍郎曰："我杀人虽多，皆国法应诛之人，非我罪也。"僧曰："汝当日办案时，果只知有国法乎？抑贪图迎合、固宠迁官乎？"取案上如意，直指其心。侍郎觉冷气一条直逼五脏，心趌趌[3]然跳不止，汗如雨下，惶悚不能言。良久，曰："某知罪矣。嗣后改过，何如？"僧曰："汝非改过之人，今日恰非汝寿尽之日。"顾左右沙弥云："领他出，放他归。"沙弥同行，昏黑中，开其拳，出一小珠，光照黄河工次一段，直至陶庄公馆，历历如白昼。太夫人迎来，泣曰："儿虽归，不久即来，无多时别也。"遂依原路归，及门下马而醒，日已午矣。

众河员贺节盈门，疑侍郎最勤，何以元旦不起？侍郎亦不肯明言其故。是年四月病呕血，竟以不起。

此事裘文达公为余言。

注释：

1 悬火：悬灯，也称提灯。 2 哑羊：佛教指至愚不知解悟之人。 3 趌趌（jié）：跳动的样子。

# 卷　六

## 猪道人即郑鄤

明季，华山寺中养一猪，年代甚久，毛尽脱落，能持斋，不食秽物，闻诵经声，则叩首作顶礼状，合寺僧以“道人”呼之。

一夕，老病将死，寺中住持湛一和尚者，素有道行，将往他处说法，召其徒谓曰：“猪道人若死，必碎割之，分其肉啖寺邻。”众僧虽诺之，而心以为非。已而猪死，乃私埋之。湛一归，问猪死作何处分。众僧以实告，且曰：“佛法戒杀，故某等已埋葬之。”湛一大惊，即往埋猪处，以杖击地哭曰：“吾负汝！吾负汝！”众僧问故，曰：“三十年后，某村有一清贵官无辜而受极刑者，即此猪也。猪前生系宰官，有负心事，知恶劫难逃，托生为畜，来求超度。我故立意以刀解法厌胜[1]之，不意为汝辈庸流所误。然此亦大数，无可挽回也。”

崇祯间，某村翰林郑鄤，素行端方，在东林党籍中，为其舅吴某诬其杖母事，凌迟处死，天下冤之。其时湛一业已圆寂，众方服其通因果也。

注释：

1 厌胜：古代方士的一种巫术，谓能以诅咒制服人或物。

## 人虾

国初，有前明逸老某欲殉难，而不肯死于刀绳水火。念乐死莫如信陵君，以醇酒妇人自戕。[1]仿而为之，多娶姬妾，终日荒淫。如是数年，卒不得死，但督脉断矣，头弯背驼，伛偻如熟虾，匍匐而行。人戏呼之曰“人虾”。如是者二十余年，八十四岁方死。

王子坚先生言幼时犹见此翁。

注释：

1 据《史记》卷七十七《魏公子列传》，魏公子信陵君中了秦国反间计被废止不用后，“饮醇酒，多近妇女。日夜为乐饮者四岁，竟病酒而卒”。

## 赑屃精

无锡华生，美风姿，家住水沟头，密迩[1]圣庙。庙前有桥甚阔，多为游人憩息。夏日，生上桥纳凉，日将夕，步入学宫[2]，见间道侧一小门，有女徘徊户下。生心动，试前乞火[3]。女笑而与之，亦以目相注。生更欲进词，而女已阖扉，遂记门径而出。次日再往，女已在门相待。生叩姓氏，知为学中门斗[4]女，且曰：“妾舍逼隘，不避耳目；卿家咫尺，但得静僻一室，妾当夜分相就，卿明夕可待我于门。”生喜急归，诳妇以畏暑，宜独寝，洒扫外室，潜候于门。女果夜来，携手入室，生喜过望。自是每夕必至。

数月后，生渐羸弱。父母潜窥寝处，见生与女并坐嬉笑，亟排闼入，寂然无人，乃严诘生，生备道始末，父母大骇，偕生赴学宫踪迹，绝无向时门径；遍访门斗中，亦并无有女者，其知为妖。乃广延僧道，请符箓[5]，一无所效。其父研朱砂与生曰：“俟其来时，潜印女身，便可踪迹。”生俟女睡，以朱砂散置发上，而女不知。

次日，父母偕人入圣庙遍寻，绝无影响。忽闻邻妇诟小儿曰：“甫换新裤，又染猩红，从何处染来耶？”其父闻而异之，往视，小儿裤上尽朱砂，因究儿所自。曰：“适骑学宫前负碑龟首，不觉染此。”往视屃赑[6]之首，朱砂在焉。乃启学宫，碎碑下龟首，石片片有血丝，腹中得小石如卵，坚光若镜，锤之不碎，远投太湖。自是女不复来。

阅半月，女忽直入寝所詈生曰：“我何负卿？竟碎我身体！然我亦不恼也。卿父母所虑者，为卿病耳。今已乞得仙宫灵药，服之当无恙。”出草叶数茎，强生食，其味香甘，且云：“前者居处相近，可朝夕往返；今稍远，便当长住此矣。”自是白昼见形，惟不饮食，家人大小咸得见之。生妻大骂，女笑而不答。每夕，生妻拥生坐床，不令女上，女亦不强。但一就枕，妻即惛惛[7]长睡，不知所为，而女独与生寝。生服灵药后，精神顿好，绝不似曩时孱弱。父母无奈，姑听之。如是年余。

一日，生偶行街市，有一疥道人熟视生曰：“君妖气过重，不实言，死期近矣！”生以实告。疥道人邀入茶肆，取背上葫芦倾酒饮之，出黄纸二符授生曰：“汝持归，一贴寝门，一贴床上，毋令女知。彼缘尚未绝，俟八月十五夜，我当来相见。”时六月中旬也。生归，如约贴符。女至门惊却，大诟曰：“何又薄情若此？然吾岂惧此哉！”词甚厉，而终不敢入。良久，大笑曰：“我有要语告君，凭君自择，君且启符。”如其言，乃入，告生曰：“郎君貌美，妾爱君，道人亦爱君。妾爱君，想君为夫；道人爱君，想君为龙阳耳。二者，郎君择焉。”生大悟，遂相爱如初。

至中秋望夕，生方与女并坐看月，忽闻唤名声，见一人露半身于短墙外。迫视之，疥道人也。拉生告曰：“妖缘将尽，特来为汝驱除。”生意不欲。道人曰：“妖以秽言谤我，我亦知之，以此愈不饶他。”书二符曰：“速去擒来！”生方逡巡，适家人出，遽将符送至妻所。妻大喜，持符向女，女战栗作噤，乃缚女手，拥之以行。女泣谓生曰：“早知缘尽当去，因一点痴情，淹留受祸。但数年恩爱，卿所深知，今当永诀，乞置我于墙阴，勿令月光照我，或冀须臾缓死。卿能见怜否？”生固不忍绝之也，乃拥女至墙阴，手解其缚。女奋身跃起，化一片黑云，平地飞升。道人亦长啸一声，向东南腾空追去，不知所往。

注释：

1 密迩：贴近。 2 学宫：各府县的孔庙，常为儒学教官的衙署。 3 乞火：借火，求助。 4 门斗：清代儒学中的公役。 5 符箓（lù）：道士巫师所画的特殊图形或线条，据以役鬼神、辟病邪。 6 屃赑（xì xì）：亦作“屃赑”，传说中的一种动物，像龟。旧时大石碑的石座多雕刻成屃赑形状。 7 惛惛（hūn）：亦作“惛惛”，神志不清。

## 阴间中秋官不办事

罗之芳，湖北荆州府监利县举人。辛未会试，有福建浦城县李姓者来拜，曰：“足下今科必中，但恐未能馆选[1]。”罗询其故，李不肯说，云：“俟验后再说。”榜发，果中进士，竟未馆选，乃往问之。据云：“前得一梦，梦足下将为浦城县老父台，故来相访。”罗还家，选期尚早，乃就馆[2]某氏，自道将来选官，必得浦城矣。不料处馆三年，一病而殁，家中亦不知李所说梦中事也。

又一年后八月十五日，家中请仙，乩盘大书：“我系罗之芳，今回来了。”合家不信，乩上书：“你等若不信，有螺蛳湾田契一纸，我当年因殁于馆中，未得清付家中，尚记得夹在《礼记》某篇内。尔等现在与田邻构讼，可查出呈验，则四至分明，讼事可息。”家人当即检查，果得此契，于是合家痛哭。乩上亦写数十“哭”字。问：“现在何处？”乩写：“做浦城县城隍。”且云：“阴间比阳间公事更忙，一刻不暇，惟中秋一日，例不办事。然必月朗风清，英魂方能行远。今适逢此夕，故得闲回家一走。若平常日子，便不得暇回来了。”又吩咐家人：“庭外草木不得摇动，我带回鬼吏、鬼卒百十余人，皆依草附木而栖。鬼性畏风，若无所凭借，被风一吹，便不知飘泊何处，岂不是我做城隍的反害了他们么？”乩盘书毕，又做长赋一篇乃去。

注释：

1 馆选：明代新科进士，一甲三人授翰林院修撰或编修之职，二、三甲进士可参加翰林院庶吉士考试，称馆选，馆选考取后称庶吉士，经馆选的进士均被认为是储相。 2 就馆：称到主人家授徒或充幕僚，任事时称“处馆”。

## 门夹鬼腿

尹月恒住杭州艮山门外，自沙河滩归，怀菱半斤。路经钵盂潭，人稀地旷，有义冢数堆，觉怀内轻松，探所买菱，已失去矣。因转身寻至义冢，见菱肉剖碎，并聚冢尖。尹复拾至怀内，踉跄归家。

食未竟而病大作，喊云：“吾等不尝菱肉久矣！欲借以解宿馋。汝必尽数取回，何吝啬若是？今吾等至汝家，非饱食不去。”其家惧，即供饭为主人赎罪。杭俗例：凡送鬼者，前人送出门，后人把门闭。其家循此例，闭门过急，尹复大声云：“汝请客当恭敬。今吾等犹未走，而汝门骤闭，夹坏我腿，痛苦难禁。非再大烹请我，则吾永不出汝门矣。”因复祈禳，尹病稍安。然旋好旋发不脱体，卒以此亡。

## 王介眉侍读是习凿齿后身

吾乡孝廉王介眉，名延年，同荐博学鸿词。少尝梦至一室，秘书[1]古器，盎然横陈。榻坐一叟，短身白须，见客不起，亦不言。又有一人颀[2]而黑，揖介眉而言曰：“余，汉之陈寿也，作《三国志》，黜刘帝魏，实出无心，不料后人以为口实。”指榻上人曰：“赖此彦威先生以《汉晋春秋》正之。汝乃先生之后身，闻方撰《历代编年纪事》，夙根[3]在此，须勉而成之。”言讫，手授一卷书，俾题六绝句而寤。寤后仅记二句，曰：“惭无《汉晋春秋》笔，敢道前生是彦威。”

后介眉年八十余，进呈所撰《编年纪事》，得赐翰林侍读。

注释：

1 秘书：此处指谶纬图箓，泛指宫禁藏书、朝廷机要文书等。 2 颀（qí）：身长貌。 3 夙根：前生的灵根。

## 喀　雄

喀雄者，姓杨，父作守备，早亡。表叔周某，作副将，镇河州，怜其孤，抚养之。周有女，年相若，见雄少年聪秀，颇爱之，时与饮食。周家法甚严，卒无他事。

有务子者，亦周戚也，直宿书斋。夏日，雄苦热，徘徊月下，见周女冉冉而至，遂与成欢。次日入内，见女晓妆，雄目之而笑，女亦笑迎之。自后无日不至。务子闻其房中笑语，疑而窥之，见雄与周女相狎，而心大妒，密白周公。周入宅让其夫人，夫人曰："女儿夜夜与我同床，焉有此事？"周终以为疑，借他事杖雄而遣之。雄无所依，栖身兰州古寺中。

一日周女忽至，带来辎重[1]甚富。雄惊且喜，问："从何来？"曰："与我叔父同来。"盖周公之弟名铻者，亦武官也，方升兰州守备。雄深信不疑，与女居半月，扬扬如富人。叔到任后，遇诸途，喜曰："侄在此乎？"曰："然。"叔策马登其堂，侄妇出拜，乃周女也，大惊问故，雄具言之。铻曰："予来时，不闻署中失女事，岂吾兄讳之耶？"居数日，借公事回河州，备述其事。周大骇，曰："吾女宛然在室，顷且同饭，那有此事？或者其狐仙所冒托耶！"夫人曰："与其使狐狸冒托我女之名，玷我闺门，不如竟以真女妻之，看渠如何？"周兄弟二人大以为然，即招雄归成亲。

合卺[2]之夕，西宁之女先已在房，雄茫然不知所措。女笑而谓之曰："何事张皇[3]？儿狐也，实为报德而来。令祖作将军时，尝猎于土门关。儿贯矢被擒，令祖拔矢纵之。屡欲报恩，无从下手。近知郎爱周女而不得，故来作冰人[4]，以偿汝愿。亦因子与周女有夙缘，不然，儿亦不能为力也。今媒已成，儿去矣。"倏然不见。

注释：

1 辎重：出行包裹。 2 合卺（jǐn）：指成婚。 3 张皇：彷徨疑惧貌。 4 冰人：媒人。

## 常熟程生

乾隆甲子，江南乡试，常熟程生，年四十许，头场已入号矣，夜忽惊叫，似得疯病者。同号生怜而问之，俯首不答。日未午，即收拾考篮，投白卷求出。

同号生不解其意，牵裾[1]强问之，曰："我有亏心事发觉矣。我年未三十时，馆某搢绅家，弟子四人，皆主人之子侄也。有柳生者，年十九，貌美，余心慕，欲私之，不得其间，适清明节，诸生俱归家扫墓，惟柳生与余相对，余挑以诗曰：'绣被凭谁寝？相逢自有因。亭亭临玉树，可许凤栖身？'柳见之脸红，团而嚼之。余以为可动矣，遂强以酒，俟其醉而私焉。五更，柳醒，知已被污，大恸。余劝慰之，沉沉睡去。天明，则柳已缢死床上矣。家人不知其故，余不敢言，饮泣而已。不料昨进号，见柳生先坐号中，旁一皂隶，将我与柳齐牵至阴司处。有官府坐堂上，柳诉良久，余亦认罪。神判曰：'例载：鸡奸者，照以秽物入人口例，决杖一百。汝为人师，而居心淫邪，应加一等治罪。汝命该两榜，且有禄籍，今尽削去。'柳生争曰：'渠应抵命，杖太轻。'阴官笑曰：'汝虽死，终非程所杀也。倘程因汝不从而竟杀汝，将何罪以抵之？且汝身为男子，上有老母，此身关系甚大，何得学妇女之见，羞忿轻生？《易》称："窥观女贞，亦可丑也。"从古朝廷，旌烈女，不旌贞童，圣人立法之意，汝独不三思耶？'柳闻之大悔，两手自搏，泪如雨下。神笑曰：'念汝迂拘，着发往山西蒋善人家，作节妇，替他谨守闺门，享受旌表。'判毕，将我杖三十放还魂，依然在号中。现在下身痛楚，不能作文；就作文，亦终不中也。不去何为？”遂呻吟颓唐而去。

注释：

1 裾（jū）：衣服的前襟。

## 孝 女

京师崇文门外花儿市居民，皆以制通草花为业。有幼女奉老父居，亦以制花生活。父久病不起，女忘啜废寝，明慰暗忧。适有邻媪，纠众妇女往丫髻山进香者，女因问：“进香可能疗父病否？”媪曰：“诚心祈祷，灵应如响。”女曰：“此间去山，道里几何？”曰：“百余里。”曰：“一里几何？”媪曰：“二百五十步。”女谨记之。每夜静父寝，持香一炷，自计步数里数，绕院叩头，默祝身为女子不能朝山之故。如是者半月有余。向例：丫髻山奉祀碧霞元君，凡王公搢绅，每至四月，无不进香，以鸡鸣时即上殿拈香者为头香。头香必待大富贵家，庶人无敢僭越。

时有太监张某，往进头香，甫辟殿门，已有香在炉中。张怒责庙主，庙主曰：“殿不曾开，不识此香何由得上。”张曰：“既往不咎，明日当来上头香，汝可待我，毋许别人先入。”庙主唯唯。

次日始四更，张已至。至则炉中香已宛然，一女子方礼拜伏地，闻人声，倏不见。张曰：“岂有神圣之前鬼怪敢公然出现者？此必有因。”坐二山门外，聚香客而告之，并详述所见容态服饰。一媪听良久，曰：“据君所见，乃吾邻女某也。”因说其在家救父礼拜之事。张叹曰：“此孝女，神感也。”进香毕，即策马至女家，厚赐之，认为义女，父病旋愈。

因太监周恤故，家渐温饱。女嫁大兴张氏，为富商妻。

## 义犬附魂

京中常公子某，少年貌美，爱一犬，名花儿，出则相随。春日，丰台看花，归迟人散，遇三恶少方坐地轰饮[1]。见公子美，以邪语调之。初而牵衣，继而亲嘴。公子羞沮遮拦，力不能拒。花儿咆哮，奋前咬噬。恶少怒，取巨石击之，中花儿之头，脑浆迸裂，死于树下。恶少无忌，遂解带缚公子手足，剥去下衣。两恶少踏其背，一恶少褪裤，按其臀，将淫之。忽有癞狗从树林中突出，背后咬其肾囊，两子齐落，血流满地。两恶少大骇，拥伤者归。随后有行人过，解公子缚，以下衣与之，始得归家。心感花儿之义，次日往收其骨，为之立冢。

夜，梦花儿来，作人语曰："犬受主人恩，正欲图报，而被凶人打死，一灵不昧，附魂于豆腐店癞狗身上，终杀此贼。犬虽死，犬心安矣。"言毕，哀号而去。

公子明日访至卖豆腐家，果有癞狗。店主云："此狗奄奄，既病且老，从不咬人，昨日归家，满口是血，不解何故。"遣人访之，恶少到家死矣。

注释：

1 轰饮：许多人聚在一起喧闹狂饮。

## 冷秋江

乾隆十年，镇江程姓者，抱布为业，夜从象山归。过山脚，荒冢累累，有小儿从草中出，牵其衣。程知为鬼，呵之，不去。未几，又一小儿出，执其手。前小儿牵往西，西皆墙也，墙上簇簇然黑影成群，以泥掷之；后小儿牵往东，东亦墙也，墙上啾啾然鬼声成群，以沙撒之。程无可奈何，听其牵曳。东鬼西鬼，始而嘲笑，继而喧争，程不胜其苦，仆于泥中，自分必死。忽群鬼呼曰："冷相公至矣！此人读书，迂腐可憎，须避之。"果见一丈夫，魁肩昂背，高步阔视，持大扇击手作拍板，口唱"大江东"，于于然来，群鬼尽散。其人俯视程，笑曰："汝为邪鬼弄耶！吾救汝，汝可随吾而行。"程起从之，其人高唱不绝。行数里，天渐明，谓程曰："近汝家矣，吾去矣。"程叩谢问姓名，曰："吾冷秋江也，住东门十字街。"

程还家，口鼻窍青泥俱满。家人为薰沐毕，即往东门谢冷姓者，杳无其人。至十字街问左右邻，曰："冷姓有祠堂，其中供一木主，名嵋，乃顺治初年秀才。秋江者，其号也。"

## 樱桃鬼

熊太史[1]本，僦居京师之半截胡同，与庄编修[2]令舆居相邻，每夜置酒，互相过从。

八月十二日夜，庄具酒饮熊，宾主共坐。忽桐城相公遣人来招庄去，熊知其即归，独酌待之。自斟一杯置几上，未及饮，杯已空矣。初犹疑己之忘之也，又斟一杯伺之。见有巨手蓝色，从几下伸出探杯，熊起立，蓝手者亦起立，其人头、目、面、发，无一不蓝。熊大呼，两家奴悉至，烛照，无一物。庄归，闻之，戏熊曰："君敢宿此乎？"熊年少气豪，即命僮取被枕置榻上，而麾僮出，独持一剑坐。剑者，大将军年羹尧所赠，平青海血人无算者也。

时秋风怒号，斜月冷照，榻施绿纱帐，空明澄彻。街鼓鸣三更，心怯此怪，终不能寐。忽几上铿然掷一酒杯，再铿然掷一酒杯。熊笑曰："偷酒者来矣。"俄而一腿自东窗进，一目、一耳、一手、半鼻、半口；一腿自西窗进，一目、一耳、一手、半鼻、半口，似将人身当中分锯作两半者，皆作蓝色。俄合为一，睒睒然怒睨帐中，冷气渐逼，帐忽自开。熊起拔剑斫之，中鬼臂，如着敝絮，了无声响。奔窗逃去，熊追至樱桃树下而灭。

次早，主人起，见窗外有血痕，急来询问，熊告所以。乃斩樱桃树焚之，尚带酒气。窗外有司阍[3]奴，老矣，既聋且瞽，所卧窗榻乃鬼出入经过处，杳无闻见，鼾声如雷。

熊后年登八旬，长子巡抚浙江，次子监司湖北，常笑谓人曰："余以胆气、福气胜妖，终不如司阍奴之聋且瞽尤胜妖也。"

注释：

1 太史：明清时指修史的翰林。 2 编修：明清时翰林院中位次修撰，与修撰、检讨同为史官。 3 司阍（hūn）：看门人。

# 卷　七

## 尹文端公说二事

乾隆十五年，尹文端公总督陕西。苏州顾某者，为绥德州知州，貌素丰。是年九月，顾赴西安求见，则尫羸[1]已甚。尹公疑其病，问之。顾跪而请曰："某平生读书，从不信鬼神事，况敢妄言于大人前耶！今旦暮将死，不敢不告，为身后计。本年五月初七日，清晨起坐书斋，见一人青衣皂帽持帖入曰：'某官请公会讯，备骑在门。'视其帖，同寅汤栻也。某即上马出城。北行三十里，至公廨，有古衣冠者迎揖曰：'所以屈公至者，为欲造姓名册送上帝，须与公会办。'某未答，旁一吏跪启：'册草创未就，须八月二十四日方可誊清。'古衣冠者目皂衣人送某还，约至期勿爽。某复上马，行三十里，入署，见己身僵卧床上，妻子号泣于旁。皂衣者推某身自其口入，格格然如不可复合，四肢筋骨五脏之间，酸楚莫状。苏醒后始进米饮，自此部署公私。至八月二十四日，晨起即具衣冠，诀别幕友妻子，泣嘱曰：'尸勿寒，且缓殓。'至午昏晕，类中风者。果皂衣人来，引至前处。古衣冠者坐堂上，列两几于前，如世间会审状，吏逐名点唱，无相识者。至第三名，即本州之皂隶某也；第八十五名，本州之柬房[2]吏某也；其余人，眼中虽甚熟悉，而不知姓名。呼二人到案前问之，亦云：'不知何以到此。'古衣冠者笑曰：'公何问耶？公永当在此共事，自然具晓一切。'问：'来当何时？'曰：'今年十月初七日。公趁此时速归，部署家事可也。’复拱手别，苏醒如故，身之狼狈，尤甚于前。未几，此县大疫，一吏一役俱以疫亡。今已九月，死期不远，故来诀别大人。”尹公慰之再三，泣拜去。

明年正月，尹公巡边，过绥德州，内幕许孝章者，素知其事，方留心访顾，而顾仍无恙，来谒于辕[3]，体充实如故。公戏之曰：“鬼言何以灵于吏役而不灵于汝耶？”顾叩头谢恩，亦不解其何故。

公督陕时，接华阴县某禀启，云：“为触犯妖神陈情禀死事：卑职三厅前有古槐一株，遮房甚黑，意欲伐之。而邑中吏役佥曰：‘是树有神，伐之不可。’某不信，伐之，并掘其根。根尽，见鲜肉一方；肉下有画一幅，画赤身女子横卧。卑职心恶之，焚其画，以肉饲犬。是夜，觉神魂不宁，无病而憔悴日甚，恶声汹汹，目无见而耳有闻，自知不久人世，乞大人别委署篆[4]者来。”尹公得禀，袖之与幕客传观，曰：“此等禀帖，作何批发[5]？”言未毕，华阴县报病故文书至矣。

注释：

1尫（wāng）羸：瘦弱。　2柬房：官衙中负责书札往来事宜的办公处所。　3辕：军营、官署的外门，借指衙署。　4署篆（shǔ zhuàn）：署印，即任职。因官印皆刻篆文，故名。　5批发：批示发落。

## 瘟鬼

乾隆丙子，湖州徐翼伸之叔岳刘民牧，作长洲主簿[1]，居前宗伯孙公岳颁赐第。翼伸归湖之便访焉。天暑，浴于书斋，月色微明，觉窗外有气喷入，如晓行臭雾中，几上鸡毛帚盘旋不已。

［明］张路《八仙图》之《曹国舅和韩湘子》

［明］郑文林《八仙》

徐拍床喝之，见床上所挂浴布与茶杯飞出窗棂外。窗外有黄杨树，杯触树碎，声铿然。徐大骇，唤家奴出视，见黑影一团，绕瓦有声，良久始息。

徐坐床上，片时，帚又动。徐起，以手握帚，非平时故物，湿软如妇人乱发，恶臭不可近，冷气自手贯臂，直达于肩。徐强忍持之。墙角有声，如出瓮中者，初似鹦鹉学语，继似小儿啼音，称："我姓吴，名中，从洪泽湖来，被雷惊，故匿于此，求恩人放归。"徐问："现在吴门大瘟，汝得非瘟鬼否？"曰："是也。"徐曰："是瘟鬼，则我愈不放汝，以免汝去害人。"鬼曰："避瘟有方，敢献方以乞恩。"徐令数药名而手录之，录毕，不胜其臭，且臂冷不可耐。欲放之，又惧为祟。家奴在旁，各持坛罐，请纳帚而封焉。徐从之，封投太湖。

所载方：雷丸四两，飞金三十张，朱砂三钱，明矾一两，大黄四两，水法为丸，每服三钱。苏州太守赵文山求其方以济人，无不活者。

注释：

1 主簿：知县以下的佐官，主管文书。

## 石崇老奴才

康熙间，任雨林进士有诗名，宰河南巩县。昼卧书室，见簪[1]花女郎持名纸[2]称石大夫招饮。舆夫盈门，俱来迎接，任不觉身随之行。良久，至一府，闬闳[3]巍然，主人戴晋巾，锦襜褕[4]，叉手出迎，谈论风发。坐定，席设水陆奇珍，皆目所未睹，女乐二人，舞惨惨然。

酒酣，主人起，握任手行至后园，极亭台花木之胜。园后有井，水绿色，主人手黄金勺呼左右：“酌水为任公解酲[5]。”任初沾唇，觉有辛恶之味，唇为之焦，因辞谢不举其勺。主人强之，众美人伏地劝请，任不得已为尽之。俄而，腹痛欲裂，呼号求归。主人拱手曰：“客果醉矣，且暂别，再会。”任仓皇登车，痛愈甚，从原路归。过城隍庙，城隍神趋出迎，啃曰：“石季伦老奴才又毒人乎！昨作主饮君者，晋石崇也。崇生时，取精多，用物宏；诛死时受孙秀屠割，血肉狼藉；强魂不散，为罗刹尊神，誓杀名士三千，以泄生平好名之忿。吾第十九人，君第二十九人也。吾以生平正直，诉冤上帝。帝不能救，封为城隍神，赐药二丸，曰：‘有真名士被害者，以此救之。’君有文行，故在此相救。”言毕，取药塞任口中，任痛遽止。顷刻，汗出而寤。其原卧之处，家人环泣，已迷懵二日矣。

后修巩县故城，掘地得碑，镌“金谷”两大字，类索幼安[6]笔法，始知石氏金谷不在今洛阳也。

注释：

1 簪（zān）：插戴。 2 名纸：名片。 3 闬闳（hàn hóng）：里巷的大门。 4 襜褕（chān yú）：一种长的单衣。 5 酲（chéng）：喝醉了神志不清。 6 索幼安：西晋著名书法家索靖，字幼安。

## 鬼差贪酒

杭州袁观澜，年四十，未婚。邻人女有色，袁慕之，两情属矣。女之父嫌袁贫，拒之。女思慕成瘵，卒。袁愈悲悼，月夜无以自解，持酒尊[1]独酌。见墙角有蓬首人，手持绳，若有所牵，睨而微笑。袁疑为邻之差役，招曰：“公欲饮乎？”其人点头，斟一杯与之，嗅而不饮。曰：“嫌寒乎？”其人再点头。热一杯奉之，亦嗅而不饮。然屡嗅则面渐赤，口大张不能复合。袁以酒浇入其口，每酒一滴，则面一缩，尽一壶，而身面俱小，若婴儿然，痴迷不动。牵其绳所缚者，邻氏女也。袁大喜，具酒罂[2]，取蓬首人投而封之，画八卦镇压之，解女子缚，与入室为夫妇。夜有形交接，昼则闻声而已。

逾年，女子喜告曰：“吾可以生矣！且为君作美妻矣。明日某村女气数已尽，吾借其尸可活，君以为功，兼可得资财作奁费。”袁翌日往访某村，果有女气绝方殓，父母号哭。袁呼曰：“许为吾妻，吾有药能使还魂！”其家大喜，许之。袁附女耳低语片时，女即跃起，合村惊以为神，遂为合卺。

女所记忆，皆非本家之事。逾年，渐能晓悉。貌较美于前女。

注释：

1 尊：通“樽”，古代的盛酒器具。 2 酒罂：酒瓶。

## 仙鹤扛车

方绮亭明府，作令江西，其同僚郭姓者，四川人，言少时曾上峨嵋山，意欲弃世学道，见老翁长鬓秀貌，戴羽巾[1]，飘飘然导之前行。至一处，宫殿巍峨，似王者居，翁指示曰：“汝欲学道，非王命不可。王外出未归，汝少待。”俄而仙乐嘹嘈[2]，异香触鼻，两仙鹤扛水精车，车中坐王者，状如世上所画香孩儿，红衣文葆，洁白如玉，口嬉嬉微笑，长不满尺许，诸神俯伏迎入宫。老翁奏曰：“有真心学道人郭某求见。”王命传入，注视良久，曰：“非仙才，速送回人间。”老翁掖郭下。郭问曰：“王何以年少？”老翁笑曰：“为仙为圣为佛，及其成功，皆婴儿也。汝不闻孔子亦儒童菩萨[3]，孟子云‘大人者，不失其赤子之心’乎？吾王已五万岁矣！”

郭无奈何，仍自山下归家，犹记其殿门外朱书二对，云：“胎生、卵生、湿生、化生，生生不已；天道、地道、人道、鬼道，道道无穷。”

注释：

1羽巾：道士戴的头巾。 2嘹嘈（liáo cáo）：喧闹。 3儒童菩萨：释尊前生为菩萨时之名。

## 吴生不归

会稽县东四十里，地名长溇。有吴生者，年十八，美丰仪，读书家中，忽失所在。越三日归，自言：“某日坐书室，见美妇人降自屋上，招与偕行。随至大第中，陈设华美，往来者无一男子。室内更有一美，倚窗斜睇[1]，具酒食共饮；饮毕，两美迭就为欢。叩以姓名，俱笑不答，但云：‘此间乐，我二人惟郎是从，郎但安居可也。’居数日，我偶动乡思，一女曰：‘郎思家矣，当送归，无苦郎心。’遂送至里门，我才得归。”自此神思恍惚。当午，家人为具膳，则云：“此味恶，不似彼食美也。”当夕，为拭床帐，则云：“此物恶，不似彼物华也。”未几，又失去，数日复归，所言如前，但颜色渐焦，举体有腥气。家人延僧道醮祝，都无所济。

俄而数月不返。生有弟某，行经白塔，见山洞口有遗带，认系兄物。持归，率人秉火入洞，见兄裸卧淤泥间，作行房状。扶至家，灌以药饵，苏，张目怒曰：“我云雨未毕，卧锦衾中，何夺我至此！”于是亲族皆来守护，以铁索锢之，压以符箓。生稍知惧，不敢寐。夜间，众方环坐，忽闻响声琅[2]然，有光若电，绕室数匝，失生所在。铁索斩然中断，门窗仍闭，竟不知何自出也。

次晨，再寻白塔山洞，茫然无得矣。于是远近传播洞中有妖，聚观者日以千计。县令李公惧生事，亲来搜看，亦无所得。乃以石封洞门，观者止，而生竟不归。

注释：

1 睇（dì）：斜着眼看。　2 琅（láng）：金石相击声。

## 狐仙冒充观音三年

杭州周生，从张天师过保定旅店，见美妇人跪阶下，若有所祈。生问天师，天师曰：“此狐也，向我求人间香火耳。”生曰：“盍许之？”天师曰：“彼修炼有年，颇得灵气，若与香火，恐恣[1]威福，为人间祟。”生爱其美，代为祈请。天师曰：“难却君情，但令受香火三年，毋得过期可也。”命法官批黄纸付之去。

三年后，生下第出都，过苏州，闻上方山某庵观音极著灵异，将往祷焉。至山下，同祷者教以步行，曰：“此山观音甚灵，凡肩舆上山者，中道必仆。”生不信，肩舆上山。未数十武，杠果折，生坠地，幸无所伤，遂下舆步行。入庙，见香烛极盛，所谓观音者，坐锦幔中，勿许人见。生问僧，僧曰：“塑像太美，恐见者辄生邪念故也。”生必欲启视，果极妖冶，不类他处观音。谛视之，颇似曾相识者。良久恍然，是旅店中妇人。生大怒，指而数之曰：“汝昔求我说情，故得此香火。汝乃不感我恩而坏我舆，何太没良心也？且天师只许汝受香火三年，今已过期，恋此不去，岂竟忘前约乎？”语未毕，像忽扑地碎，僧大骇，亦无可奈何。俟生去，为之纠金重塑，而灵响从此寂然。

注释：

1 恣：放纵。

## 陈姓父幼子壮

扬州陈山农，世业骡马行，年五十余，病卧。见少年骑马自外入，掌其颈，遂昏迷。被少年提至马上，疾驰出门。陈号呼，莫有救者。至郊外，少年掷之于地，曰：“速来！吾先行候汝。”复以掌击其股，乃驰去。陈心迟疑，而两足不觉前进，其行如飞，亦不甚倦。惟所穿履觉易败，败则道旁有织履者为易之，易毕即行。了不通问，问亦不答。腹馁甚，见市中肴馔，试取食之，亦无禁。约行三昼夜，见道旁去思碑[1]题名，知已入陕西咸阳城矣。及郭门，少年在焉，叱曰：“来何迟，累人三日痛楚！”即导入城，止一家门外。少年入复出，曳其裾至户内。见妇人辗转床上，若甚痛迫者。少年挈其领足，投妇人身。陈昏昏若入深岩中，腥秽满鼻，目不见天光，心窘甚。逾时，见小隙微明，并力踊跃，豁然而堕，闻耳边多作贺声，曰：“得一佳儿。”陈更骇异，亟欲言而口已噤，因大呼。男妇满前，都无所闻。徐自审其声若甚小者，更摩视其耳目四肢，无不小矣，悟曰：“吾其投胎复生乎?”乃张目四顾，有老妪曰：“是儿目光焰焰，岂妖耶？再视当杀之!”陈惧，即瞑其目。自是沉沉若愚，胸中一切哀愁愤惋之心，叫呼啼哭，旁人便抱乳之，全不解其意。渐久习惯，亦不复作前世想矣。

至六岁，稍稍能言。其父行贾江南归，以绢给其母曰：“此物不易得，在江南值数十金。”母珍之，置枕函间。陈偶取玩视，母以父言禁之。陈笑曰：“父妄耳。此濮院紬，不数金可得。”父大惊，固问之。陈垂涕，具道所以，且曰：“吾来时，生儿方十数岁，今当成人，名某，家住某里。父至江南可访也。”父颔之。明年至扬州，果得其子，语以故。子亦以贸易故，欣然偕来。相见之下，略不相识。子鬑鬑[2]有须，而父犹孩也。道家事如平生，且言某某欠债未还；某处有积金三百，存为汝婚，宜归取之。言讫唏嘘。子不胜悲，归访之，其言皆验。

后十余年，陈年壮，继父业，来江南访其故居。前生子已死，家事凋落，皤然[3]老妻，抚孤孙独存。陈不胜感慨，留三百金为前生妻治后事，具杯酒浇其前世墓而去。

注释：

1 去思碑：亦称“德政碑”。碑志之一种。旧时官吏离任时，地方士绅颂扬其“德政”，著文勒碑，表示去后留思之意。 2 鬑鬑（lián）：须发稀疏貌。 3 皤（pó）然：须发苍白貌。

## 纣之值殿将军

天台僧智果，好游，山行迷路，至大石洞。坐一道者，萝衣薜裳[1]。僧跪而请曰：“某幸遇仙人，愿受教。”道者曰：“予，人也，非仙也，子来胡为?”僧曰：“某入山已数日，腹枵[2]甚，敢有云浆[3]之请。”道者曰：“子姑待，吾往后山觅之。”去有顷，携一物来，状轮囷[4]而色鲜白。道者破之，自吸其浆，以其余授僧，曰：“此千年茯苓[5]也。”因令僧坐，问：“岳飞将军安否？秦桧死否？”僧曰：“此宋朝事也，今易代数百年，为大清矣。”因告以《宋史》所载岳事颠末。道者惨然曰：“岳将军终不免乎！”遂大哭，曰：“吾姓周，名通，岳将军麾下小将也。当秦桧以金牌召岳时，我知有难，遂逃于此，食灵草得不死。我师教勿出洞，出洞即死。汝宜速出，迟恐无及。”僧惧，拜辞而行。

路甚纡曲，备历险阻。忽望崖上坐一巨人，长丈余，遍体绿毛如翠锦，骇而奔还告道者。道者曰：“此予师商高，纣王之值殿将军也，为飞廉[6]、恶来[7]所谮[8]，避居此山。性好食野兽，故其状与人异。子往拜祈，兼可问商代事。”僧故蠢野，无所记忆。见巨人礼拜毕，便问纣宠妲己事。巨人曰：“汝误矣！妲者，南宫女官之称；己戊者，女官之行次。女官非止一人也，汝所问何妃？”僧不能答，又问文王受命事。曰：“吾不知文王为何人，或是西方诸侯姬昌耶？其人事纣甚恭，并无称王之事。”因问：“汝所问者，何人告汝？”曰：“书上云云。”巨人问：“何物为书？”僧手作书状示之。巨人笑曰：“我当时尚无此物。”言毕，以一臂搂僧，行如飞，置之平地，拱手而别，已在天台郊外矣。

注释：

1 萝衣薜（bì）裳：隐士的服装。萝，女萝；薜，薜荔。 2 枵（xiāo）：空虚。 3 云浆：仙酒。 4 轮囷（qūn）：屈曲状。 5 茯苓（fú líng）：寄生在松树根上有皱纹的深褐色块状菌，可入药。 6 飞廉：一作“蜚廉”，纣王谀臣。 7 恶来：即“恶来革”，飞廉之子，有勇力。 8 谮（zèn）：进谗言；说人的坏话。

# 误学武松

杭州马观澜家，每四时必祭其门。予问：“古礼：门为五祀[1]之一，今此礼久不行，君家独行之，何也？”马曰：“余家奴陈公祚好酒，每晚必醉敲门归。一日，闻户外喧呶[2]声，往视之，奴仆地曰：‘奴归，见门外一男一妇，俱无头，头持在手。妇呼曰：“吾，汝嫂也。吾淫属实，吾夫杀我可也。汝为小叔，不当杀我。夫杀我时，心软，手噤龂不下，汝夺刀代杀，此事岂汝所宜与耶？吾每来相寻，为汝主人家门神呵禁，今故伺汝于门外！”因大骂唾奴面。其男鬼掷头撞奴，奴倒地。闻人声，二鬼才散。’马氏众家人扶至床，自言少年曾有此事，当时看小说，慕武松之为人，不意遭此冤孽。或告之曰：‘小说都无实事，何得妄学？且武松杀嫂，为嫂杀兄故也。若寻常犯奸，王法只杖决耳，汝何得代兄杀嫂？’言未终，奴张目作女声曰：‘公道自在人心，何如何如？’向言者三叩头而死。”马氏以鬼言故祭门神甚敬，世其家。

注释：

1 五祀：受祭的门、户、井、灶、中霤等五种神祇。 2 喧呶（náo）：大声说话；声音杂乱。

# 卷 八

## 鬼闻鸡鸣则缩

予门生司马骧，馆溧水林姓家。其所住地，名横山乡，僻处也。天盛暑，以其西厅宏敞，乃与群弟子洒扫，为晚间乘凉之处。挈书籍行李，移床就焉，秉烛而卧。至三鼓，门外啾啾有声，户枢[1]拔矣，烛光渐小，阴风吹来，有矮鬼先入，脸似笑非笑，似哭非哭，绕地而趋。随后一纱帽红袍人，白须飘飘，摇摆而进，徐行数步，坐椅上，观司马所作诗文，屡点头，若领解者。俄顷起立，手携短鬼步至床前。司马亦起坐，与彼对视。忽鸡叫一声，两鬼缩短一尺，灯光为之一亮。鸡三四声，鬼三四缩，愈缩愈短，渐渐纱帽两翅擦地而没。

次日，问之土人，云："此屋是前明林御史父子同葬所也。"主人掘地，朱棺宛然，乃为文祭之，起棺迁葬。

注释：

1 户枢：门的转轴。

## 蒋 厨

常州蒋用庵御史家厨李贵，取水灶下，忽中恶[1]仆地。召巫视之，曰："此人夜行冲犯城隍仪仗，故被鬼卒擒去。须用三牲纸钱祷求城隍庙中西廊之黑面皂隶，便可释放。"如其言，李果苏。家人问之，曰："我方汲水，忽被两个武进县黑面皂头来拿去，说我冲犯他老爷仪仗，缚我衙门外树上，听候发落。我实不知原委，今日听他二人私地说：'李某业已尽孝敬之礼，可以放他回去，不必禀官。'将我解去索子，推入水中，我便惊醒。"

御史公闻之笑曰："看此光景，拿时城隍不知，放时城隍不知，都是黑面皂隶诈钱作祟耳。谁谓阴间官清于阳间官乎！"

注释：

1 中恶：中医学病名。指感受秽恶之气或突受惊恐而猝然发生的疾病。

## 见曹操称晚生

江宁副榜王芾，梦古衣冠人召往一处：宫阙巍峨，兵卫甚严。有赤帻[1]者从军门出曰："汉丞相曹公奉屈。"王遂入，见一人皮弁上坐，须眉苍白。芾心知为操，一时心悸，无以自名，乃长揖称："晚生王某奉谒。"操命旁坐，谓曰："闻汝好学书，可知楷书先乎？草书先乎？"曰："楷书先。"操摇头曰："不然，先有草书，后有楷书。所以召汝者，正为将此义告知，以便转语世人也。"语毕，仍遣赤帻人送出。甫及门，闻内有呼号声，赤帻者曰："相王又用五色棒棰人矣。"芾惊而醒。

注释：

1 帻（zé）：头巾。

## 武后谢嵇先生

无锡嵇侍读[1]受之，余授业弟子也。辛丑冬，过随园，余止而觞之。席间论史事，余极言《通鉴》载杨妃洗儿事之诬。嵇云："门生在史局时，派修《唐鉴》，立论颇合先生之意，将《旧唐书》所载武后淫秽事大半删除，同局以为不然。亡何，夜卧书舍，有小黄门[2]来，称：'则天皇太后请嵇先生。'因随之行。望前面宫殿外有四金柱插空，高数十丈，上书'天枢'二字。一宫女云鬟霞佩出，引向殿西角，云：'先生少坐，待我奏闻。'语毕便去。殿上门槛甚高，跨殊费力。绣帘中坐冕旒者，相离远，仰视不甚分明。异香从殿上吹来，仿佛莲花气息。旁有虎皮交椅，坐白须人，手执牙笏，口奏事，琅琅数千言，亦不可辨。冕旒者似与驳诘良久，已而大笑，其齿皓然呈露，洁白如玉，面为旒珠所遮，终未见也。少顷，前宫女出谓曰：'今天已暮，太后不及相见，请先生且回。所以奉屈[3]者，谢先生驳删《唐书》之功，先生当自知之。'语毕，袖中出一玉秤，曰：'此我在长安以之称量天下才者，先生将往长安，敢以奉赠。'门生心知是上官婉儿，逡巡揖谢而醒。其年果有督学陕西之差。"

注释：

1侍读：官名。指较高级的翰林官。　2小黄门：泛称宦官。　3奉屈：屈驾。

## 冒失鬼

相法：瞳神青者，能见妖；白者，能见鬼。杭州三元坊石牌楼旁，居老妪沈氏，素能见鬼。常言十年前见一蓬头鬼，匿牌楼上石绣球中，手执纸钱为标，长丈余，累累若贯珠[1]，伺人过牌楼下，暗掷标打其头。人辄作寒噤，毛孔森然，归家即病，必向空中祈祷，或设野祭[2]方愈。蓬头鬼借此伎俩，往往醉饱。

一日，有长大男子，气昂昂然，背负钱镪而过，蓬头鬼掷以标。男子头上忽发火焰，冲烧其标，线层层裂断，蓬头鬼自牌楼下颠仆，滚绣球而下，喷嚏不止，化为黑烟散去。负钱之男子全不知也。自此，三元坊石牌楼无复作祟矣。吾友方子云闻之，笑曰："作鬼害人，亦须看风色。若蓬头鬼者，其即世所称之'冒失鬼'乎？"

注释：

1 贯珠：成串的珠子。 2 野祭：祭于墓地或郊外。

## 史宫詹改命

溧阳宫詹[1]史胄斯未遇时，赴省乡试，遇南门外汤道士谈命甚精，因以年庚求为推算。道士曰："照丑时算，你终身只一诸生，寿可八十三岁。若照寅时算，便可官登三品，今科便中。汝丑时乎？寅时乎？"曰："丑时也。"曰："若然，则今科不中矣。"史怆然不乐。道人曰："命可改也，但阴司寿算最重，君如肯减寿三十年，当为君改作寅时。"史公欣然愿改。道士曰："果情愿者，明日早来。"

次夜，史五鼓熏沐到寺，道士已启户待，曰："子诚信人，但日后官尊寿短，毋自悔也。"史唯唯，具香烛，对天自陈。道士披发仗剑，口中喃喃诵咒，良久，另书一庚帖与之。史公持，归置箧[2]中。果于是年乡、会联捷，官至宫詹。

五十二岁，希图降级永年，而任内总无过失。商之吏部，笑而不信。至次年春，精神甚健。五月，偶染微疾。上命太医往视，为药所误，竟不起矣。

此事公孙抑堂司马言。司马，余亲家也。

注释：

1 宫詹：太子詹事，属东宫詹事府。 2 箧（qiè）：小箱子。

## 说官话鬼

河东运使吴云从，作刑部郎中，公馆外偶有社会[1]，家人妇抱小公子出看，溺尿路旁。公子忽哭不止，家人抱归，不知何故。至夜，公子作北语云："怎么小孩子这般无礼，溺在我头上！我与你不得开交！"吵闹一夜。吴公怒，次晨作牒，焚与本处城隍，云："我南方人也，无故小儿撞着说官话鬼，猖獗可恨，托为拿究。"是夜平定。

至第三日晚，公子又病，仍作北语云："你不过是个官儿罢了，竟这样糟挞我们的老四！咱们兄弟今日来替他报仇，要些烧酒喝喝。"夫人不得已，曰："与你喝，不要闹。"于是，一鬼喝毕，一鬼又要喝，兼讨前门外杨家血贯肠[2]做下酒物，啜啜[3]之声，又复达旦。吴公上前批其颊骂曰："狗奴！强转舌根，学说官话，再说便打。"然打者自打，说者自说。吴又牒城隍云："说官话鬼又来了，求神惩治。"是夕，宅中闻鞭挞声。鬼云："你不要打，咱们去就是了。"公子病随愈。

注释：

1 社会：旧时乡村学塾逢春、秋祀社之日或其他节日举行的集会。 2血贯肠：一般写作“血灌肠”，用猪血、猪肠、面粉、香油、五香料等制成。 3呶呶（náo）：多言；说话唠叨。含有使人讨厌的意思。

## 偷雷锥

杭州孩儿巷，有万姓，甚富，高房大厦。一日，雷击怪，过产妇房，受污不能上天，蹲于园中高树之顶，鸡爪尖嘴，手持一锥。人初见，不知为何物；久而不去，知是雷公。万戏谕家人曰：“有能偷得雷公手中锥者，赏银十两。”众奴嘿然[1]，俱称不敢；一瓦匠某，应声去。先取高梯置墙侧，日西落，乘黑而上。雷公方睡，匠竟取其锥下。主人视之：非铁非石，光可照人，重五两，长七寸，锋棱甚利，刺石如泥。苦无所用，乃唤铁工至，命改一刀，以便佩带。方下火，化一阵青烟，杳然去矣。俗云：“天火得人火而化。”信然。

注释：

1嘿然：沉默无言的样子。嘿，同“默”。

## 向狐仙学道

云南监生俞寿宁，习仙家符箓之学，仗一古剑，替人驱妖，颇有灵应。一日，其友张某，下田收租，遇大风雨，过其门，将借宿焉。俞不可，张忿然而行，必欲探其所以见拒之故，仍往其门，穴墙窥焉。见俞张设酒肴，有两席，宾客欢呼，男女杂沓。张愈怒，斧碎其门，排闼入，则酒席具存而群宾不见。

俞惊出，蹋足曰：“君误我！君误我！我好学仙，难得真师传道，不得已，广请狐仙指示。半年以来，所遇男女狐仙甚多，有相约为兄弟者，为夫妇者，为兄妹者，不一而足。今日众仙会议，将授长生要诀，故隆其礼文，备馔相延。尚未谈及玄关[1]要旨，而被汝撞破，泄漏天机，致诸仙散去，岂非天哉！前数日紫文真人原说今日是破日，必被凡人冲破，须改日作会；而瑶仙三妹以明日将嫁某郎，故权择今日。果然不利，亦数也。我明日行矣，将别择一洁净之所聚会群仙，不使人知。”此后俞云游于外，不知所往。

注释：

1 玄关：佛教称入道之门。

## 姚剑仙

边桂岩为山盱通判，构屋洪泽堤畔，集宾客觞咏其中。一夕，觥筹正开，有客闯然入，冠履垢敝，辫发毵毵然[1]，披拂于耳，叉手揖坐诸客上，饮啖无怍[2]。诸客问名姓，曰：“姓姚，号穆云，浙之萧山人。”问何能，笑曰：“能戏剑。”口吐铅子一丸，滚掌中成剑，长寸许，火光自剑端出，熠熠[3]如蛇吐舌。诸客悚息，莫敢声。

主人虑惊客，再三请收。客谓主人曰：“剑不出则已，既出，则杀气甚盛，必斩一生物而后能敛。”通判曰：“除人外皆可。”姚顾阶下桃树，手指之。白光飞树下，环绕一匝，树仆地无声。口中复吐一丸如前状，与桃树下白光相击，双虬攫拿，直上青天，满堂灯烛尽灭。姚且弄丸且视诸客，客愈惊惧，有长跪者。姚微笑起曰：“毕矣。”以手招两光奔掌内，仍作双丸吞口中，了无他物。引满大嚼，群客请受业为弟子，姚曰：“太平之世，用此何为？吾有剑术，无点金术，故来。”通判赠以百金。居三日，去。

注释：

1 毵毵（sān）然：毛发细长貌。 2 怍（zuò）：惭愧。 3 熠熠（yì）：光彩闪烁貌。

## 黑煞神

桐城农民汪廷佐，耕双冈圩[1]。发一古墓，得古鼎、铜镜等物。携归家，置镜几上，彻夜通明，以为宝也，与其妻加爱护焉。

亡何，汪入街市，路见狰狞黑面者，长丈余，拳殴之曰：“我黑煞神也，汝盗陆小姐墓，当死。小姐乃元祐元年安徽太守陆公女。陆作官有善政，小姐夭亡，上帝怜之，属我营护其坟，命小姐往徽州，司一路痘疫事。汝敢乘我与小姐外出，而盗其所有耶！”言毕，仆地昏迷，路人舁之至家，疽[2]发于背。小姐亦附其妻身大骂。举家哀求，欲延高僧为设斋醮。小姐曰：“不必，汝村农无知。既自知罪，但速将鼎、镜等物送归原所，别买棺安葬我骨，可以恕汝。但我已为冥司痘神，应享香火，此段公案，须立一碑，晓示村民，永昭灵应。城中贡士[3]姚先生翌佐，人品端方，人所敬信，须往求其作记，方免汝死。”汪叩头曰：“前发墓时，但见鼎、镜等物，实不见有骸骨。此时虽买新棺，将从何处捡小姐骨耶？”小姐曰：“我年少女子，骨脆，岁又久远，故已化矣。然我骨所化之土，坚洁不污，有金色光。汝往坑中取土，映日视之，便有识别，可以改葬。”汪如其言，试之果然，即为礼葬。往告姚贡生，姚亦夜有所梦，乃作记立碑，而汪疽愈。

此事，江宁太守章公攀桂所言。章，桐城人也。

注释：

1圩（wéi）：低洼地区防水护田的土堤。 2疽（jū）：毒疮。 3贡士：地方向朝廷荐举的人才。

## 吴子云

康熙初，桐城秀才吴子云，春夜玩月，闻空中有人声曰："今年乡试，吴子云当中四十九名。"诵其文琅琅然，题是"君子之于天下也"一章。吴虽不甚记忆，而觉其文甚佳，因预作此题文以备试。未几入场，果此题，大喜，因书宿构，放榜果中，如其数。旋登进士，官翰林，督学湖南，满载而归。

宿旅店中，夜取溺器，忽有人以手奉之，十指攕攕[1]然。吴惊问，曰："我狐仙也，与公有前缘，故来相伺。"起烛之，嫣然美女，遂偕伉俪。嘱曰："妾有雷劫，曾匿君车中以免，故来报君。今君亦有大祸，不可不防。"吴问故，曰："前途君必宿吕姓店，吕有爱女年九岁，君召而爱之抱之，继为干女，重赐珍宝，则免矣。"吴至吕家，果有此女，遂如其言。至三更时，店主拉吴手笑曰："我响马盗魁也，君出署时，辎重颇富，诸偻㑩[1]儿相涎已久。今知君真长者，我不忍害君。"取壁上铃鞭，撞壁者三，诸盗齐入，曰："吴学院，我干亲家也，诸君不得无礼，急为我护送到家。"

后吴无子，族人争以子来求继。吴私问狐："应继何人？"曰："牧牛儿好。"次日，果有牧童过，亦本家也，吴拉入，嗣为己子，族人皆笑之。吴亡后，儿颇恂[3]谨，能守其业，家日以富，至今人呼为“吴牛”。尝索对联于方处士贞观，方戏书云：“对窗常玩月，独坐自弹琴。”吴甚喜，竟不知暗用牛事嘲之也。

注释：

1 攕攕：女子手纤细貌。 2 偻㑩：一作“喽啰”，旧时用以称盗贼的部下。 3 恂（xún）：谦恭谨慎。

## 徐巨源

南昌徐巨源，字世溥，崇祯进士，以善书名。某戚邹某，延之入馆。途遇怪风，摄入云中，见袍笏官吏迎曰：“冥府造宫殿，请君题榜书联。”徐随至一所，如王者居，其扁[1]对皆有成句，但未书耳。扁云：“一切惟心造。”对云：“作事未经成死案，入门犹可望生还。”徐书毕，冥王筹所以谢者，世溥请为母延寿一纪，王许之。徐见判官执簿，因求查己算。判官曰：“此正命[2]簿也。汝非正命死者，不在此簿。”乃别检一“火”字簿，上书云：“某月某日，徐巨源被烧死。”徐大惧，白冥王祈改。冥王曰：“此天定也，姑徇[3]子请，但须记明时日，毋近火可耳。”徐辞谢而还，急至邹家。主人惊曰：“先生期年何往？舆丁以失脱先生故，被控于官，久以疑案系县狱矣！”世溥具言其故，并为白于官，事得释。

时同郡熊文纪，号雪堂，以少宰[4]家居，招徐饮酒，未阑，熊忽辞入曰：“某以痞[5]发，故不获陪侍。”徐戏曰：“古有太宰嚭[6]，今又有少宰痞耶！”熊不怿。徐临去，书唐人绝句“千山飞鸟绝”一首于壁，将四句逆书之，乃“雪翁灭绝”四字也，熊怀恨于心。

徐忆冥府言，惧火，故不近木器，作石室于西山，裹粮避灾。时劫盗横行，熊遣人流言："徐进士窟重金于西山。"群盗往劫，竟不得金，乃烙铁遍烧其体而死。

注释：

1扁：匾额。后多作"匾"。 2正命：与"非命"相对，寿终而死。 3徇（xùn）：曲从，偏私。 4少宰：吏部侍郎的俗称。 5痞（pǐ）：中医指胸腹间气机阻塞不舒的胀满感觉，也称"痞块""痞积"。 6太宰嚭：春秋时楚人伯嚭，入吴国任太宰，故称"太宰嚭"。

# 卷 九

## 掘冢奇报

杭州朱某，以发冢起家，聚其徒六七人，每深夜昏黑，便持锄四出。嫌所掘者多枯骨，少金银，乃设乩盘，预卜其藏。一日，岳王降坛曰："汝发冢取死人财，罪浮于盗贼，再不悛[1]改，吾将斩汝。"朱大骇，自此歇业。

年余，其党无所归，乃诱其再祷于乩神以试之。如其言，又一神降曰："我西湖水仙也。保俶塔[2]下有石井，井西有富人坟，可掘得千金。"朱大喜，与其徒持锄往。遍觅石井不得，正徘徊间，若有耳语者曰："塔西柳树下非井耶？"视之，已填枯井也。掘三四尺，得大石椁，长阔异常，与其党六七人共扛之，莫能起。相传净寺僧有能持飞杵咒者，诵咒百声，棺椁自开，乃共迎僧，许以得财朋分[3]。僧亦妖匪，闻言，踊跃而往。诵咒百余，石椁豁然开。中伸一青臂出，长丈许，攫僧入椁，裂而食之，血肉狼藉，骨坠地琤琤有声。朱与群党惊奔四散。次日往视井，井并不见。然净寺竟失一僧，皆知为朱唤去。徒众控官，朱以讼事破家，自缢于狱。

朱尝言所见：棺中僵尸不一，有紫僵、白僵、绿僵、毛僵之类。最奇者，在六和塔西边掘坟，有圈门石户，广数丈，中有铁索，悬金饰朱棺，斧之，乃犀皮所为，非木也。中一尸，冕旒如王者，白须伟貌，见风悉化为灰。侍卫甲裳，似层层茧纸所为，非丝非绢。又一陵中，朱棺甚大，非绋[4]索所悬，有四铜人，如宦官状，跪而以首承棺，双手捧之，土花青绿，不知何代陵寝。

注释：

1 悛（quān）：悔改。 2 保俶（chù）塔：原名应天塔，一称宝石塔。在浙江省杭州市西湖北岸宝石山上。 3 朋分：共分。 4 绋（fú）：指下葬时引柩入穴的绳索。

## 一目五先生

浙中有五奇鬼，四鬼尽瞽，惟一鬼有一眼，群鬼恃以看物，号“一目五先生”。遇瘟疫之年，五鬼联袂而行，伺人熟睡，以鼻嗅之。一鬼嗅则其人病，五鬼共嗅则其人死。四鬼伥伥然[1]斜行踯躅[2]，不敢作主，惟听一目五先生之号令。

有钱某宿旅店中，群客皆寐，己独未眠，灯忽缩小，见五鬼排跳而至。四鬼将嗅一客，先生曰：“此大善人也，不可。”又将嗅一客，先生曰：“此大有福人也，不可。”又将嗅一客，先生曰：“此大恶人也，更不可。”四鬼曰：“然则先生将何餐？”先生指二客曰：“此辈不善不恶、无福无禄，不啖何待？”四鬼即群嗅之，二客鼻声渐微，五鬼腹渐膨亨[3]矣。

注释：

1 伥（chāng）伥然：无所适从，不知所措。 2 踯躅（zhí zhú）：徘徊不前。 3 膨亨：又作“膨脝”，腹部膨大。

## 真龙图变假龙图

嘉兴宋某，为仙游令，平素峭洁[1]，以“包老”自命。某村有王监生者，奸佃户之妻，两情相得，嫌其本夫在家，乃贿算命者告其夫以“在家流年不利[2]，必远游他方，才免于难”，本夫信之。告王监生，王遂借本钱，令贸易四川。三年不归，村人相传：某佃户被王监生谋死矣。宋素闻此事，欲雪其冤。一日，过某村，有旋风起于轿前。迹之，风从井中出。差人撩[3]井，得男子腐尸，信为某佃，遂拘王监生与佃妻，严刑拷讯。俱自认谋害本夫，置之于法。邑人称为“宋龙图”，演成戏本，沿村弹唱。

又一年，其夫从四川归。甫入城，见戏台上演王监生事，就观之，方知己妻业已冤死。登时大恸，号控于省城。臬司某为之申理，宋令以“故勘平人致死”抵罪。仙游人为之歌曰：“瞎说奸夫害本夫，真龙图变假龙图。寄言人世司民者，莫恃官清胆气粗。”

注释：

1 峭洁：严峻高洁。 2 流年不利：时运不佳。流年，指算命看相的人称一年中所行之运。 3 撩（liāo）：掀起。

## 狐仙知科举

钱方伯[1]琦、蔡观察[2]应彪未第时，有友吴某招饮。其家素奉狐仙。二人与群客至其家，候至日晚，腹已枵矣，不见酒肴，心以为疑。少顷，主出，有愧色，曰：“今日饮诸公，肴已全备，忽为狐仙摄去，奈何？”众客疑吴惜费，以狐为推。蔡公曰：“主人若果治具，必有水浆痕迹，盍往厨房视之？”往验，则余火未熄，盘碗姜豉之物尚在，始知吴非诳言。众客欲散，独蔡公大叫曰："果狐仙在此，我有一言奉问：今年乙卯秋闱，我辈皆下场人，如有一个中者，狐仙还我酒肴；如无一人中者，狐仙竟全啖之。我等亦没兴在此饮酒。"言毕，出。未久，主人大笑来曰："恭喜诸公，酒肴都全还在案矣，今年必有中者。"于是群客欢饮而罢。

是年，钱公登第，蔡迟一科。

注释：

1 方伯：古代诸侯中的领袖之称，谓为一方之长。明清时用作对布政使的称呼。 2 观察：唐代于不设节度使的区域设观察使，省称"观察"，即州以上的长官。宋代观察使为虚衔，清代为道员的尊称。

## 城隍神酗酒

杭州沈丰玉，就幕武康。适上宪[1]有公文饬捕[2]江洋大盗，盗名沈玉丰，幕中同事袁某，与沈戏，以朱笔倒标"沈丰玉"三字，曰："现在各处拿你。"沈怒，夺而焚之。

是夜，沈方就枕，梦鬼役突入，锁至城隍庙中。城隍神高坐喝曰："汝杀人大盗，可恶！"呼左右行刑。沈急辨是杭州秀才，非盗也。神大怒曰："阴司大例：凡阳间公文到来，所拿之人，我阴司协同缉拿。今武康县文书现在，指汝姓名为盗，而汝妄想强赖耶？"沈具道同事袁某恶谑之故，神不听，命加大杖，沈号痛呼冤。左右鬼卒私谓沈曰："城隍神与夫人饮酒醉矣，汝只好到别衙门申冤[3]。"沈望见城隍神面红眼眯，知已沉醉，不得已，忍痛受杖。杖毕，令鬼差押往某处收狱。

路经关圣庙，沈高声叫屈。帝君唤入，面讯原委。帝君取黄纸朱笔判曰：“看尔吐属[4]，实系秀才，城隍神何得酗酒妄刑？应提参治罪。袁某久在幕中，以人命为儿戏，宜夺其寿。某知县失察，亦有应得之罪，念其因公他出，罚俸三月。沈秀才受阴杖，五脏已伤，势不能复活，可送往山西某家为子，年二十登进士，以偿今世之冤。”判毕，鬼役惶恐叩头而散。

沈梦醒，觉腹内痛不可忍，呼同事告以故，三日后卒。袁闻之，急辞馆[5]归，不久吐血而亡。城隍庙塑像无故自仆。知县因滥应驿马事，罚俸三月。

注释：

1上宪：上司。 2饬捕：饬拿。 3申冤：申诉冤屈，要求洗雪。 4吐属：谈吐的言辞。 5辞馆：幕僚辞职。

## 地藏王接客

裘南湖者，吾乡沧晓先生之从子也，性狂傲，三中副车不第，发怒，焚黄[1]于伍相国[2]祠，自诉不平。越三日，病；病三日，死。魂出杭州清波门，行水草上，沙沙有声。天淡黄色，不见日光。前有短红墙，宛然庐舍。就之，乃老妪数人，拥大锅烹物。启之，皆小儿头足，曰：“此皆人间坠落僧也，功行未满，偷得人身，故煮之，使在阳世不得长成即夭亡耳。”裘惊曰：“然则妪是鬼耶？”妪笑曰：“汝自视以为尚是人耶？若人也，何能到此？”裘大哭，妪笑曰：“汝焚黄求死，何哭之为？须知伍相国：吴之忠臣，血食吴越，不管人间禄命事。今来唤汝者，伍公将汝状转牒地藏王[3]，故王来唤汝。”裘曰：“地藏王可得见乎？”曰：

“汝可自书名纸往西角佛殿投递，见不见未可定。”指前街曰：“此卖纸帖所也。”

裘往买帖，见街上喧嚷扰扰，如人间唱台戏初散光景。有冠履者，有科头者，有老者、幼者、男者、女者，亦有生时相识者。招之，绝不相顾，约略皆亡过之人，心愈悲。向前，果有纸店，坐一翁，白衫葛巾，以纸付裘。裘乞笔砚，翁与之。裘书“儒士裘某拜”。翁笑曰：“儒字难居，汝当书某科副榜，转不惹地藏王呵责。”裘不以为然。

睨壁上有诗笺，题“郑鸿撰书”，兼挂纸钱甚多。裘素轻郑，乃谓翁曰：“郑君素无诗名，胡为挂彼诗笺？且此地已在冥间矣，要纸钱何用？”翁曰：“郑虽举人，将来名位必显。阴司最势利，故吾挂之，以为光荣。纸钱正是阴间所需，汝当多备，贿地藏王侍卫之人，才肯通报。”裘又不以为然。

径至西角佛殿，果有牛头夜叉辈，约数百人，胸前绣“勇”字补服，向裘狰狞呵詈。裘正窘急间，有抚其肩者，葛巾翁也。曰：“此刻可信我言否？阳间有门包，阴间独无门包乎？我已为汝带来。”即代裘将数千贯纳之。“勇”字军人方持帖进。闻东角门闯然[4]开矣，唤裘入。跪阶下，高堂峨峨，望不见王，纱窗内有人声曰：“狂生裘某！汝焚牒伍公庙，自称能文，不过作烂八股时文，看高头讲章[5]，全不知古往今来多少事业学问，而自以为能文，何无耻之甚也！帖上自称‘儒士’，汝现有祖母年八十余，受冻忍饥，致盲其目，不孝已甚，儒当若是耶？”裘曰：“时文之外，别有学问某实不知。若祖母受苦，实某妻不贤，非某之罪。”王曰：“夫为妻纲，人间一切妇人罪过，阴司判者总先坐夫男，然后再罪妇人。汝既为儒士，如何卸责于妻？汝三中副车，以汝祖父阴德荫庇，并非仗汝之文才也。”

言未毕，忽闻殿外有鸣锣呵殿声甚远，内亦撞钟伐鼓应之。一“勇”字军人虎皮冠者报“朱大人到”。王下阁出迎。裘踉跄下殿，伏东厕窃视，乃刑部郎中朱履忠，亦裘戚也。裘愈不平，骂曰：“果然阴间势利！我虽读烂时文，毕竟是副榜；朱乃入粟得官，亦不过郎中，何至地藏王亲出迎接哉！”“勇”字军人大怒，以杖击其口，一痛而苏。

见妻女环哭于前，方知死已二日，因胸中余气未绝，故不入殓。此后南湖自知命薄，不复下场，又三年卒。

注释：

1 焚黄：用黄纸书写祭告文，祭毕即焚去。 2 伍相国：春秋时楚人伍子胥，因父、兄为楚平王所杀而逃至吴国，助吴王阖闾筑城练兵，发愤图强，被任相国。 3 地藏（zàng）王：即地藏菩萨，佛经说他受释迦佛嘱托，在弥勒出生前，自誓渡尽六道众生，始愿成佛。 4 闯然：突然进入的样子。 5 高头讲章：经书正文上端较宽空白处刊印的讲解文字。

## 狐读时文

四川临邛县李生，年少家贫。偶闲坐，一老叟至，揖而言曰：“小女与君有缘，知君未娶，愿偕秦晋之婚。”李曰：“我贫，无以为娶。”叟曰：“郎但许我，娶妻之费，郎勿忧。”生方疑且惊，俄而香车拥一美人至，年十七八，妆奁甚华，几案榫桅[1]之物，无不携来。叟具花烛，呼婿及女行交拜撒帐[2]之礼，曰：“婚事毕，吾去矣。”

生挽女解衣就床，女不可，曰：“我家无白衣女婿。须汝得科名，吾才与汝成婚。”生曰：“考期尚远，卿何能待？”曰：“非也。只须看君所作文章，可以决科，便可成婚，不必俟异日。”李大喜，尽出其平时所作四书文付女。女翻视良久曰：“郎君平日读袁太史稿乎？”曰：“然。”女曰：“袁太史文雄奇，原利科名，宜读。然其人天分高，非郎所能学也。”因取笔为改数句曰：“如我所作，像太史乎？”曰：“然。”曰：“汝此后为文，先向我问作意，再落笔，勿草草也。”

李从此文思日进，壬午举于乡。此女在其家，事姑孝，理家务当，至今犹存，人亦忘其为狐矣。

此事，临邛知州杨潮观为予言。

注释：

1 几：小或矮的桌子。案：长形的桌子或架起来代替桌子用的长木板。楎（huī）：钉在墙上挂衣物的木橛。椸（yí）：几案，或床前衣架。 2 撒帐：新婚夫妇交拜毕，并坐床沿，妇女散掷金钱彩果。

## 裹足作俑之报

杭州陆梯霞先生，德行粹然，终身不二色[1]。人或以戏旦、妓女劝酒，先生无喜无愠，随意应酬。有犯小罪求关说[2]者，先生唯唯。当事者重先生，所言无不听。或訾先生自贬风骨，先生笑曰：“见米饭落地，拾置几上心才安，何必定自家吃耶？凡人有心立风骨，便是私心。吾尝奉教于汤潜庵中丞矣。中丞抚苏时，苏州多娼妓，中丞但有劝戒，从无禁捉。语属吏曰：‘世间之有娼优，犹世间之有僧尼也。僧尼欺人以求食，娼妓媚人以求食，皆非先王法。然而欧公《本论》一篇既不能行，则饥寒怨旷之民作何安置？今之虐娼优者，犹北魏之灭沙门、毁佛像也，徒为胥吏生财。不揣其本而齐其末，吾不为也。’”

一日者，先生梦皂隶持帖相请，上书“年家眷弟杨继盛拜”。先生笑曰：“吾正想见椒山公。”遂行。至一所，宫殿巍然。椒山公乌纱红袍，下阶迎曰：“继盛蒙玉帝旨，任满将升，此坐需公。”先生辞曰：“我在世间不屑为阳官，故隐居不仕，今安能为阴间官乎？”椒山笑曰：“先生真高人，薄城隍而不为！”语未毕，有判官向椒山耳语。椒山曰：“此案难判，须奏玉帝再定。”先生问：“何案？”曰：“南唐李后主裹足案也。后主前世本嵩山净明和尚，转身为江南国主。宫中行乐，以帛裹其妃窈娘足为新月之形，不过一时偶戏。不料相沿成风，世上争为弓鞋小脚，将父母遗体矫揉穿凿，以致量大校小，婆怒其媳，夫憎其妇，男女相贻，恣为淫亵。不但小女儿受无量苦，且有妇人为此事悬梁服卤者。上帝恶后主作俑，故令其生前受宋太宗牵机药之毒，足欲前，头欲后，比女子缠足更苦，苦尽方薨。近已七百年，忏悔满，将还嵩山修道矣。不料又有数十万无足妇人，奔走天门喊冤，云：‘张献忠破四川时，截我等足堆为一山，以足之至小者为山尖，虽我等劫运该死，然何以出乖露丑一至于此！岂非李王裹足作俑之罪？求上帝严罚李王，我辈目才瞑。’上帝恻然，传谕四海都城隍议罪。文到我处，我判：‘孽由献忠，李后主不能预知，难引重典。请罚李王在冥中织履一百万，偿诸无足妇人，数满才许还嵩山。’奏草虽定，尚未与诸城隍会稿，先生以为何如？”先生曰：“习俗难医，愚民有焚其父母尸以为孝者，便有痛其女子之足以为慈者，事同一例也。”椒山公大笑。先生辞出，醒竟安然。

嗣后，椒山公不复来请，寿八十余，卒。常笑谓夫人曰：“毋为吾女儿裹足，恐害李后主在阴司又多织一双履也。”

注释：

1 二色：喜、愠两种表情。 2 关说：代人陈说，从中给人说好话。

## 判官答问

谢鹏飞，以仁和廪生为阴间判官，昼如平人，夜则赴冥司勾当公事。友朋多托查寿数，不肯。人疑其惧泄天机，曰："非也。阳间有司衙门，惟犯罪涉讼者才有文簿可查，否则百姓林林总总，谁有工夫为造保甲册？官府听其自来自去耳，阴间亦然。君辈不涉讼，不犯冥拘，气数来则生，气数尽则死，我实无册可查。"问："瘟疫死者可查乎？"曰："此阳九百六、阴阳小劫应死者，如府县考试，有点名簿，恰可以查。然皆庸庸小民，方入此册；若有来历之人，便不在小劫数中来去，犹之阳间有官荫[1]者，不考童生也。"问："疫外尚有大劫数乎？"曰："水、火、刀、兵是大劫数，此则贵显者难逃矣。"问："冥司神孰尊？"曰："既曰冥司，何尊之有？尊者，上界仙官耳。若城隍、土地之职，如人间府县俗吏，风尘奔走甚劳苦，贤者不屑为。昔白石仙人终朝煮白石，不肯上天，人问故，曰：'玉宇清严，符箓麻起，仙官司事者甚劳苦，故愿逍遥于山巅水涯，永为散仙[2]。'亦此意也。"

注释：

1 官荫：指官吏有功于国或因公死亡，得荫其子孙入官，分恩荫、难荫、特荫等种类。 2 散仙：未授仙职的仙人。

# 蒋太史

蒋太史士铨，官中书时，居京师贾家胡同。十一月十五日，儿子病，与其妻张夫人在一室中分床卧，梦隶人持帖来请，不觉身随之行。至一神庙，入门小憩。见门内所塑泥马，手抚之，马竟动，扬其鬣。隶扶蒋骑上，腾空而行，下视田亩，如棋盘纵横。俄而，雨蒙蒙然，心忧湿衣，仰见红油伞，有一隶擎而覆之。

未几，马落一大殿阶下，宏敞如王者居。殿外二井，左扁曰“天堂”，右扁曰“地狱”。蒋望天堂上轩轩大明，地狱则黑深不可测。所随隶亦不复见。殿旁小屋有老妪拥镬[1]炊火，问：“何所煮？”曰：“煮恶人。”开锅盖视之，果皆人头。地狱井边有人，衣蓝缕，自往投入。妪曰：“此王爷将囚寄狱也。”蒋问：“此非人间乎？”曰：“何必问！见此光景，亦可知矣。”蒋问：“我欲一见王爷可乎？”曰：“王请君来，自然接见，何必性急？君欲先窥之亦可。”因取一高足几登蒋。蒋从殿隙窥王：王年三十余，清瘦微须，冕旒盛服，执笏北向。妪曰：“此上玉帝表也。”

王焚香，俯伏叩首毕，随闻正门豁然开，召蒋入。蒋趋进，见王服饰尽变：着本朝衣冠，白布缠头，以两束布从两耳拖下，若《三礼图》所画古人免服状。坐定曰：“冥司事繁，我任满当去，此坐乞公见代。”音似常州武进人。蒋曰：“我母老子幼，事未了，不能来。”王有愠色，曰：“公有才子之名，何不达乃尔！令堂太夫人自有太夫人之寿命，与公何干？尊郎君自有尊郎君之寿命，与公何干？世上事要了就了，要不了便不了。我已将公姓名奏明上帝，无可挽回。”言毕，自掀其椅，背蒋坐，若不屑相昵者。蒋亦怒发，取其几上木界尺扑几，厉声曰：“不近人情，何动蛮也！”大喝而醒，觉一灯荧然，身在床上，四肢如冰，汗涔涔透重衾矣。喘息良久，始能起坐，呼夫人告之。夫人大哭。蒋曰：“且住，勿惊太夫人。”因凭几坐，夫人伺焉。

漏下四鼓，沉沉睡去，不觉又到冥间。殿宇恰非前处，殿上设五座位，案积如山，四座有人，专空第五座。一吏指告曰：“此公座也。”蒋随行至第三座视之，本房老师冯静山先生也，急前拱揖。冯披羊皮袍，卸眼镜欣然曰：“足下来，好，好。此间簿书忙极，非足下助我不可。”蒋曰：“老师亦为此言乎？门生母老子幼，他人不知，老师深知，如何能来？”冯惨然曰：“听足下言，触起我生前心事矣。我虽无父母，而妻少子幼，亦非可求之人。现在阳间妻子，不知作何光景？”言且泣涕如雨下。少顷，取巾拭泪曰：“事已如此，不必多言。保奏汝者，常州老刘也，本属可笑，汝速归料理身后事。今日已十五，到二十日是汝上任日也。”拱手作别而醒，窗外鸡已鸣，太夫人亦已闻知，抱持哭矣。

蒋素与藩司王公兴吾交好，乃往诀别，且托以身后。王一见惊曰：“汝满面涂锅煤，昨夜大病耶？何鬼气之袭人也？”蒋告以梦。王曰：“勿怖，惟礼斗[2]诵《大悲咒》可以禳之。汝归家如我言，或可免也。”蒋太夫人平时奉斗颇虔，乃重建坛，合家持斋祈祷，兼诵咒语。至期，是冬至节日，诸亲友来贺，环而守之。至三更，蒋见空中飞下轿一乘、旗数竿、舆夫数人，若来迎者，乃诵《大悲咒》逼之。渐近渐薄，若烟气之消释焉。逾三年，始中进士，入翰林。

注释：

1 镬（huò）：古时指无足的鼎。　2 礼斗：道教称礼拜北斗星

［宋］龚开《中山出游图》（局部）

［明］戴进《钟馗过桥图》（局部）

君，亦名“拜斗”。

## 盘古以前天

相传阴沉木为开辟以前之树，沉沙浪中，过天地翻覆劫数，重出世上，以故再入土中，万年不坏。其色深绿，纹如织锦。置一片于地，百步以外，蝇蚋[1]不飞。康熙三十年，天台山崩，沙中涌出一棺，形制诡异：头尖而尾阔，高六尺余。识者曰：“此阴沉木棺也，必有异。”启其前和[2]，中有人，眉目口鼻与木同色，臂腿与木同纹理，恰不腐坏。忽开眼仰视空中，问曰：“此青青者何物耶？”众曰：“天也。”惊曰：“吾当初在世时，天不若是高也。”语毕，目仍瞑。人争扶起之，合邑男女群来看盘古以前人。忽然风起，变为石人。棺为邑宰某所得，转献制府。

予疑此人是前古天地将混沌时人也。纬书云：“万年之后，天可倚杵。”此人言天不若今之高，信矣。

注释：

1蚋（ruì）：吸人畜血液的小昆虫。　2前和：方言称“前和头”，指棺的前额。

# 卷　十

## 禹王碑吞蛇

屠赤文任陕西两当县尉，有厨人张某者，善啖多力，身体修伟，面无左耳。询其故，自言："四川人，三世业猎，家传异书，能抓风嗅鼻，即知所来者为何兽，某幼亦业此。曾猎于邛徕山[1]，其地号"阴阳界"，阳界尚平敞，阴界尤险峻，人迹罕至。一日，往猎阳界，无所得，遂裹粮入阴界。行五十里许，天已暮，远望十里外高山上有火光烧来，烛林谷如赤日，怪风狂吹而至。某不知何物，抓风再嗅，书所未载，心大惶恐，急登高树顶上觇之。

"俄而火光渐近，乃一大石碑，碑首凿猛虎形，光如万炬，燃照数里。碑能踯躅自行，至树下见有人，忽跃起三四丈，似欲吞啮者，几及我身。我屏息不敢动，碑亦缓缓向西南去。某方幸脱险，俟其去远，将下树矣。忽望见巨蛇千万条，大者身如车轮，小者亦粗如斗，蔽空而来。某自念此身必死于蛇腹，惊惶更甚，不料诸蛇皆腾空冲云而行，离树甚远，我蹲树上，竟无所损。惟一小蛇行少低，向我耳傍擦过，觉痛不可忍，摸之，耳已去矣，血涔涔流下。但见碑尚在前，蹲立火光中不动，凡蛇从碑旁过者，空中辄有脱壳堕下，乱落如万条白练，但闻呿[2]吸噏[3]然有声。少顷，蛇尽不见，碑亦行远。

"某待至次日，方敢下树，急觅归路，迷不可得。途遇一老人，自称：'此山民也。子所见者为禹王碑。当年禹王治水，至邛徕山，毒蛇阻道，禹王大怒，命庚辰杀蛇，立二碑镇压，誓曰：“汝他日成神，世世杀蛇，为民除害。”今四千年矣，碑果成神。碑有一大一小，君幸遇其小者，得不死；其大者出，则火燃五里，林木皆灰。二碑俱以蛇为粮，所到处挈以随行，故蛇俯首待食，不暇伤人。子耳际已中蛇毒，出阳界见日则死。’因于衣襟下出药治之，示以归路而别。”

注释：

1 邛徕（qióng lái）山：应作“邛崃山”。在四川省西部。岷江和大渡河分水岭。南北延伸。 2 呿（qū）：张口貌。 3 噡（tǎn）：众人吃东西的声音。

## 鞭 尸

桐城张、徐二友，贸易江西。行至广信，徐卒于店楼，张入市买棺为殓。棺店主人索价二千文，交易成矣。柜旁坐一老人遮拦之，必须四千。张忿然归。

是夜，张上楼，尸起相扑，张大骇，急避下楼。次日清晨，又往买棺，加钱千文。棺主人并无一言，而作梗之老人先在柜上骂曰：“我虽不是主人，然此地我号‘坐山虎’，非送我二千钱，与主人一样，棺不可得！”张素贫，力有不能，无可奈何，彷徨于野，又一白须翁，着蓝色袍，笑而迎曰：“汝买棺人耶？”曰：“然。”曰：“汝受坐山虎气耶？”曰：“是也。”白须翁手一鞭曰：“此伍子胥鞭楚平王尸[1]鞭也。今晚尸起相扑，汝持此鞭之，则棺得而大难解矣。”言毕不见。张归，上楼，尸又跃起。如其言，应鞭而倒。

次日，赴店买棺，店主人曰：“昨夜坐山虎死矣，我一方之害除矣，汝仍以二千文原价来抬棺可也。”问其故，主人曰：“此老姓洪，有妖法，能役使鬼魅，惯遣死尸扑人。人死买棺，彼又在我店居奇，强分半价。如是多年，受累者众。昨夜暴死，未知何病。”张乃告以白须翁赠鞭之事，二人急往视之，老人尸上果有鞭痕。或曰：白须而着蓝袍者，此方土地神也。

注释：

1 伍子胥在父兄被戮后，智过昭关，投奔吴国，导吴破郢，为泄心中积恨，掘楚平王之墓，鞭尸三百。

## 梁朝古冢

淮徐道署，在宿迁城中。宿，故百战地，是处皆兵燹[1]之余，署中多怪。康熙中，有某道升浙江臬司，临去留一朱姓幕友在署，俟后官交代。衙署旷荡[2]，每夕，人语哗然。

又一夕，月下闻语者聚中庭槐树下。朱于窗隙窥之，见庭中人甚多，面目不甚了了，大率衣冠奇古。一少年，乌巾白衣，倚柱凝思，不共诸人酬答。诸人呼曰：“陆郎，如此风月，何独惆怅？”少年答曰：“暴骸之事近矣，不能无愁。”语毕，诸人皆为咨嗟。有长髯高冠者出，曰：“郎勿虑，此厄我先当之，赖有平生故人在此，自能相庇。”朗吟云：“寂寞千余岁，高槐西复东。春风寒白骨，高义望朱公。”少年举手谢曰：“当年受德至深，不图枯朽之余，犹叨仁庇。”因复共谈，似皆北魏、齐、梁时事。既而邻鸡远唱，诸人倏然散矣。朱胆壮，安寝如故。

阅数日，新官孙某来受交代。朱生匆匆出署，将觅船赴浙。忽差役寄东君札来止之云：“某到金陵见督院后，接楚中讣音，已丁外艰，不赴浙西新任，竟归矣。先生行止，自定可也。”朱遂稍停。闻新任淮徐道孙公署中一友得急疾殂，乃托宿迁令某荐扬[3]。一说而就。随携行李入署。时将署中旧住之屋改作客座，另置诸友于他所。幕中公务甚繁，朱不复忆前事。

孙公新来，大修衙署，一日，与朱闲坐，家人走报云：“适开前池，得一石碑，不知何代物？”孙公拉朱同往观之，见碑上书“梁散骑侍郎张公之墓”，正当两槐之间。朱恍忆前月下事，力为劝止，并述所见，云：“当更有一墓。”言未终，而荷锸者云：“又得骸骨一具。”孙始信其说非妄，命工人仍加土掩平如旧，池不改作矣。盖前碑乃长髯高冠之墓；而后所得，乌巾少年之骨也。

注释：

1 兵燹（xiǎn）：因战乱所遭致的焚烧破坏。 2 旷荡：空旷宽阔。 3 荐扬：推荐赞扬。

## 绿毛怪

乾隆六年，湖州董畅庵就幕[1]山西芮城县。县有庙，供关、张、刘三神像。庙门历年用铁锁锁之，逢春秋祭祀，一启钥焉。传言中有怪物，供香火之僧亦不敢居。

一日，有陕客贩羊千头，日暮无托足所，求宿庙中，居民启锁纳之，且告以故。贩羊者恃有膂力，曰：“无妨。”乃开门入，散群羊于廊下，而已持羊鞭秉烛寝；心不能无恐，三鼓，眼未合。闻神座下砉然有声，一物跃出。贩羊者于烛光中视之：其物长七八尺，头面具人形，两眼深黑有光，若胡桃大，颈以下绿毛覆体，茸茸如蓑衣；向贩羊者睨且嗅，两手有尖爪，直前来攫。贩羊者击以鞭，竟若不知，夺鞭而口啮之，断如裂帛。贩羊者大惧，奔出庙外，怪追之。贩羊人缘古树而上，伏其梢之最高者。怪张眼望之，不能上。良久，东方明，路有行者，贩羊人下树觅怪，怪亦不见。乃告众人，共寻神座，了无他异，惟石缝一角，腾腾有黑气。众人不敢启，具牒告官。

芮城令佟公命移神座掘之。深丈许，得朽棺，中有尸，衣服悉毁，遍体生绿毛，如贩羊人所见。乃积薪焚之，啧啧有声，血涌骨鸣。自此怪绝。

注释：

1 就幕：也称“入馆”“入幕”“就馆”，正式任幕客西宾之职。

## 紫姑神

尤琛者，长沙人，少年韶秀。偶过湘溪野，庙塑紫姑神甚美，爱之，手摩其面而题壁云：“藐姑仙子落烟沙，玉作阑干冰作车。若畏夜深风露冷，槿篱茅舍是郎家。”

是夜三鼓，闻有扣门者，启之，曰：“紫姑神也。妾本上清仙女，偶谪人间，司云雨之事。蒙郎见爱，故来相就。若不以鬼物见疑，愿荐枕席。”尤狂喜，携手入室，成伉俪焉。嗣后每夜必至，旁人不能见也。手一物与尤曰：“此名‘紫丝囊’，吾朝玉帝时织女所赐，佩之能助人文思。”生自佩后即入泮，举于乡，成进士，选四川成都知县。女与同行，助其为政，发奸摘伏，有神明之称。

忽一日谓尤曰：“今日置酒，与郎为别，妾将行矣。妾虽被谪谴，限满原可仍归仙籍。以私奔故，无颜重上天曹；地府又以妾本上界仙人，不敢收之鬼箓。自念此身飘荡，终非了计，虽托足君门，尚无形质，不能为君生育男女。昨将此情苦求泰山神君，神君许将妾名收置册上，照例托生。十五年后，可以重续爱缘，永为夫妇，未知君能勿娶，专相待否？”尤唯唯，不觉涕下。女亦凄然，大恸而去。自此，尤作官不能如前时之明，因挂误[1]革职。人有求婚者，毅然拒之，年四旬，犹只身也。如是者十五年。

房师某学士，愍其鳏居，为议婚。生又坚拒，并道所以。学士大骇，曰："若果然，则吾堂兄女是矣。吾堂兄女生十五年，不能言，但能举笔作字。每闻人议婚，必书'待尤郎'三字，得毋即汝乎？"拉尤至兄家，请其女出见。女隔帘书"紫丝囊在否？"尤解囊呈验，女点首者三，遂择日成婚。合卺之夕，女仰天一笑，即便能言。然从此绝不记前生原委，如寻常夫妇。

注释：

1 挂（guà）误：同"罣误"。谓因过失或牵连而受到处分。

## 魏象山

余窗友[1]魏梦龙，字象山，后余四科进士，由部郎迁御史。己卯典试[2]云南，殁于途，归柩于西湖昭庆寺。其年十月，沈辛田观察亦厝其先人之柩于此寺，见前屋厝[3]柩旁列"云南大主考"金字牌，知为魏君。魏故辛田所善也。俄而吊客来，孝子当扶杖行礼。辛田弟清藻忽不见，觅之，昏昏然卧魏柩前，神色惨沮。扶归，则寒热大作，病势沉重。医者下药，方开"人参三钱"。

辛田心狐疑，未敢用参。至床前视弟，弟跃起坐如平时，拱手笑曰："沈五哥，别久矣，佳否？"辛田怪而呵之。旁有二女眷观疾，清藻又手挥之曰："两嫂请回避。愿假纸笔，我有所言。"与之纸，熟视笑曰："纸小，不足书也。"为磨墨而以长幅与之，乃凭几楷书曰："梦龙白：梦龙奉命典试云南，从豫章行至樊城，感冒暑热。奴子吴升，不察病原，误投人参三钱，遂至不起。甚矣，人参之不可轻服也！樊城令某，经理丧事颇尽心力，使灵柩得还家，而诸弟啧[4]有烦言，诬其侵蚀衣箱银两，殊不识好歹。家中所存，只破书几卷，诸弟尚忍言分析乎？覆巢完卵，还望诸弟照应之。"书毕，掷管而卧。须臾又起，提笔将"人参不可轻服"数字旁加密圈。辛田大惊，不敢为弟下人参。请魏家人来，以所书示之，皆骇叹，汗泪交下。

寻弟病愈。问其索纸作书状，全不省记，但云："病重时，见短身材多须而衣葛者入房，便昏然不晓事矣。"沈年幼，不及见魏君，所云者果魏君貌也。沈后中辛卯探花，卒不永年而亡。

注释：

1 窗友：同学，同窗。 2 典试：主持考试之事。 3 厝（cuò）：停柩待葬。 4 啧（zé）：争论。

## 卖浆者儿

杭州汪成瑞家，延钱塘贡生方丹成为西席，数日不至馆。问之，云："替人作状告东岳。"问："何事？"云："其邻张姓者，妻病祈神，有卖浆叟往观。归，其子忽高坐，呼其名，索水吃。叟怒责之，子曰：'我非汝子，我是城隍司之勾神[1]，今日与伙伴数人至张家勾取张氏妇魂。因其家延请五圣在堂，未便进内，久立檐下。渴甚，是以附魂汝子，向汝求水。’叟与之水。其子年仅十四五，所饮水不下石余。少顷，闻音乐声，曰：‘张氏送神，吾去矣。叟赐我火炬数枝。’叟曰：‘夜静难觅。’曰：‘吾之火炬，即纸索耳，非世上火炬也。’焚与之，乃起谢曰：‘受叟惠，无以报，吾有一事相告：令郎自今日后，无使近水，否则将犯水厄。’语毕，其子即昏睡，而邻家张氏哭声举矣。叟虽异其事，尚秘之不宣。

“次日下午，其子忽狂叫云：‘甚热！我往浴于河。’叟不许，其子竟去。叟急拉回家，而狂躁愈甚，指地上石云：‘如此好水，何不令我浴？’叟见其光景甚怪，惧不能提防，遍告诸邻，相同看视。

“西邻唐姓者，向信鬼神之事，里中祀东岳帝，唐主其事，或代亲友祈禳，屡屡应验。闻浆叟言，又见其子之狂态，因告曰：‘汝子为鬼所凭，何不求东岳神耶？’问：‘作何求法？’曰：‘帝君圣诞日，各执事俱齐，汝具牒呈，焚香炉内，我鸣钟鼓相助。令有力者抱令郎在堂下，听候审讯发落，或可驱除恶鬼。’浆叟以为然。

“三月二十八日清晨，叟斋戒，往抱其子，从辕门外匍匐喊冤；唐在殿上，令会中执事者取其词状，大呼：‘着速报司查拿。’浆叟抱儿上殿，众环拥之。甫及门，儿已昏迷，满口流涎，众惶恐。少顷苏醒，叟挟之归，至夜始能言，云：‘我在街戏，见一人甚蓝缕，相约往浴。日日相随不离，至东岳庙时，尚随在后。忽见殿前速报司神奔下擒他，方惧而逃，恰已为其所获，并将我带上殿。见帝君持呈状细阅，向一戴纱帽者语缕缕，不甚明。惟闻说我父母无罪，何得捉伊儿作替代。将跟我之鬼锁押枷责，放我还阳。’嗣后，浆叟子竟无恙。”

注释：

1 勾神：传说中捕捉生人灵魂的神祇。

## 谢经历

广州经历[1]谢坤，绍兴人，甥陆某，选广东巡检[2]，携母、妻及子至粤，甥舅相聚甚欢。赴任后，作书与舅氏，挽其转求上官，调一美缺。谢为转请于大府，得调澳门。其地虽所入胜昔，而逼近海隅，不无烟瘴。甥又作书与舅，复请再调。谢憎其贪妄[3]，不答。不两月，又接札云：“甥病矣，乞舅速救之，迟则性命不保。”谢虽恶甥之渎，而念姊已年迈，或有不测，势将如何；又惮长官见恶，难以进言。正踌躇间，当午假寐，见甥忽至前曰：“舅误我。我嘱舅至再，舅不一报。今甥受瘴死矣，母、妻及子已在城外水次，舅速迎之。”言毕而号。谢惊寤，即见人踉跄入门云：“陆甥于数日前已死，家眷扶柩至矣。”谢始悟梦见者即甥魂也，迎其眷至署，厝甥柩于僧寺，为作佛事。僧人宣疏，请斋主拈香，忽见朝衣冠者自屏后走出行礼，僧不知何人。其子拜佛，见其父在上，乃奔前相呼，随即杳然灭去，僧众皆惊。谢书室中素心兰开，外孙戏折一支，谢挞之，忽见甥来怒曰：“舅奈何以一花责我儿，我当尽坏之！”片刻间，将兰叶均分为二。

居月余，谢归其丧。解缆时，同里人附一柩于船尾，谢家人不知也。出粤界后，舟子欺其孤孀，与家人争殴。忽见陆甥跳舱中出，后随一少年，助陆将舟子五六人痛打，舟子哀求方已。家人惊疑，问舟子，云：“吾主人素所识，其少者不知何来。”舟子惶愧曰：“船头内附装一小柩，前恐府上人不许，是以匿之。今助殴者，想即此鬼耶。”从此一路，舟人倍小心矣。舟抵家，家人为开丧设主，从此寂然。

注释：

1 经历：明清时都察院、通政使司、布政使司、按察使司等设置的官员，职掌出纳文书。 2 巡检：官名。主要设于官隘要地，或兼管数州数县，或管一州一县，以镇压人民反抗为主要职责。3 贪妄：贪心妄想。

# 卷十一

## 刘贵孙凤

阜阳王尹，遣家人刘贵偕役孙凤，至江宁公干。凤素强悍，好管世上不平事。正月二日，贵邀凤晨饮淮清桥，凤于稠人中戟手[1]骂曰："新岁非索债之时，酒店非肆殴之地，渠可欺，我不可欺！"为扯拽卫护之状。同伴不解其故，方欲问之，凤忽瞑目云："彼负我债，我迟至数十年，踪迹七千余里，今才获之。干汝何事，乃为放去？汝既放彼，汝当代偿。"语毕，自批其颊，众共持之。俄而口涎目瞪，颓然倒地，众舁之旋寓。

少顷苏，云："我入店见市中一人，额有血痕，状类乞丐，手捽一儒生讨债，捶吐交下。儒生不胜痛，遍向市人求救，无一应者。我心不平，忿然大骂。其人惊释手，儒生趋避我右。其人来夺，我拳挥之。格斗间，儒生遂走，不知所往。不料索债人遂为我祟，然彼时不备，故为所欺。今若再来，当痛捶之。"因以马鞭自卫。众见其无恙，稍稍散去，惟贵与同处。

抵暮。凤语贵曰："其人至门外矣。"方执鞭欲起，而手足皆若被缚，批颊詈骂如前。贵窘，揖凤而言曰："汝为何人？渠负汝何债，我当代偿。"凤曰："我名王保定，儒生名朱祥，前世负我身债，非钱债也。本与凤无干，凤不合强预他人事，故我怒而凌之。承汝代偿，果丰，足我勾当，我即去；否则，并将及汝。"贵大恐，广集同伴，买冥镪数万。烧毕，乃向贵拱手作谢状曰：

"十年后再获儒生，还须拉凤作证。"于是凤苏起，而神色散瘁，无复从前矫健矣。

注释：

1 戟（jǐ）手：伸出食指和中指指人，其形似戟。

## 秀民册

丹阳荆某，应童子试。梦至一庙，上坐王者，阶前诸吏捧册立，仪状[1]甚伟。荆指册询吏："何物？"答曰："科甲[2]册。"荆欣然曰："为我一查。"吏曰："可。"荆生平以鼎元[3]自负，首请《鼎甲册》，遍阅无名；复查《进士孝廉册》，皆无名。不觉变色。一吏云："或在《明经[4]秀才册》乎！"遍查亦无。荆大笑曰："此妄耳。以某文学，可魁天下，何患不得一秀才！"欲碎其册，吏曰："勿怒，尚有《秀民册》可查。秀民者，皆有文而无禄者也。人间以鼎甲为第一，天上以秀民为第一。此册为宣明王所掌，君可向王请之。"

如其言，王于案上出一册，黄金丝穿白玉牒，启第一页，第一名即"丹阳荆某"。荆大哭，王笑曰："汝何痴也！汝试数从古有几个名状元、名主试乎？韩文公[5]孙衮中状元，人但知韩文公，不知有衮；罗隐[6]终身不第，至今人知有罗隐。汝当归而求之实学可耳。"荆问："科第中皆无实学乎？"王曰："既有文才，又有文福，一代不过数人，如韩、白、欧、苏是也。此其姓名，别在紫琼宫上，与汝尤无分也。"荆未对，王拂衣起，高吟曰："一第区区何足羡，贵人传者古无多。"荆惊醒怏怏，卒不第以终。

注释：

1仪状：仪容形状。 2科甲：汉唐时举士考试分甲、乙等科，后通称科举为“科甲”。 3鼎元：“状元”之别称。因居鼎甲之首而得名。 4明经：明、清贡生之俗称。 5韩文公：即韩愈，字退之，唐代文学家、思想家、政治家，唐宋八大家之一，因谥号“文”，称“韩文公”。韩衮为韩愈之孙，韩昶次子，生性狂放，嗜酒如命，唐懿宗咸通七年（866）丙戌科状元及第。 6罗隐：字昭谏，唐末五代时期的一位道、儒兼修的学者。据说他总共参加十多次科考，自称“十二三年就试期”，但最终还是铩羽而归。黄巢起义后，避乱隐居九华山。

## 妓仙

苏州西碛山后有云隘峰，相传其上多仙迹，能舍身而上，不死即得仙。有王生者，屡试不第，乃抗志[1]与家人别，裹粮登焉。再上，得平原，广百亩许，云树蓊郁中，隐隐见悬崖上有一女子，衣装如世人，徘徊树下。心异之，趋而前，女亦出林相望。迫视，乃六七年前所狎苏州名妓谢琼娘也。彼此素相识，女亦喜甚，携生至茅庵。

庵无门，地铺松针，厚数尺，履之绵软可爱。女云：“自与君别后，为太守汪公访拿，褫衣受杖，臀肉尽脱。自念花玉之姿，一朝至此，何颜再生人间？因决计舍身，辞别鸨母，以进香为词，至悬崖奋身掷下，为萝蔓纠缠，得不死。有白发老妪食我以松花，教我以服气[2]，遂不知饥寒。初犹苦风日，一岁后，霜露风雨，都觉无怖。老母居前山，时相过从。昨老母来云：‘今日汝当与故人相会。’以故出林闲步，不意获见君子。”因问：

"汪太守死否?"生曰:"我不知。卿仙家,亦报怨乎?"女曰:"我非汪公一激,何能至此!当感不当报。但老母向我云:'偶游天庭,见杖汝之汪太守被神笞背,数其罪。'故疑其死。"生曰:"妓不当杖乎?"女曰:"惜玉怜香而心不动者,圣也;惜玉怜香而心动者,人也;不知玉不知香者,禽兽也。且天最诛人之心,汪公当日为抚军徐士林有理学名,故意杀风景以逢迎之,此意为天所恶。且他罪多,不止杖妾一事。"生曰:"我闻仙流清洁,卿落平康久矣,能成道乎?"女曰:"淫媟[3]虽非礼,然男女相爱,不过天地生物之心。放下屠刀,立地成佛,不比人间他罪难忏悔也。"

生具道来寻仙本意,且求宿庵中。女曰:"君宿何妨,但恐仙未能成也。"因为生解衣置枕,情爱如昔,而语不及私。生摸视其臀,白腻如初,女亦不拒。然心稍动,则女色益庄,门外猿啼虎啸,或探首于窦,或进爪于门,若相窥者。生不觉息邪心,抱女端卧而已。夜半,闻门外呵咤声,舆马驺从,贵官显者,往来不绝。生怪之,女曰:"此各山神灵酬酢,每夕多有,慎勿触犯。"

及天明,女谓生曰:"君诸亲友已在山下访寻,宜速返。"生不肯行,女曰:"仙缘有待,君再来未晚。"送至崖,一推而堕。生回望,见女立云雾中,情殊依依,逾时影才灭。生踉跄奔归,见其兄与家人持楮镪[4]哭奠于山下,谓生死已二十七日矣,故来祭奠。访汪太守,果以中风亡。

注释:

1 抗志:高尚的志气。 2 服气:道家养生延年吐纳之术。 3 淫媟(xiè):放荡猥亵。 4 楮镪(chǔ qiǎng):祭祀时焚化用的纸钱。镪，钱贯，引申为钱。

## 风水客

袁文荣公父清崖先生，贫士也。家有高、曾未葬，诸叔伯兄弟无任其事者。先生积馆穀[1]金买地营葬，叔伯兄弟又以地不佳，时日不合，将不利某房为辞，咸捉搦[2]之。先生发愤，集房族百余人祭家庙，毕，持香祷于天曰："苟葬高、曾有不利于子孙者，惟我一人是承，与诸房无碍。"众乃不敢言，听其葬。葬三年，而生文荣公。公面纯黑，颈以下白如雪，相传乌龙转世，官至大学士。

文荣公薨，子陛升将葬公，惑于风水之说。常州有黄某者，阴阳名家也，一时公卿大夫奉之如神。黄性迂怪，又故意狂傲，自高其价，非千金不肯至相府。既至，则掷碗碎盘，以为不屑食也；拆屋裂帐，以为不屑居也。陛升贪其术之神，不得已，曲意事之。

慈溪某侍郎，坟在西山之阳，子孙衰弱，黄说袁买其明堂为葬地。立券[3]勘度毕，从西山归，已二鼓矣。入相府，见堂上烛光大明，上坐文荣公，乌帽绛袍，旁二僮侍，如平生时，陛升等大骇，皆俯伏。文荣公骂曰："某侍郎，我翰林前辈。汝听黄奴指使，欲夺其地。昔汝祖葬高、曾，是何等存心！汝今葬我，是何等存心？"某不敢答。公又怒睨黄，叱曰："贼奴！以富贵利达之说诱人财，坏人心术，比娼优媚人取财更为下流。"令左右唾其面，二人皆惕息[4]不能声。文荣公立身起，满堂灯烛尽灭，了无所见。

次日，陛升面色如土，焚所立券，还地于某侍郎家。黄受唾处，满身白蚁，缘领啮襟，拂之不去，久乃悉变为虱。终黄之世，坐卧处虱皆成把。

注释：

1馆穀：塾师的束脩或幕宾的酬金。 2捉搦（nuò）：捉弄。 3立券：订立契约。 4惕息：恐惧貌。谓战战兢兢，不敢出声息。

## 吕兆鬣

吕公兆鬣[1]，绍兴人，以进士为陕西韩城令。严冬友侍读与交好，闲话间问："公名兆鬣，义实何取？"吕曰："我前生乃北通州陈氏家马也，花白色，鬣长三尺余，陈氏畜我有恩。一日者，我在厩中闻陈氏妻生产，三日胎不得下，其戚某曰：'此难产之胎，必得某稳婆方能下之；可惜住某村，隔此三十里，一时难致，奈何？'又一戚曰：'遣奴骑长鬣马去，立请可来。'言毕，果一苍头奴来骑我。我自念平日食主人刍豆，今主母有急，是我报恩时，即奋鬣行，遇一涧绝险，两崖相隔丈许，纡其途，原可缓到，而一时救主心切，遂腾身跃起，跌入深崖中，骨折而死。苍头以抱我背故，不触峰崖，转得不死。我死后，登时见白须翁引我至一衙门，见乌纱神上坐，曰：'此马有良心，在人且难得，而况畜乎！'差役书一牒，若古篆文，缚置我蹄上，曰：'押送他一好处。'遂冉冉而升，不觉已入轮回，为绍兴吕氏家儿。周岁后，头上发犹分两处，如马鬣鬖鬖[2]然，故名兆鬣也。"

注释：

1鬣（liè）：马颈上的长毛。 2鬖（sān）鬖：毛发或须状物下垂貌。

## 张又华

安庆生员陈庶宁，就馆于淮宁。重九登高，出南门，过一墓，若有青烟起者。谛视之，觉冷风吹来，毛骨作噤。归馆中。

夜梦至僧舍，明窗净几，竹木萧然。东壁上松江笺一小幅，上有诗，题是《牡丹》，首句云“东风吹出一枝红”，意不以为佳，视纸尾，署“张又华”三字。正把玩间，有推门入者，瞪眼而红鼻，身甚矮，年四十余，曰：“我即张又华也。汝在此读我诗，何以有轻我之意？”陈曰：“不敢。”解释良久。红鼻者自指其面曰：“汝道我人耶，鬼耶？”陈曰：“君来有冷气，殆鬼也。”曰：“汝以我为善鬼耶，恶鬼耶？”陈曰：“能咏诗，当是善鬼。”红鼻者曰：“不然，我恶鬼也。”即前攫之，冷气愈甚，如一团冰沁入心坎中。陈避竹榻旁，鬼抱持之，以手掏其外肾，痛不可忍，大惊而醒，肾囊已肿如斗大矣。从此寒热往来，医不能治，遂卒馆中。

淮宁令为之殡殓，义甚笃，然心终疑是何冤谴[1]，偶问邑中老吏：“汝知此间有张又华乎？”曰：“此安庆府承发科吏书也，死已二年。平生罪恶多端，而好作歪诗，某曾认识之：赤红鼻，短身材。死，葬在南门外。”即陈所吹冷风处也。

注释：

1 冤谴：因冤孽而遭的罪谴。

## 官　癖

相传南阳府有明季太守某，殁于署中，自后其灵不散，每至黎明发点时，必乌纱束带上堂南向坐，有吏役叩头，犹能颔之作受拜状。日光大明，始不复见。雍正间，太守乔公到任，闻其事，笑曰："此有官癖者也，身虽死，不自知其死故耳。我当有以晓之。"乃未黎明即朝衣冠，先上堂南向坐。至发点时，乌纱者远远来，见堂上已有人占坐，不觉趑趄[1]不前，长吁一声而逝。自此怪绝。

注释：

1 趑趄（zī jū）：想前进又不敢前进的样子。

## 冤鬼戏台告状

乾隆年间，广东三水县前搭台演戏。一日，演《包孝肃断乌盆》。净[1]方扮孝肃上台坐，见有披发带伤人跪台间作申冤状，净惊起避之，台下人相与哗然，其声达于县署。县令某着役查问，净以所见对。县令传净至，嘱净："仍如前装上台，如再有所见，可引至县堂。"

净领命行事，其鬼果又现。净云："我系伪作龙图[2]，不若我带汝赴县堂，求官申冤。"鬼首肯[3]之。净起，鬼随之至堂。令询净："鬼何在？"净答："鬼已跪墀[4]下。"令大声唤之，毫无见闻。令怒，欲责净。净见鬼起立外走，以手作招势。净禀令，令即着净同皂役二名尾之，视往何处灭，即志其处。净随鬼野行数里，见入一冢中：冢乃邑中富室王监生葬母处。净与皂将竹枝插地志之，回县覆令。

令乘舆往观，传王监生严讯。监生不认，请开墓以明己冤。令从之。至墓，开未二三尺，即见一尸，颜色如生。令大喜，问监生。监生呼冤，云："其时送葬人数百，共观下土，并无此尸。即有此尸，必不能尽掩众口，数年来何默默无闻，必待此净方白耶？"令韪[5]其言，复问："汝视封土毕归家否？"监生曰："视母棺下土后即返家，以后事皆土工为之。"令笑曰："得之矣。速唤众土工来！"见其状貌凶恶，喝曰："汝等杀人事发觉矣，毋庸再隐！"众土工大骇，叩头曰："王监生归家后，某等皆歇茅篷下，有孤客负囊来乞火，一伙伴觉其囊中有银，与众共谋杀而瓜分之，即举铁锄碎其首，埋王母棺上，加土填之，竟夜[6]而成冢。王监生喜其速成，复厚赏之，并无知者。"令乃尽致之法。

相传众工埋尸时自夸云："此事难明白，如要得申冤，除非龙图再世。"鬼闻此言，故借净扮龙图时，便来申冤云。

注释：

1净：亦称"花脸""花面"，戏剧中扮演男人的角色。 2龙图：指宋代名臣包拯，曾为龙图阁直学士。 3首肯：点头许可。 4墀（chí）：台阶上的空地，亦指台阶。 5韪（wěi）：是，对。 6竟夜：通宵。

# 卷十二

## 挂周仓刀上

绍兴钱二相公，学神仙炼气之术，能顶门[1]出元神[2]，遍历十洲三岛[3]。所遇诸魔，不一而足：或恶状狰狞，或妖娆艳冶。钱俱不为动，如是者十年。一日，诸魔聚而谋曰："再迟一月逢甲子日，钱某大道成矣，我辈作速下手。"众以为然，趁其打坐时，牵抱手足，放大瓮中，压之云门山脚下。是夕，钱家失去二相公，遍寻无踪，以为真仙去矣。

半年后，月明中见二相公坐花园高树上大呼求救，乃取梯扶下。问其故，自言："为魔所窘，幸平生服气有术，故不致冻馁而死。"问："何以得归？"曰："某月日，我在瓮中，有红云一道，伏魔大帝从西南来。我大声呼冤，且诉诸魔恶状。帝君曰：'作祟诸魔，诚属可恶，然汝不顺天地阴阳自生自灭之理，妄想矫揉造作，希图不死，是逆天而行，亦有不合。'顾谓一将曰：'周仓，汝送他还家。'周将军唯唯。周长丈余，所持刀亦长丈余，取红绳缚我刀上，挂此树顶而去。我亦不料即我家园树也。"

二相公自后随行逐队，饮酒御内，不敢复学神仙术矣。

注释：

1 顶门：头顶的前部。　2 元神：道家对人的灵魂的称谓。3 十洲三岛：古代传说中神仙居住的地方。十洲，即祖洲、瀛洲、玄洲、炎洲、长洲、元洲、流洲、生洲、凤麟洲、聚窟洲。三岛，即蓬莱、方丈、瀛洲三座海上仙山。

## 吾头岂白斫者

蒋心余太史修《南昌府志》，夜梦段将军来拜，见一伟丈夫，兜牟[1]戎服，叉手不揖，披其颈骂曰："吾头岂白斫者！"蒋惊醒，知有冤抑。查新志，并无其人；查旧志，有段将军，乃史阁部麾下副将，死于扬州者。急为补入《忠义传》中。

注释：

1 兜牟（móu）：古代作战时戴的头盔。牟，通"鍪"，头盔。

## 鬼借官衔嫁女

新建张雅成秀才，儿时戏以金箔纸制盔甲鸾笄等物，藏小楼上，独制独玩，不以示人。忽有女子年三十余，登楼求制钗钏[1]步摇[2]数十件，许以厚谢。秀才允之，问："安用此？"曰："嫁女奁中所需。"张以其戏，不之异也。明日，女来告张曰："我姓唐，东邻唐某为某官，我欲倩郎君求其门上官衔封条一纸，借同姓以光蓬荜[3]。"张戏写一纸与之。次夕，钗钏数足，女携饼饵数十、钱数百来谢。及旦视之，饼皆土块，钱皆纸钱，方知女子是鬼。

数日后半夜，山中烛光灿烂，鼓乐喧天，村人皆启户遥望，以为人家来卜葬者。近视之，人尽披红插花，是吉礼也。山间万家，素无居人，好事者欲追视之，相去渐远，惟见灯笼题唐姓某官衔字样，方知鬼亦如人间爱体面而崇势利，异哉！

注释：

1 钗钏（chāi chuàn）：钗簪与臂镯。 2 步摇：古代妇女附在簪钗上的一种首饰，“步摇上有垂珠，步则摇动也”。 3 蓬荜（péng bì）：即蓬门荜户，用蓬草和荆条等做成的简陋房子，形容家境贫寒。

## 镇江某仲

某仲，镇江人，兄弟三人。伯无子，仲有子，七岁看上元灯，失去，不知所往。仲闷甚，携资贸易山西，并冀访子耗。去数载未归，飞语谓仲已死。仲妻不之信，乞叔往寻。

伯利仲妻年少可鬻，诡称仲凶耗已真，旅榇[1]将归，劝仲妻改适[2]，仲妻不可，蒙麻素于髻，为夫持服。伯知其志难夺，潜与江西贾人谋，得价百余金，令买仲妻去，戒曰：“个娘子要强取。黑夜命舆来，见素髻者挽之去，速飞棹行也。”归语其妻，意甚自得。伯故避去，仲妻见伯状，如有变，甫黑即自经于梁，悬绝作声，伯妻闻之奔救，恐虚所卖金也。抱持间，仲妻素髻坠地，伯妻髻亦坠。适贾人轿至，伯妻急走出迎，摸地取髻，误带素者。贾人见素髻妇，不待分辨，径抢以行。伯归，悔无及，噤不能声。

仲自晋归，涂如厕，见布袱裹五百金在地，心计此必先登厕者所遗，去应不远，盍俟诸。未几，遗金者果至，遂与之。其人感德，分以金，不受；乃邀仲偕行。数日，抵其家，具鸡黍，命一子一女出拜。仲视其子，宛然己子也；问之，良是。盖仲子失去时，为人所卖，遗金者无子，买为己子，十余年矣。仲持之泣下，遗金者曰：“若携子去，我女即许汝子为媳妇。”

仲归，将渡江，见一人落于水，呼救，无应者，群攫其资。仲恻然，亟呼曰："孰肯救者，我募以金！"救起视之，是季弟也。季承嫂命寻仲，伯并利其死；曩之落水，有挤之者，伯所使也。仲知其情，携弟与子归。入门，伯见之，亡去。

注释：

1 旅榇（chèn）：客死者的灵柩。 2 改适：改嫁。

## 银隔世走归原主

夏镇属滕县。有蒋翁者，勤俭成家，生一子，失教，长而游荡，家渐落，蒋翁以为忧。有关帝庙陈道士，河南固始人，素与蒋翁善，乃私携五百金嘱道士云："吾子不肖，谅不能守业，后日必为饿殍[1]。今以此金付汝，我死后，俟其改悔，以此济之。倘终不悛，汝即以此金修庙。"道士应允，藏金瓦罐，上覆破磬，埋殿后，无有知者。

后数月，翁死，子益无忌，家业尽废，妻归外家，至无栖身之地，交游绝迹，始萌悔念。道士时周恤之，蒋亦渐习操作。道士见其改过，乃告以其父遗金，将掘出畀之。乃携镢至藏金处，遍觅，已失所在，相与大骇。蒋归告其匪类，因共哗然，嗾[2]控于官。官讯之，道士不讳，官断赔偿。道士罄其蓄，犹不满十分之二，里人多不直道士，道士遂舍庙去。

云游数年，过直隶莲池禅寺，挂单[3]将行，值寺僧为某观察公诵《寿生经》作佛事。有老仆抱公子戏于山门，公子遽牵道士衣，投怀不舍。家人不能解，因命道士抱送公子归。观察厚赠道士遣去，而公子啼哭追之。不得已，留道士于后园小庵，饮食之。一日，道士欲诵经为观察公子祈福，需木鱼钟磬，家人以破磬付之，道士惊云："此我之磬也。"家人白其主。诘之，道士云："磬覆瓦罐，内贮五百金。"问："安所得金？"乃具述蒋翁遗金之事。观察恍然，知其子为蒋翁转世，此金即翁所藏而走归原主者也。告以生此子三日，掘地埋胞衣，因得此金。以无所用，付之布肆中，取息已五年矣。怜道士之无辜受赔，且与其儿有宿缘，因以此金子母赠道士，并遣使送归夏镇，致书于滕邑令，将此事镌石以纪之。

注释：

1 饿殍（piǎo）：饿死的人。 2 嗾（sǒu）：教唆、指使别人做坏事。 3 挂单：行脚僧到寺院投宿。

## 鬼幕宾

毗陵王生，年四十余，游幕关中。时虚庵庄公知厔盩县事，延至幕中。是年秋，与署中友暨庄逵吉诸人同至城隍庙看菊，苦无佳者。王生偶拾一枝，遣仆送归。逵吉阻之，以为神前之物，不可轻动。王戏曰："某一生直道，神明必不见怪。如欲加谴责，我为之代办公事一二件，何如？"

明年三月三日，王生无疾而终，各以为骇。更余忽醒曰："予独坐，见一使者持一名柬至邀余，即同步出门外登舆。行里许，至城隍庙。神降阶迎，行宾主礼，曰：'先生折我菊花，许我办案，兹有某县积案，迟延日久，尚未审结，奉邀先生一商。'少顷，吏捧积年案卷至，主人退出。余阅诸情节，皆属易办，惟有误勾某罪人一案，余批云：'骨肉未寒，犹可还阳。否则东岳行查檄至，城隍将受处分矣。’神出视大喜，云：‘先生所见，甚合我意。’茶罢，仍送至丹墀，曰：‘尚有一事奉托，如晤包少府，渠承办工程木料，日内可到矣。’余唯唯别出，登舆而归，取床头青蚨[1]三百，犒其从者而醒。”

越三日，仙游大水，木料皆出黑口镇矣。包少府者，醴泉同知包某也。至今人呼王生为“鬼幕宾。”

注释：

1 青蚨（fú）：传说中的虫，借称金钱。

## 梦中破案

曹州刘姓，以典当为业。虞城张某，为经理其事已二载矣，少有蓄积。岁暮欲归，主人留至元旦，乘一青骡去，相订上元日返曹州。至期不至，刘因遣人促之来。至其家，则云：“未尝归也。”两家致讼，控至抚按，勒限[1]饬[2]县捕拿。延至六月矣，公差惶遽无措。

一夕，访于城南，见有老人偕一年少相谓曰：“月色甚佳，何不向凉亭一行？”曹州南城十数里，旧有凉亭，公差私议：“二人于此时往，倘城门闭，何由而入？”心异之，遂先至彼相伺。未几，二人果至。听所言，皆邻里间琐事。有顷，少年忽云：“城内刘姓事至今未明，余心窃计，乃西门外卖饼孙姓利其财物，因而害之也。”翁问故，少年云：“饼店在此已数载，今春倏闭，是以疑之。”翁叱云：“此事大有干系，何得妄语？”意甚拂然。旋云：“夜深，可归矣。”

公差尾其后，行甚速，至南城，门已闭，见二人从门隙入。差亟呼司阍启钥入城，则两人尚在前行。至小弄，少年与翁别，入门，门亦未启也。复随翁行二十余家，亦未启扉而入。差大惊，叩其户。半晌翁出，持纸捻，披衣，极困惫之状。差曰："适间与少年凉亭看月，何遽睡耶？"翁神色迟疑曰："看月有之，乃梦中事也。"差复胁之往诣少年，少年出，亦如翁状，乃拘入县署，述梦中语。次早，遣二人至某村迹孙姓所居，则青骡宛系门首也，因锁拿到县，一讯而服，遂起赃问抵偿焉。

此乙巳夏间事。曹州守吴忠诰向为绥德州牧，与严道甫善，告道甫也。

注释：

1 勒限：规定期限。 2 饬（chì）：命令。

## 棺床

陆秀才遐龄，赴闽中幕馆。路过江山县，天大雨，赶店不及，日已夕矣。望前村树木浓密，瓦屋数间，奔往叩门，求借一宿。主人出迎，颇清雅，自言沈姓，亦系江山秀才，家无余屋延宾。陆再三求，沈不得已，指东厢一间曰："此可草榻也。"持烛送入。陆见左停一棺，意颇恶之，又自念平素胆壮，且舍此亦无他宿处，乃唯唯作谢。其房中原有木榻，即将行李铺上，辞主人出，而心不能无悸，取所带《易经》一部灯下观。至二鼓，不敢熄烛，和衣而寝。

少顷，闻棺中窸窣有声，注目视之，棺前盖已掀起矣，有翁白须朱履，伸两腿而出。陆大骇，紧扣其帐，而于帐缝窥之。翁至陆坐处，翻其《易经》，了无惧色，袖出烟袋，就烛上吃烟。

陆更惊，以为鬼不畏《易经》，又能吃烟，真恶鬼矣。恐其走至榻前，愈益谛视，浑身冷颤，榻为之动。白须翁视榻微笑，竟不至前，仍袖烟袋入棺，自覆其盖。陆终夜不眠。

迨早，主人出问："客昨夜安否？"强应曰："安，但不知屋左所停棺内何人？"曰："家父也。"陆曰："既系尊公，何以久不安葬？"主人曰："家君现存，壮健无恙，并未死也。家君平日一切达观，以为自古皆有死，何不先为演习，故庆七十后即作寿棺，厚糊其里，置被褥焉，每晚必卧其中，当作床帐。"言毕，拉赴棺前，请老翁起，行宾主之礼，果灯下所见翁，笑曰："客受惊耶！"三人拍手大剧。视其棺：四围沙木，中空，其盖用黑漆绵纱为之，故能透气，且甚轻。

## 借尸延嗣

萧公文登，宰阳湖。伊邻施妪，其夫早卒，抚其遗腹子某，长大娶妻李氏，姑媳甚欢。年余，媳忽病亡。妪家贫，痛媳亡不能再娶以延夫祀[1]，呼天吁地。次日将殓，媳忽从炕上跃起呼姑曰："我来做汝家媳妇，不要再哭。"妪方庆媳再生，喜不自胜。其子私语母曰："何声音之不似吾妻也？眼光又直视，恐非真李氏再生，得毋野鬼凭之为祟乎？"邻里皆惊，遂环守之。

三四日中，闭目仰卧，给汤粥，饮啜如常，惟姑呼之则应，夫与之语则避而不答。至七日后方起，梳洗毕，敛衽告姑曰："我宁海州某村方氏女也，行二，年十九岁，待聘未字。因病死，至冥府，适汝家李氏媳妇在焉。随有矮鬼无数、长鬼一个，环跪阎君乞诉，求放李氏还阳。阎君怒叱，将众矮鬼逐出，长鬼责二十板。长鬼受责后，仍再四哀求云：'小人父祖以来，皆守本分，不敢为恶，罪不至于绝嗣[2]。妻辛苦万状，方得娶一媳妇，今又病亡，何能有力续娶？岂不令一家绝嗣乎！乞放媳还阳，得生子以延一脉。’阎君怒稍霁，命判官检簿，细阅毕，问长鬼曰：‘尔媳李氏阳寿已绝，不能放还，姑念尔世无过恶，尔妻又能守节抚孤，若令乏嗣，无以劝善。方氏女虽年命该尽，生前亦颇好善，可令借李尸复活，则尔无媳而得媳矣。’长鬼拜谢。阎君指长鬼告予曰：‘此尔翁也。着他领尔借尸还魂，生子延祀。’予遂随翁到此。翁指示予曰：‘此尔姑也。’将我推跌在地。开眼不见翁，只见婆婆立我身旁，我故只认得婆婆一人，余皆不识也。我家父母俱存，有一个兄弟，年十六岁，望遣人告知，以免父母啼哭。”

姑遣子探访，果如所云。告以故，其父与弟同至妪家。方氏见即相抱而哭，父反退缩，不敢向前，曰：“声音举止虽与吾女相像，而面貌不同，何也？”女对父泣曰：“我假李氏体以生，非我本来面目，喜得再见生身之父与同胞之弟。母亲忍心不来看我，父与弟又疑而不肯相认，生不如死矣。”

悲痛间，其母遣邻妪来探问，女见即呼某妈妈：“汝从何处来？我母亦来看我乎？”父方抚而慰之，叩以往事，丝毫不爽，始真信其再生也。姑遂款留其父与弟在家。至晚，令子与媳同室而处。媳辞曰：“我处女也，虽冥数已定，乞俟吾母来，择吉日成夫妇礼，不可苟合。”亲邻群称善。父亦喜甚，遣其子归迎母来，始合卺焉。

三年后，举一子。子生百日，亲朋来贺，忽向姑曰：“已为汝家传后有人，我寿算久尽，要去矣。”瞑目而逝。人相传冥官破例办事，犹阳官之因公挪移云。

注释：

1 延祀：使后代延续下去，祭祀不绝。 2 绝嗣：也称“绝根”，无子传宗接代。

# 卷十三

## 关神下乩

明季，关神下乩坛批某士人终身云："官至都堂[1]，寿止六十。"后士人登第，官果至中丞[2]。国朝[3]定鼎后，其人乞降，官不加迁，而寿已八十矣。偶至坛所，适关帝复降。其人自以为必有阴德，故能延寿，跽而请曰："弟子官爵验矣，今寿乃过之，岂修寿在人，虽神明亦有所不知耶？"关帝大书曰："某平生以忠厚待人，甲申之变，汝自不死，与我何与？"屈指计之，崇祯殉难时，正此公年六十时也。

注释：

1 都堂：明代都察院长官都御史、副都御史、佥都御史称都堂，派遣到外省的总督、巡抚都带有都察院御史衔，也称为都堂。 2 中丞：御史中丞的简称。 3 国朝：本朝。

## 张忆娘

苏州名妓张忆娘，色艺冠时，与蒋姓者素交好。蒋故巨室，花朝月夕，与忆娘游观音、灵岩等山，辄并辔而行。忆娘素明慧，欲托身于蒋，而蒋姬媵[1]绝多，不甚属意[2]，因与徽州陈通判者有终身之托。陈娶过门，蒋不得再通，大恚，百计离间之，诬控以奸拐。忆娘不得已，度为比丘，衣食犹资于陈。蒋更使人要而绝之，忆娘贫窘，自缢而亡。

居亡何，蒋早起进粥，忽头晕气绝，至一官衙，二弓丁掖之前，旁有人呼曰："蒋某，汝事须六年后始讯，何遽至此？"呼者之面貌，乃蒋平日门下奔走士也，曾遣以问忆娘者，死三年矣。蒋惊醒，自此精气恍惚，饮食少进。

有玄妙观道士张某，精法律，为筑坛持咒作禳解法。三日后，道士曰："冤魄已到，我不审其姓氏，试取大镜泼以明水，当有一女子现形。"召家人视之，宛然忆娘也。道士曰："吾所能力制者，妖孽狐狸之类。今男女冤谴，非吾所能驱除。"竟拂衣去。

蒋为忆娘作七昼夜道场，意欲超度之，卒不能遣。延苏州名医叶天士，赠以千金。药未至口，便见纤纤白手按覆之，或无故自泼于地。蒋病益增，六年而没。

蒋氏从孙漪园，犹藏忆娘小照：戴乌纱髻，着天青罗裙，眉目秀媚，以左手簪花而笑，为当时杨子鹤笔也。

注释：

1 媵（yìng）：姬妾婢女。　2 属（zhǔ）意：倾心。

## 杨妃见梦

康熙间，苏州汪山樵先生讳俊，选陕西兴平县，宿马嵬驿中。梦一女子，容貌绝世，明珰[1]翠羽，投牒而言曰："妾有墓地为人所侵，幸明府哀而察之。"汪惊醒，询土人，曰："此间惟有杨娘娘墓道，唐时改葬后，基址原有数十亩宽，自宋、明以来，为樵牧所侵，渐无余地。"汪为清理，果有旧碑记存墓侧土中，题"大唐贵妃杨氏墓"。乃为别置界石，兼买树百株植其上，春

［清］费丹旭《终南鬼趣图》（局部）

［明］刘俊《过海》

秋设二祭焉。

注释:

1 珰(dāng):古时妇女戴在耳垂上的装饰品。

## 曹能始记前生

明季曹能始先生，登进士后，过仙霞岭，山光水色，恍如前世所游。暮宿旅店，闻邻家有妇哭甚哀，问之，曰:“为其亡夫作三十周年耳。”询其死年月日，即先生之生年月日也。遂入其家，历举某屋某径，毫发不爽。其家环惊，共来审视。曹亦凄然涕下，曰:“某书屋内有南向竹树数十株，我尚有文稿未终篇者，未知犹存否?”其家曰:“自主人捐馆[1]后，恐夫人见书室而神伤，故至今犹关锁也。”曹命开之，则尘凝数寸，遗稿乱书，宛然具在，惟前妻已白发盈头，不可复认矣。曹以家财分半与之，俾终余年。

余按《文苑英华》白敏中书滑州太守崔彦武事:崔记前生为杜明福妻，骑马直抵杜家，而明福老矣。乃说旧事，取所藏金钗于垣中，施宅为寺，号明福寺。与此相类。

注释:

1 捐馆:捐弃所居之馆舍。因以为死亡的讳辞。

## 蔼蔼幽人

通州李臬司，讳玉鋐，丙戌进士。少时好炼笔录[1]，忽一日，笔于空中书曰:“敬我，我助汝功名。”李再拜，祀以牲牢。嗣后文社之事，题下，则听笔之所为。尤能作擘窠[2]大字，求者辄与。李敬奉甚至，家事外事，咨之而行，靡不如意。社中能文者每谓李作，叹其笔意大类钱吉士。钱吉士者，前朝翰林钱熹也。李私问笔神，答曰："是也。"自后里中人来扶乩者，多以"钱先生"呼之。笔神遇题跋落款，不书姓名，但书"蔼蔼幽人"四字。

李举孝廉，成进士，笔神之力居多。后官臬司，神助之决狱，郡中以为神。李公乞归，神与俱。李他出，其子弟事神不敬，神怒，投书作别而去。

余与李公之子方膺同官交好，绝不向余道只字。方膺卒后，臬司同年熊涤斋太史为余言之，并云方膺深讳其事，盖忤神者，即方膺也。

注释：

1 炼笔录：又作"炼箓书"，一种请笔神的方式，其人多虔祀文昌帝君，以法虔诵讲习，以期能废乩运腕，不假思索成佳构。 2 擘窠（bò kē）：写字、篆刻时，为求字体大小匀整，以横直界线分格，叫"擘窠"，常指大字。擘，划分；窠，框格。

## 僵尸求食

武林钱塘门内有更楼，雇更夫击柝[1]，表里巡逻。大众敛资为之，由来旧矣。康熙五十六年夏，更夫任三者巡巷外，路过小庙，每至二更，闻柝声，则有一人从庙中出，踉跄捷走；漏五下，则先柝声入庙，如是者屡矣。任三疑庙中僧有邪约，将伺之为诈酒肉计。

次夕，月明如昼，见其人面枯黑如腊，目眶深陷，两肩挂银锭而行，窸窣有声，出入如前。任三知为僵尸，因山门之内停有旧榇，积尘寸许。询诸僧人，云："其师祖时不知谁何氏所寄厝者也。"与侪辈语及之，其中黠者曰："吾闻鬼畏赤豆、铁屑及米子，备此三物升许，伺其破棺出，潜取以绕棺之四周，则彼不能入矣。"任如其言，购买三物。

待夜二更，尸复出。伺其去远，携灯入视，见棺后方板一块，俗语所谓"和头"者，已掀在地，中空空无所有，乃取三物绕棺而密洒之。事毕，径归卧更楼上。至五更，有厉声呼"任三爷"者。任问为谁，曰："我山门内之长眠者，无子孙，久不得血食，故出外营求以救腹馁。今为尔所魇，不能入棺，吾其死矣。可急起将赤豆、铁屑拂去之。"任惧不敢答。又呼曰："我与尔何仇，何苦为此虐耶？"任念与彼解围之后，彼杀我而后入，何以御之？终不答。鸡初鸣，鬼哀恳，继以詈骂，久之寂然。

明日，过楼下者见有尸僵卧，乃告众鸣官，以尸还诸棺而火焚之，一方得宁。

注释：

1 柝（tuò）：打更用的梆子。

## 僵尸贪财受累

绍兴王生某，食饩[1]有年，村中富家延之为师。因屋宇湫隘[2]，适相距里许有新室求售者，遂买使居，且曰："家中摒挡未尽，学徒暨馆童辈明晨进馆，先生一夜独眠，能无惧乎？"王自负胆壮，且新室也，何畏之有，乃命童携茗具引至书斋。

王周视室内毕，复至门前徙倚。时已夜矣，月色大明，见山下燐火荧荧[3]。趋往视之，光出一白木棺中。王念："此鬼磷耶？

色宜碧。而焰带微赤，得无为金银气乎？忆《智囊》所载：'有胡人数辈凶服舆榇[4]而藁葬[5]城外者，捕人迹之，榇中皆黄白也。' 此棺毋乃类是？幸无人，可攫而取也。”遂取石块击去其钉，从棺后推卸其盖，则赫然一尸，面青紫而腹膨亨，麻冠草履。越俗：“凡父母在堂而子先亡者，例以此殓。”王愕然退缩，每一缩则尸一跃，再缩而尸蹷然起。王尽力狂奔，尸自后追之。王入户登楼，闭门下键。喘息甫定，疑尸已去，开窗视之。窗启而尸昂首大喜，从外跃入。连叩门，不得入。忽大声悲呼，三呼而诸门洞开，若有启之者，遂登楼。王无奈何，持木棍待之。尸甫上，即击以棍，中其肩，所挂银锭散落于地，尸俯而拾取。王趁其伛偻时，尽力推之，尸滚楼下。旋闻鸡啼，从此寂无声响矣。

明日视之，尸跌伤腿骨，横卧于地，遂召众人扛而焚之。王叹曰：“我以贪故，招尸上楼；尸以贪故，被人烧毁。鬼尚不可贪，而况于人乎！”

注释：

1 食饩（xì）：享受廪膳补贴，也指经考试取得廪生资格的生员。 2 湫隘（jiǎo ài）：低洼狭小。 3 爝（jué）火：火把，小火。荧荧：光闪烁的样子。 4 舆榇：载棺以随，表示决死或有罪当死。 5 藁葬：草草埋葬。

## 陆夫人

某方伯夫人陆氏，尚书裘文达公之干女也。文达公薨后，夫人病，梦有大轿在屋瓦上行来，前立青衣者呼曰：“裘大人命来相请。”夫人登轿，冉冉在云中行。

至一大庙，正殿巍峨，旁有小屋甚洁，文达公科头，衣茧绸袍，二童侍，几上卷案甚多，谓夫人曰："知汝病之所由来耶！此前生孽也，"夫人跽[1]而请曰："干爷有力能为女儿解免否？"文达公曰："此处西厢房有一妇人，现卧床上，汝往扶之。能扶起，则病可治，否则，我亦不能救汝。"命小童引夫人往西厢房，果有描金床施大红绫帐，被褥甚华，中卧赤身女尸，两目瞪视，无一言。夫人扶之，手力尽矣，卒不起。

归告文达公，公曰："汝孽难消，可还家托张天师打醮以解禳之。但天师近日心粗，禄亦将尽，某月日替苏州顾懋德家作斋文，错字甚多，上帝颇怒，奈何！"夫人惊醒，适天师在京，遂以此言告之。天师检顾家斋表，稿中果有误字，法官所写也，心为惊悸。

未几，夫人亡，天师亦亡。天师名存义。顾懋德者，辛未进士，官礼部郎中。

注释：

1 跽（jì）：长跪，挺直上身两膝着地。

## 鬼糊涂

乾隆三十九年，京师有无赖子韩六殴伤其父，刑部审明，下狱拟斩。侍郎某以所殴非致命处，意欲减等发落。大司寇秦公奏："名分所关，理宜正法。"奉旨依议，遣刑部司狱司李怀中监斩。后三日，鬼附李身，口称："诸大人业已宽我，而汝来斩我。我死不甘，故来索命。"闻者骇然，以为此鬼糊涂，然而李竟不起。

## 鬼势利

张八郎有所欢婢，婚后弃之。婢幽怨成疾，临死曰："我不饶八郎！"语毕气绝。忽又张目曰："八郎运甚旺，不能报仇，我捉八奶奶也是一样。"未二年，八郎夫人竟以产亡。

## 鬼相思

岳州张某，号"鬼三爷"，以其行三，为鬼所生故也。父某，府学廪生，妻陈氏有色，忽凭妖[1]，自称郧阳小神，白昼现形，与之交接。张虽同床，无故自离，若有梏其手足者。其家遍请符箓，毫无效验。三月后，陈氏受胎生子，空中群鬼啾啾争来作贺，掷下纸钱无数。张忿甚，将到龙虎山求救于天师。

忽一日，小神踉跄来，汗如雨下，语其妻曰："吾几闯祸！昨夜入汝邻毛家偷其金盆，被他家所挂钟馗拔剑相逐，我惧，为所伤，不得已急走，将金盆掷在巷西池塘中，脱逃来此。汝速具酒，替我压惊。"次日，妻告张，张往毛府刺探，果失金盆，合家喧吵，将控官捉贼。张止之曰："我有法替汝取来，作何谢我？"毛氏大喜，曰："果得金盆，凭君取索。"张诡作念咒状，良久，唤毛氏家人径往塘所，命善泅者入水取之，果得金盆。

毛延张上座，问："以何物作谢？"张笑曰："我读书人，不受财帛，只须君家收藏书画与我一二件足矣。"其家尽出所藏，张选取文征明芙蓉一幅。其家觉谢礼太薄，心抱不安。张乃指壁上所挂钟馗像曰："赐此画，凑成两件何如？"毛氏唯唯。张取归，悬空中，小神从此永不再来，但闻园中树上鬼哀哭三日。人称"鬼相思"云。

注释:

1 凭妖：依托妖言。

## 张光熊

直隶张光熊，幼而聪俊，年十八，居西楼读书。家豪富，多婢妾，而父母范之甚严。七月七日，感牛郎织女事，望星而坐，妄想此夕可有家婢来窥读书者否？心乍动，见帘外一美女侧身立，唤之不应。少顷，冉冉至前。视之，非家中婢也。问：“何姓？”曰：“姓王。”问：“居何处？”曰：“君之西邻。晨夕见郎出入，爱郎姿貌，故来相就。”张喜，即与同榻。此后每夕必至。

有家僮伴宿，女谓张曰：“小奴不宜在此，可麾令远宿，听唤再至。”张遣奴，奴不肯，曰：“每夜闻郎君枕席间妮妮软语，疑有别故。老主人命奴调护郎君，不敢远离。”张无奈何，以其言告女。女曰：“无庸，将自困。”是夕，奴未睡熟，被一物攫去，绳缚之，挂西园树上，奴哀号，求郎主救命。女笑曰：“伊果知罪，远避即赦之。如敢漏泄，被老主人知者，将倍令受苦。”奴唯唯。即时绳解，奴已在地矣。

居年余，张渐羸瘦，其父问奴，奴称郎处无他故，而意色惭沮。父愈疑，自至张斋前伺察。闻帐中有妇女声，蹋窗直入，揭帐无人，惟枕角有金簪一枝、山查花一朵。父念此地从无山查花，此必妖魅所致，怒将笞张。张不得已，以实告。父为迎名僧法官设坛禁咒。女夜间来哭谓张曰：“天机已泄，请从此辞。”张亦哀恸，临别问曰：“尚有相会期乎？”曰：“二十年后华州相见。”从此遂绝。

张随娶陈氏，登进士第，授吴江知县。推升华州知州，而陈氏卒。其父在家为续娶王某之女，送至华州官署。成婚却扇[1]之夕，新人容貌，宛如书斋伴宿之人，问其年，刚二十岁。或曰："此狐仙感情欲而托生也。"语从前事，恰不记忆。

注释：

1 却扇：古代婚礼，新妇行礼时以扇障面，交拜后去扇称为"却扇"。

## 赵氏再婚成怨偶

雍正间，布政司郑禅宝妻赵氏有容德，与郑恩好甚隆，以瘵疾亡。临诀誓曰："愿生生世世为夫妇。"卒之日，旗下刘某家生一女，生而能言，曰："我郑家妻也。"刘父母大惊，以为怪，嗣后遂不复语。

八岁过亲戚家，路遇郑家奴骑马冲其车，怒曰："汝郑四也，自幼卖身我家，何敢见我不下马？"郑奴愕然，因访至刘家，见女父母，具道生时之异。女归见郑四，因问："汝主安否？"并询一切妯娌上下奴婢田宅事，历历如绘，有奴所不知而女悉知者。奴归，白之郑。郑亦至刘家，女谛视涕泣，絮语良久。时鄂西林相公以为两世婚姻，亦太平瑞事，劝郑续娶刘女。十四岁即行合卺之礼。时郑年六旬，白发飘萧[1]，兼有继室。女嫁年余，郁郁不乐，竟缢死。

袁子曰："情极而缘生，缘满而情又绝，异哉！"

注释：

1 飘萧：鬓发稀疏。

# 卷十四

## 勾魂卒

苏州余姓者，好斗蟋蟀，每秋暮，携盆往葑门[1]外搜取，薄夜方归。

一日归晚，城门已闭，余惊骇无计，徘徊路侧。见二青衣远来，履橐橐有声，向余笑曰："君此时将安归乎？我家离此不远，盍宿我家？"余喜从之。至则双扉大启，室中置旧书数部，磁瓶、铜炉各一。余手持蟋蟀十数盆，腹饿甚，映灯而坐。二青衣各持酒脯来，相与对啖。隐隐闻病者呻吟及众人喧杂声，余问故，二人曰："此邻家患病者势甚迫故也。"

未几，漏下五鼓，二人相与耳语曰："事宜办矣。"出靴中文书一道，谓余曰："请君呵气纸上。"余不解其故，笑而从之。呵毕，二青衣喜，以脚跨屋上而舞，长丈余，皆鸡爪也。余大惊，正欲问之，二人不见，壁外哭声大作。余方知所遇非人，是勾魂鬼也。

天明，启户欲出，则门外扃锁甚固，不得出，乃大呼。丧家人惊，开锁入，以为贼也，争殴之。余具道所以，且指蟋蟀盆为证曰："岂有行窃而携此累坠物者乎？"丧家人亦有相识者，始得免。所餐酒脯盘盒，俱丧家物也，竟不知从何处携入，己身亦不解从何而进。

注释：

1 葑（fēng）门：位于苏州城东，因多水塘盛产葑（茭白）而改名葑门。葑，古书上指蔓菁、芜菁，后用“葑菲之采”表尚有一德可取的谦辞。

## 赵西席

山东按察司白映棠，家延一西席，姓赵名康友，康熙丁卯孝廉，宾主师弟俱各相得。元宵张灯，彼此宴饮散，孝廉就寝书斋。次日薄午[1]不起，有小僮户外窥之，见孝廉头上插纸花双枝，两手反接，口微笑而目斜瞪，赤身僵立。僮大惊，唤主人蹋户入，则已死矣。当胸一圆洞，通于背，大如碗，中无心肝，不知被何物探去。插花反缚剥衣者，像牲牢之形，以戏之也。

注释：

1 薄（bó）午：接近中午。

## 杨四佐领

杨四佐领者，性直而和，年四十余，忽谓家人曰：“昨夜梦金甲人呼我姓名，云：‘第七殿阎罗王缺，无人补，南岳神已将汝奏上帝，不日随班引见，汝速作朝衣朝冠候召。’予再三辞，金甲神曰：‘已经保奏，无可挽回，但喜所保者连汝共四人，或引见时上帝不用，则阳寿尚未绝。’言毕去。梦兆如此，决非偶然，家中可速制朝衣冠以待。”家人闻之，在疑信之间，犹未唤缝人为制衣也。是夕，金甲神又来啃曰：“命汝制新衣而缓懈，何耶？昨玉旨已降，点汝作阎罗，不必引见矣。”杨惊醒，急语家人毕，昏晕而逝。

俗例有接煞[1]之说，至期，家人从俗行事。有百户[2]胡姓者，晚来临奠，过杨所居巷口，见高灯旗纛中，有蟒袍而盛服者，疑为巡城察院，侍立路侧。方谛视间，杨在车中大呼曰："胡某毋恐，我阴间到任，少一判官，将仗君助我。"胡惊惧，自道亲老不可即死。杨曰："我已奏上帝，事无可商。汝亲老，吾亦知之，当令我妹夫张某代汝养母。"言毕不见。

胡奔至家，深悔临奠之行，与其母相对悒悒。有叩门者，持银一封，曰："我杨四佐领之妹夫张某也。昨梦阎罗王召去，命以五十金助汝家养膳之费。阎罗所命，不敢有违，故来奉赠，且速驾也。"胡自知将死，出外辞亲友，越三日卒。

注释：

1 接煞：即招魂，人死魂离后九至十八日，请巫祝招其魂还家。 2 百户：千户之下的世袭低级军官。

## 蛊

云南人家家畜蛊，蛊能粪金银，以获利。每晚即放蛊出，火光如电，东西散流。聚众噪之，可令堕地，或蛇，或虾蟆，类亦不一。人家争藏小儿，虑为所食。养蛊者别为密室，命妇人喂之，一见男子便败，盖纯阴所聚也。食男子者粪金，食女子者粪银。此云南总兵华封为予言之。

## 科场二则

江西周学士力堂，癸卯乡试，题是"学而优则仕"一节，文思幽奥，房考[1]张某不能句读，怒而批抹之，置孙山外。晚间，各房考归寝，张忽呓语不止，自披其颊曰："如此佳文，而汝不知，尚忝然作房考乎！"自骂自击不止。家人以为中风，急请众房考来。检视之，得所抹周卷，读之，俱不甚解，乃曰："试荐之何如？"大主考为礼部侍郎任公兰枝，阅而惊曰："此奇文，通场所无，可以冠多士也！"会副主考德公阅文倦，假寐几上，伺其醒，告之。德公问："何字号？"曰："男字第三号。"德曰："不必阅文，竟定解元可也。"任问故，曰："我寝方酣，忽见金甲神向我贺曰：'汝第三儿子中解元矣。'今得'男字三号'之卷，岂非其验耶！"言毕阅文，亦大加叹赏，遂定此科第一。榜填后，众问周本房某梦中呓语之故，茫然不知。周后为福建巡抚，总督南河。

雍正丙午，江南乡试，其时聘各近省甲科司分校事，皆少年英俊。有张垒者，科分[2]既久，自居前辈，性尤迂滞，每晚必焚香祝天曰："垒年衰学荒，虑不称阅文之任，恐试卷中有佳文及其祖宗有阴德者，求神明暗中提撕[3]。"众房考笑其痴，相与戏弄之：折一细竿，伺其灯下阅卷有所弃掷，则于窗纸外穿入挑其冠。如是者三。张大惊，以为鬼神果相诏也，即具衣冠向空拜，又祝曰："某卷文实不佳，而神明提我，想必有阴德之故。如果然者，求神明再如前指示我。"众房考愈笑之，俟其将弃此卷，复挑以竿。张不复再阅，直捧此卷上堂，而两主司已就寝矣，乃扣门求见，告以深夜神明提醒之故。大主考沈公近思阅其卷曰："此文甚佳，取中有余，君何必神道设教[4]耶？"众房考噤口不敢言。及榜发，见此卷已在榜中，各哗然，笑告张曰："我辈弄君。"张正色曰："此非我为君等所弄，乃君等为鬼神所弄耳。"

众亦折服。

注释：

1房考：亦称“房官”，即乡、会试时分房阅卷的考官。 2科分：科举中式之年份。 3提撕：提醒。 4神道设教：利用神鬼之道进行教化。

## 陆大司马坟

杭州陆大司马家方卜葬时，其子某听形家[1]言，以千金买清波门外地。初下窆[2]时，启得一棺，形制甚伟。众戚友咸劝毋动旧棺，别穿一穴。陆不可，曰：“我以重价买地，彼何人敢占我耶？”掘而弃之。

是夕，陆得病，自批其颊，口称葛老太太，云：“汝夺我安宅，以而父为尚书耶？我儿子亦前明侍郎也。”问：“为谁？”曰：“葛寅亮。于谊为乡亲，于科名为前辈。葬汝父，抛我骨，汝父安乎？”陆大司马夫人率全家泣请延僧斋醮，烧纸钱十万，葛太太似有允意。忽又作侍郎公语曰：“伤我母坟，不可逭也。”少顷，又作族祖梯霞先生口吻，从中说情。侍郎终不允，卒索其命去。

当鬼祟时，陆有戚舒十九者，新馆选翰林归，在旁劝曰：“陆某以价买坟，何名为夺？”鬼在陆口骂曰：“后生小子，新得一官，敢来儳言[3]？恐自身难保耳！”陆亡后月余，舒亦亡。

注释：

1形家：也称堪舆家，指以相度地形吉凶，为人选择宅基、墓地为业的人。 2窆（biǎn）：下棺于圹穴。 3儳（chàn）言：别人说话未完，抢插进去说话。

## 狐鬼入腹

李鹤峰侍郎之子鹞，字医山，辛巳翰林，能诗文，兼好宋儒理学。灯下读书，忽两女子绝美，来与戏狎[1]，李不为动。少顷，李晚膳毕，忽腹中呼曰："我附魂茄子上，汝啖茄即啖我也，我已居汝腹中，汝复何逃？"即灯下女子声。李自此两目瞠然[2]，若迷若痴，或以手自批其颊；或大雨，首顶一石跪雨中，衣裳淋漓，不敢入内；或对人膜拜，拉之不起。面色黄瘦，日渐不支。

鬼常借李君手作字与人酬答。其同年蒋君士铨往视之，问："汝貌甚佳，何不来诱我而必从李君耶？"李手书二字曰："无缘。"蒋又问："汝绝世佳人，何为居腹中污秽之地？"李手书二字骂曰："下足。"

时江西巡抚吴公与侍郎善，乃招李往，为延张天师，设坛于滕王阁。斋三日，诵咒三日，其法官悬牌曰："三月十五日拿妖。"临期，观者如堵，天师上坐，法官旁坐，令李跪，张其口向法师。法师伸两指入其口，撮而掷之，一小狐如猫从口中出，呼曰："我为姊探信，不料被擒，姊慎毋出。"腹中应声曰："唯。"方知腹中尚有一妖。

天师封符于坛，投之大江。李微觉神清，而腹中叹息之声大作，曰："我与汝有宿世冤。因寻汝不着，故拉仙姑同来，不料反为彼祸，使我心转不安。我愈不饶汝矣。"言毕，腹痛不止。天师问法官："李翰林可救乎？"法官取镜照其腹曰："此是翰林前生冤鬼，非妖也。法箓不能治。"天师以告中丞，中丞亦无奈何，仍送李还家养病，遂卒。

注释：

1 戏狎：嬉戏，调戏。 2 瞠（chēng）然：惊视貌，直视貌。

## 怪诈人父

李玉双孝廉家，有婢名春云，颇有姿，年十五，李欲纳为妾，与其妻有成说矣。春云白日见瓦上一男子下，拥其髻而嗅之曰："汝发甚香，当大贵，宜从我，勿从主人。主人处馆穷儒，虽中举，不过一教官终耳。你向主人言，命其让我，且供我酒馔，我便赘汝家。"玉双闻之大怒，然亦无如何。是夜，怪竟来与婢配合。婢求主人具酒馔，如其言，则日夜安宁；否则，飞砖掷瓦之祸毕作。玉双不得已，与人谋将此屋招人承买。玉双馆于望仙桥施氏，不常在家。

一日者，商人孙耕文来看屋，敲门，有苍须老翁衣灰鼠袍出迎，摇手曰："此屋是我祖遗，并未出卖，勿听小儿玉双妄语，私相授受，将来要受讼累。"孙大骇，走告玉双，责以"父在，子不得自专"。玉双曰："先君亡已十余年，家中并无此翁。"乃知为怪所揶揄，冒认为父，彼此大笑。

自后，人知屋有怪，屡卖不成。玉双乃命婢父母领女还家，勿索身价。婢剺面[1]剪发，誓不肯归。其母虑为怪所害，以绳缚之，捆载还家，另嫁一士人。怪竟不来。

注释：

1 剺（lí）面：亦作"梨面"。古代北方某些少数民族的风俗，割面流血，表示忠诚或哀痛。

## 拘忌

塞侍郎某，性多拘忌[1]，每遇人谈有“死丧”二字，必作喷嚏以啐散之；路逢殡柩，则急往亲友家，解下衣帽，扑散数次，以为将晦气撒在人家，与己无与矣。又薛生白常往李侍郎家看病，清晨往，待至日午始出。侍郎以面向内，以背向外，两公子扶之而行；坐定诊脉，口答病源，终不回顾。薛大骇，疑其面有恶疾，故不向客。问其家人，家人云：“主人貌甚丰满，并无恶疾，所以然者，以某日喜神方在东，故不肯背之而出。又是日辰巳有冲，故必正午方出耳。”

注释：

1 拘忌：拘束顾忌。

## 奇术

康熙间，成其范善风角[1]。三藩之变，成为中书，凡千里外用兵之事，日有所奏，皆奇验，以此官至理藩院侍郎。常赴席东华门张参领[2]家，已坐定矣，忽脱冠带置几上，谓主人曰：“我腹痛，将如厕。”出门呼其舆夫，飞奔而归。舆夫问故，摇手曰：“我与汝三人皆此日劫中人，我不敢不到，故留衣冠以厌之。”言未毕，东华门火药局火发，延烧数十家，张参领家已为灰烬。

又有计小堂者，以妖言惑众，充发黑龙江。至旅店中，饭桌仄小，解差三人不能同坐，小堂以手扯之，顷刻桌长三尺。差役曰：“汝以此得罪，尚不悛改，而作此狡狯[3]乎！”小堂怒而起，拉其所乘马送入墙内，仅留一尾在外摇摆。差哀求，乃拔其尾而出之。至配所，与某将军交善。一日，忽来泣曰：“缘尽矣，不知何时再见。”挥手作别。将军留之不可，但见小堂冉冉升空而去。将军速到彼帐中访之，则已死矣。

注释：

1风角：指古代观察风以卜吉凶的一种迷信术数。 2参领：官名。清代八旗组织中层编制单位甲喇的长官。 3狡狯（jiǎo kuài）：儿戏，游戏。

## 鬼入人腹

焦孝廉妻金氏，门有算命瞽者过，召而试之。瞽者为言往事甚验，乃赠以钱米而去。是夜，金氏腹中有人语曰：“我师父去矣，我借娘子腹中且住几日。”金家疑是樟柳神[1]，问：“是灵哥儿否？”曰：“我非灵哥，乃灵姐也。师父命我居汝腹中为祟，吓取财帛。”言毕，即捻其肠肺，痛不可忍。

焦乃百计寻觅前瞽者，数日后遇诸途，拥而至室，许除患后谢以百金，瞽者允诺，呼曰：“二姑速出！”如是者再。内应曰：“二姑不出矣。二姑前生姓张，为其家妾，被其妻某凌虐死。某转生为金氏。我之所以投身师父作樟柳神者，正为报此仇故也。今既入其腹中，不取其命不出。”瞽者大惊曰：“既是宿孽[2]，我不能救。”遂逃去。

焦悬符拜斗，终于无益。每一医至，腹中人曰：“此庸医也，药亦无益。”且听入喉。或曰：“此良医也，药恐治我。”便扼其喉，药吐而后已。又曰：“汝等软求我尚可，若用法律治我，我先啮其心肺。”嗣后，每闻招僧延道，金氏便如万刃刺心，滚地哀号，且曰：“汝受我如此煎熬，而不自寻一死，何看性命太重耶？”

焦故彭芸楣侍郎门生，彭闻之，欲入奏诛訾者。焦不欲声扬，求寝[3]其事。金氏奄奄垂毙。此乾隆四十六年夏间事。

注释：

1 樟柳神：星相术士所用的占卜之具。 2 宿孽：前世、旧有的罪孽。 3 寝：平息。

## 牛僵尸

江宁铜井村人畜一牝牛，十余年生犊凡二十八口，主人颇得其利。牛老，不能耕，宰牛者咸请买之。主人不忍，遣童喂养，俟其自毙，乃掩埋土中。是夜，闻门外有击撞声，如是者连夕，初，不意即此牛。月余，为祟更甚，闻吼声蹄响。于是一村之人皆疑此牛作怪，掘验之：牛尸不坏，两目闪闪如生，四蹄爪皆有稻芒，似夜间破土而出者。主人大怒，取刀断其四蹄，并剖其腹，以粪秽沃潴[1]之。嗣后寂然，再启土视之，牛朽腐矣。

注释：

1 沃潴（zhū）：灌注充塞。

# 卷十五

## 鹤静先生

厉樊榭未第时，与周穆门诸人好请乩仙。一日，有仙人降盘书曰："我鹤静先生也，平生好吟，故来结吟社之欢。诸君小事问我，我有知必告；大事不必问我，虽知亦不敢告。"嗣后，凡杭城祈晴祷雨、止疟断痢等事问之，必书日期；开药方，皆验；其它休咎，则笔卧不动。每日祈请，但书"鹤静先生"四字。向空焚之，仙辄下降，有所唱和。诗尤清丽，和"雁"字至六十首，如是一年。

樊榭、穆门请与相见，拒而不许，诸人再四恳求，曰："明日下午在孤山放鹤亭相候。"诸公临期放舟伺之，至日昃，无所见，疑其相诳，各欲起行。忽空中长啸一声，阴风四起，见伟丈夫须长数尺，纱帽红袍，以长帛自挂于石牌楼上，一闪而逝。疑是前朝忠臣殉节者也。自此乩盘再请亦不至矣。惜未问其姓名。

## 土地迎举人

休宁吴衡，浙江商籍[1]生员。乾隆乙酉乡试，榜发前一日，其家老仆夜卧忽醒，喜曰："相公中矣！"问："何以知之？"曰："老仆夜梦过土地祠，见土地神驾车将出，自锁其门，告我曰：'向例省中有中式者，土地例当迎接。我现充此差，故将启行。

汝主人，即我所迎也。'”吴闻之，心虽喜，终不信。已而榜发，果中第十六名。

注释：

1 商籍：因经商流寓某地，子孙户籍准附编于行商之省份获得商籍。

## 孙烈妇

歙县绍村张长寿妻孙氏，父某，工武艺，孙自幼从父学。年及笄，归长寿。长寿家贫，娶妇弥月[1]即客浙西。有贼数人窥妇年少，夜往撬其门，将行不良。妇左手执烛，右手持梃与贼斗，贼被创仆地而逃。又一年，长寿病死，妇从容执丧事。既葬，闭户自缢。邻人以妇强死[2]，惧其为祟，集僧作佛事超度之。夜将半，僧方诵经，见妇坐堂上叱曰："我死于正命，并非不当死而死者，何须汝辈秃奴来此多事！"僧皆惊散。后村有妇某与人有私，将谋弑夫者，忽病狂呼曰："孙烈妇在此责我，不敢！不敢！"嗣后合村奉孙如神。

注释：

1 弥月：新婚满一月。也指小儿初生满一月，或怀孕满十个月、足月。 2 强死：不以老病死。谓死于非命。

## 无门国

吕恒者，常州人，贩洋货为业。乾隆四十年，为海风所吹，舟中人尽没，惟吕抱一木板，随波掀腾，飘入一国。人民皆楼居，楼有三层者、五层者；祖居第三层，父居第二层，子居第一层，其最高者则曾高祖居之。有出入之户，无遮拦之门。国人甚富，无盗窃事。

吕初到时，言语不通，以手指画。久之，亦渐领解。闻是中华人，颇知礼敬。其俗分一日为两日，鸡鸣而起，贸易往来；至日午则举国安寝，日斜时起，照常行事，至戌时又睡矣。问其年，称十岁者，中国之五岁也；称二十者，中国之十岁也。吕所居处，离国王尚有千里，无由得见。官员甚少，有仪从[1]者，呼为“巴罗”，亦不知是何职司。男女相悦为婚，好丑老少，各以类从，无搀越[2]勉强致嗟怨[3]者。刑法尤奇，断人足者亦断其足，伤人面者亦伤其面，分寸部位，丝毫不爽。奸人子女者，使人亦奸其子女。如犯人无子女，则削木作男子势状，椓[4]其臀窍。

吕居其国十有三月，因南风之便，附船还中国。据老洋客云：“此岛号‘无门国’，从古来未有通中国者。”

注释：

1 仪从：仪卫随从。 2 搀越：干预非自己分内之事。 3 嗟怨：嗟叹怨恨。 4 椓（zhuó）：敲击。

## 宋 生

苏州宋观察宗元之族弟某，幼孤依叔，叔待之严。七岁时，赴塾师处读书，偷往戏场看戏，被人告之其叔，惧不敢归，逃于木渎乡作乞丐。有李姓者，怜而收留之，俾在钱铺佣工，颇勤慎，遂以婢郑氏配之。如是者九年，宋生颇积资财。

到城内烧香，遇其叔于途，势不能瞒，遂以实告。叔知其有蓄，劝令还家，别为择配。生初意不肯，且告叔云：“婢已生女矣。”叔怒曰：“我家大族，岂可以婢为妻？”逼令离婚。李家闻之，情愿认婢为女，另备妆奁[1]陪嫁。叔不许，命写离书寄郑，而别为娶于金氏。郑得书大哭，抱其女自沉于河。

越三年，金氏亦生一女。其叔坐轿过王府基，忽旋风括[2]帘而起，家人视之，痰涌气绝，颈有爪痕。是夜，金氏梦一女子披发沥血诉曰：“我郑氏婢也。汝夫不良，听从恶叔之言，将我离异。我义不再嫁，投河死。今我先报其叔，当即来报汝夫。与汝无干，汝毋怖也。但汝所生之女我不能饶，以女易女，亦是公道报法。”妻醒，告宋生。生大骇，谋之友。友曰：“玄妙观有施道士，能作符驱鬼，俾其作法牒[3]之酆都可也。”乃以重币赂施。施取女之生年月日写黄纸上，加天师符，押解酆都，其家果平静。

三年后，生方坐书窗，白日见此婢来骂曰：“我先拿汝叔迟拿汝者，为恶意非从汝起，且犹恋从前夫妻之情故也。今汝反先下手，牒我酆都，何不良至此？今我牒限已满，将冤诉与城隍神。神嘉我贞烈，许我报仇，汝复何逃？”宋生从此痴迷，不省人事。家中器具，无故自碎；门撑棍棒，空中乱飞。举家大惧，延僧超度，终于无益。十日内宋生死；十日外其女死；金氏无恙。

注释：

1 妆奁（zhuāng lián）：女子梳妆用的镜匣，借指嫁妆。 2 括（guā）：吹。 2 法牒：术士通冥的文书。

## 尸　香

杭州孙秀姑，年十六，为李氏养媳。李翁挈其子远出，家只一姑，年老矣。邻匪严虎，窥秀姑有色，借乞火为名，将语挑之。秀姑不从。乃遣所嬖某作饵，搔头弄姿，为蛊惑计。秀姑告其姑，姑骂斥之。严虎大怒詈曰：“女奴不承抬举，我不淫汝不止！”朝夕飞砖撬门。李家素贫，板壁单薄，绝少亲友，严又无赖，邻人无敢撄[1]其锋，于是婆媳相持而哭。

一日者，秀姑晨起梳头，严与其嬖登屋上，各解裤挺其阳以示之。秀姑不胜忿，遂密缝内外衣重重牢固，而私服盐卤死。其姑哀号，欲告官，无为具呈者。忽有异香从秀姑所卧处起，直达街巷，行路者皆愕眙[2]相视。严虎知之，取死猫死狗诸秽物罗置李门外，以乱其气，而其香愈盛。适有总捕厅某路过，闻其香怪之，查问街邻，得其冤，乃告知府县，置严虎于法，而旌秀姑于朝。至今西湖上牌坊犹存。

荆州府范某乡居，家甚富，而早卒，子六岁，倚其姊以居。姊年十九，知书解算，料理家务甚有法。族匪范同欺其弟幼，屡来借贷，姊初应之；继为无厌之求，姊不能应。范同大怒，与其党谋去其姊，为吞噬计，乃俟城隍赛会时，沉其姊于河。又缚沉一钱店少年，以两带束其尸，报官相验，云：“平素有奸，惧人知觉，故相约同死。”县官信之，命棺殓掩埋而已。范氏家产尽为族匪所占。

逾年，荆州太守周钟宣到任，过范女坟，有异香从其坟起。问书役，中有知其冤者，为白其事，乃掘男女两坟验之。尸各如生，手足颈项皆有捆缚伤痕。于是拘讯范同，则数日前已为厉鬼祟死矣。太守具酒食香纸躬祭女坟，表一碣曰：“贞女范氏之墓。”冤白后，两尸俱腐化。

注释：

1 撄：接触，触犯。　2 愕眙（è yí）：亦作“愕怡”，惊视。

## 裘文达公为水神

裘文达公临卒语家人曰：“我是燕子矶水神，今将复位。死后，汝等送灵柩还江西，必过此矶，有关帝庙，可往求签。如系上上第三签者，我仍为水神。否则，或有谴谪，不能复位矣。”言终卒。

家人闻之，疑信参半，苍头某信之独坚，曰：“公为王太夫人所生。太夫人本籍江宁，渡江时，曾求子于燕子矶水神庙。夜梦袍笏者来曰：‘与汝儿，并与汝一好儿。’果逾年生公。”公妻熊夫人挈柩归，至燕子矶，如其言，卜于关帝庙，果有第三签，遂举家大哭，烧纸钱蔽江，立木主于庙旁。旁有尹文端公诗碣。

予往苏州，阻风于此，乃揖其主而题壁曰：“燕子矶边泊，黄公垆下过。摩挲旧碑碣，惆怅此山阿。短鬓皤皤[1]雪，长江渺渺波。江神如识我，应送好风多。”次日果大顺风。

注释：

1 皤（pó）皤：白发貌。

## 白莲教

京山富人许翁，世居桑湖畔。娶新妇某，妆奁颇厚。有偷儿杨三者，羡之年余。闻翁送其子入京，新妇有孕，相伴惟二婢，乃夜入其室，伏暗处伺之。

至三更后，灯光下见有一人，深目虬须，负黄布囊，爬窗而入。杨念："吾道中无此人。"屏息窥之。其人袖出香一枝，烧之于灯，置二婢所，随向妇寝处喃喃诵咒。妇忽跃起，向其人赤身长跪。其人开囊，出一小刀，剖腹取胎，放小磁罐中，背负而出，妇尸仆于床下。杨大惊，出户尾之。至村口一旅店，抱持之，大呼曰："主人速来，吾捉得一妖贼！"众邻齐至，视其布囊，小儿胎血犹涔涔也。众大怒，持锹锄击之。其人大笑，了无所伤；乃沃以粪，始不能动。

及旦，送官刑讯，曰："我白莲教也，伙伴甚多。"方知汉、湘一带胎妇身死者，皆受此害。狱成，凌迟其人，赏偷儿银五十两。

## 诸廷槐

嘉定诸廷槐家有再醮仆妇李姓者，忽鬼扼其喉，口称："是汝前夫。我病时，呼茶索药，汝多不睬，以至气忿而亡。冥王以我阳数未尽，受糟塌[1]死，与枉死者一般，不肯收留。游魂飘荡，受尽饥寒。汝在此饱食暖衣，我心不服，故扼汝喉，使汝陪我忍饥。"廷槐知为鬼所凭，上前手批颊，鬼呼痛逃去。廷槐视其掌，黑如锅煤。

少顷，鬼又作闹，廷槐再打，妇无惧色，手亦不黑矣。骂曰："你家主人初次打我，出我不意，故被他打痛。今我已躲入汝背脊骨窍中，虽用掌心雷打我，亦不怕也。"于是众家人代为请曰："汝妻不过妇道有亏，事汝不周，并非有心杀汝，无大仇可报。况汝所生子女，赖渠改嫁后夫替你抚养，也算有良心。汝何不略放松手，俾得少进饮食。"鬼唯唯。妇觉咽喉一清，登时吃饭三碗。众人知其可动，乃曰："主人替你超度何如？"鬼又唯唯。遂设醮延僧，诵《往生咒》。鬼去而复至曰："和尚不付度牒，我仍不能托生也。”乃速焚之，鬼竟去而妇安矣。

当作闹时，最畏主人之少子，曰：“此小相公头上红光，将来必贵，我不愿见之。”或问：“可是诸府祖宗功德修来乎？”曰：“非也，是他家阴宅风水所荫。”问：“何由知？”曰：“我与鬼朋友数人常在坟间乞人祭扫之余，独不敢上诸府坟，因陇上有热气一条，如火冲出故也。”

注释：

1 糟塌：蹂躏，侮辱。

## 王都司

山东王某，作济宁都司[1]。忽一日，梦南门外关帝庙周仓来曰：“汝肯修帝庙，可获五千金。”王不信。次夜，又梦关平将军来曰：“我家周仓最诚实，非诳人者，所许五千金，现在帝君香案脚下。汝须黑夜秉烛来，五千金可得。”王喜且惊，心疑香案下地有藏金，分应我得者，乃率其子持皮口袋往，以便装载。

又至庙中，天已黎明，见香案下睡一狐，黑而毛，两目金光闪闪。王悟曰：“得毋关神命我驱除此妖耶？”即与其子持绳索捆缚之，装放口袋中，负之归家。口袋中作人语曰：“我狐仙也，昨日偶醉，呕唾圣帝庙中，触怒神明，故托梦于君，教来收拾我。我原有罪，但念我修炼千年，此罪尚小，君不如放我出袋，彼此有益。”王戏问：“何以见谢？”曰：“以五千金为寿。”王心记周仓、关平两将军之言验矣，即释放之。

顷刻，变成一白须翁，唐巾飘带，言词温雅，蔼然可亲。王乃置酒设席，与谈过去未来事，且问：“都司穷官，如何能得五千金?”狐曰:“济宁富户甚多，俱非行仁义者，我择其尤不肖者，竟往彼家抛砖打瓦，使他头疼发热，心惊胆战。自然彼必寻求符箓，延请道士。君往说‘我能驱邪’，但书花押一个，向空焚之，我即心照而去，又闹别家。如此一月，则君之五千金得矣。但君官爵止于都司，财量亦止五千金。过此以往，不必妄求。吾报君后，亦从此逝矣。”

未几，济宁城内外疫厉大作，鸡犬不宁，但王都司一到，便即安宁，遂得五千金。舍二百金修圣庙，祭奠周、关两将军。乞病归里，至今小康。

注释:

1 都司：即都指挥使司，设都指挥使，掌管一方军政。

# 卷十六

## 杭大宗为寄灵童子

万近蓬奉斗甚严，每秋七月，为盂兰之会[1]，与施柳南刺史同设道场。施能见鬼，凡来受祭者，俱能指为何人，且与言语。方立坛时，先书列死者姓名，向坛焚化[2]。

万，故杭大宗先生弟子，忘书先生名。施见是夕诸公俱集，有人短白须，披夹纱袍，不冠而至，骂曰："近蓬我弟子，今日设会，独不请我何也？"施素不识杭，不觉目瞪。旁一人曰："此杭大宗先生也。"施向前揖问："先生何来？"曰："我前生是法华会上点香者，名寄灵童子，因侍香时见烧香女美，偶动一念，谪生人间。在人间心直口快，有善无恶，原可仍归原位。惟以我好讥贬人，党同伐异[3]，又贪财，为观音所薄，不许即归原位。"因自指其手与口曰："此二物累我。"问："先生在阴间乐乎？"曰："我在此无甚苦乐，颇散荡，游行自如。"问："先生何不仍投人身？"杭以手作拍势，笑曰："我七十七年人身，倏忽过去，回头想来，有何趣味？"曰："先生何不仍求观音收留？"曰："我坠落亦因小过，容易超度。可告知近蓬，替我念《秽迹金刚咒》二万遍，便可归原位。"问："陈星斋先生何以不来？"曰："我不及彼，彼已仍归桂宫矣。"语毕，上座大啖，笑曰："施柳南一日不出仕，我辈田允兄大有吃处。""田允"兄者，俗言鬼字也。

注释：

1 盂兰之会：佛教指在农历七月十五盂兰盆节所举行的法会。 2 焚化：把尸骨、神像、纸钱等烧掉。 3 党同伐异：无原则地分立门户，偏袒与自己意见相同的，攻击异己的。

## 雀报恩

周之庠好放生，尤爱雀，居恒置黍谷于檐下饲之。中年丧明，饲雀如故。忽病气绝，惟心头温，家人守之四昼夜。苏云：初出门，独行旷野，日色昏暗，寂不逢人。心惧，疾弛数十里，见城外寥寥无烟火。俄有老人杖策来，视之，乃亡父也，跪而哀泣。父曰："孰唤汝来？"答曰："迷路至此。"父曰："无伤。"导之入城。至一衙署前，又有老人纶巾道服自内出，乃亡祖也。相见大惊，责其父曰："尔亦糊涂，何导儿至此！"叱父退，手挽之庠行。有二隶卒[1]貌丑恶，大呼曰："既来此，安得便去？"与其祖相争夺。忽雀亿万自西来，啄二隶，隶骇走。祖父翼之出，群雀随之，争以翅覆之庠。约行数十里，祖以杖击其背曰："到家矣。"遂如梦觉，双目复明。至今无恙。

注释：

1 隶卒：衙门里的差役或衙役。

## 全　姑

荡山茶肆全姑，生而洁白婀娜[1]，年十九。其邻陈生美少年，私与通，为匪人所捉。陈故富家，以百金贿匪。县役知之，思分其赃，相与率扭到县。县令某自负理学名，将陈决杖四十。女哀号涕泣，伏陈生臀上愿代。令以为无耻，愈怒，将女亦决杖四十。两隶拉女下，私相怜，以为此女通体娇柔如无骨者，又受陈生金，故杖轻扑地而已。令怒未息，剪其发，脱其弓鞋，置案上传观之，以为合邑戒。且贮库焉，将女发官卖。

案结矣，陈思女不已，贿他人买之，而己仍娶之。未一月，县役纷来索贿，道路喧嚷。令访闻大怒，重擒二人至案。女知不免，私以败絮草纸置裤中护其臀。令望见曰："是下身累累者，何物耶？"乃下堂扯去裤中物，亲自监临，裸而杖之。陈生抵拦，掌嘴数百后，乃再决满杖。归家月余死，女卖为某公子妾。

有刘孝廉者，侠士也，直入署责令曰："我昨到县，闻公呼大杖，以为治强盗积贼，故至阶下观之。不料一美女剥紫绫裤受杖，两臀隆然，如一团白雪，日炙之犹虑其消，而君以满杖加之，一板下，便成烂桃子色。所犯风流小过，何必如是？"令曰："全姑美，不加杖，人道我好色；陈某富，不加杖，人道我得钱。"刘曰："为父母官，以他人皮肉，博自己声名，可乎？行当有报矣！"奋衣出，与令绝交。

未十年，令迁守松江，坐公馆，方午餐，其仆见一少年从窗外入，以手拍其背者三，遂呼背痛不食。已而背肿尺许，中有界沟，如两臀然。召医视之，医曰："不救矣，成烂桃子色矣。"令闻，心恶之，未十日卒。

注释：

1 婀娜（ē nuó）：轻盈柔美的样子。

## 西贾认父

钱塘铨部[1]主事吴名一骐者，初举孝廉，入都会试，僦居[2]旅次。有西贾王某来，云其父临终言，往生浙地某处为吴氏子。其终年即铨部生年也。又云昨晚其母又复示梦云："汝父已至都中，现寓某处，汝何不往？"以故到此访问，乞一睹颜色。铨部因事属怪异，不肯出见。王贾痛哭遥拜而去。王贾甚富，并无所希冀而来者，以故人笑吴公之迂。吴作吏部主事数年死，死年二十八。

注释：

1 铨部：主管选拔官吏的部门，一般指吏部。 2 僦（jiù）居：租屋而居。

## 卖冬瓜人

杭州草桥门外有卖冬瓜人某，能在头顶上出元神。每闭目坐床上，而出神在外酬应。一日，出神买鲞[1]数片，托邻人带归交其妻。妻接之，笑曰："汝又在狡狯耶！"将鲞挞其头。少顷，卖瓜者神归，以顶为鲞所污，彷徨床侧，神不能入，大哭去，尸亦渐僵。

注释：

1 鲞（xiǎng）：剖开晾干的鱼，泛指成片的腌腊食品。

## 柳如是为厉

苏州昭文县署，为前明钱尚书故宅。东厢三间，因柳如是缢死此处，历任封闭不开。

乾隆庚子，直隶王公某莅任，家口多，内屋少，开此房居妾某氏，二婢作伴；又居一妾于西厢，老妪作伴。未三鼓，闻西厢老妪喊救命声，王公奔往，妾已不在床上。寻至床后，其人眼伤额碎，赤身流血，觳觫[1]而立，云：“我卧不吹灯，方就枕，便一阵阴风吹开帐幔，遍体作噤。有梳高髻披大红袄者揭帐招我，随挽我发，强我起。我大惧，急逃至帐后，眼目为衣架触伤。老驱闻我喊声，随即奔至，鬼才放我，走窗外去。”合署大骇，虑东厢之妾新娶胆小，亦不往告。

次日至午，东厢竟不开门。启入，则一姬二婢俱用一条长带相连缢死矣。于是王公仍命封锁此房，后无他异。

或谓：柳氏为尚书殉节，死于正命，不应为厉。按《金史·蒲察琦传》：琦为御史，将死崔立之难，到家别母。母方昼寝，忽惊而醒。琦问：“阿母何为？”母曰：“适梦三人潜伏梁间，故惊醒。”琦跪曰：“梁上人乃鬼也。儿欲殉节，意在悬梁，故彼鬼在上相候。母所见者，即是也。”旋即缢死。可见忠义之鬼用引路替代，亦所不免。

注释：

1 觳觫（hú sù）：恐惧得发抖。

## 驱蛍

吴兴下山有白蛍[1]洞，每春夏间即见，状如匹练，起空中游漾无定。所过之下，蚕茧一空，故养蚕时尤忌之。性独畏锣鼓声。明太常卿韩绍曾命有司挟毒矢逐之，有《驱蛍文》载郡志，近年来作患尤甚。

乾隆癸卯四月，有范姓者具控于城隍。是夜，梦有老人来曰：“汝所控已准，某夜当命玄衣真人逐鲎。但鲎鱼司露有功，被害者亦有数，彼以贪故，当示之罚。尔等备硫磺、烟草在某山洞口相候可也。”

范至期集数十人往。夜二鼓，月色微明，空中风作，见前山有大蝙蝠丈许飞至洞前，瞬息，诸小蝠群集者不下数十。每一蝙蝠至，必有灯一点，如引导状。范悟曰：“是得非[2]所谓玄衣真人乎！”即引火纵烧烟草。俄而洞中声起，如潮涌风发，有匹练飞出，蝙蝠围环若布阵然，彼此搏击良久，乡民亦群打锣鼓，放爆竹助之。约一时许，匹练飘散如絮，有青气一道向东北而去，蝙蝠亦散。

次早往视，林莽间绵絮千余片，或青或白，触手腥秽，不可近。自是鲎患竟息。

注释：

1 鲎（hòu）：生活在海中的甲壳类节肢动物，尾坚硬，形状像宝剑。 2 是得非：是，这；得非，莫不是。

## 海中毛人张口生风

雍正间，有海船飘至台湾之彰化界。船止二十余人，资货[1]颇多，因家焉。逾年，有同伙之子广东人投词于官，据云：“某等泛海开船，后遇飓风，迷失海道，顺流而东。行数昼夜，舟得泊岸，回视水如山立，舟不可行，因遂登岸，地上破船、坏板、白骨不可胜计，自分必死矣。不逾年，舟中人渐次病死，某等亦粮尽。余豆数斛，植之，竟得生豆，赖以充腹。一日者，有毛人长数丈，自东方徐步来，指海水而笑。某等向彼号呼叩首。长人以手指海，若挥之速去者。某等始不解，既而有悟，急驾帆试之。长人张口吹气，蓬蓬然东风大作，昼夜不息，因望见鹿仔港口，遂收泊焉。”彰化县官案验得实，移咨广省，以所有资物按二百余家均分之，遂定案焉。

后有土人云：“此名海阐，乃东海之极下处，船无回理，惟一百二十年，方有东风屈曲可上。”此二十余人恰好值之，亦奇矣，第不知毛而长者又为何神也？

注释：

1 资货：资财货物。

## 鬼逐鬼

桐城左秀才某，与其妻张氏伉俪甚笃。张病卒，左不忍相离，终日伴棺而寝。

七月十五日，其家作盂兰之会，家人俱在外礼佛设醮，秀才独伴妻棺看书。忽阴风一阵，有缢死鬼披发流血拖绳而至，直犯秀才。秀才惶急，拍棺呼曰：“妹妹救我！”其妻竟勃然掀棺而起，骂曰：“恶鬼，敢无礼犯我郎君耶！”挥臂打鬼，鬼踉跄逃出。妻谓秀才：“汝痴矣，夫妇钟情一至于是耶！缘汝福薄，故恶鬼敢于相犯，盍同我归去投人身，再偕老计耶？”秀才唯唯，妻仍入棺卧矣。秀才呼家人视之，棺钉数重皆断，妻之裙犹夹半幅于棺缝中也。不逾年，秀才亦卒。

# 卷十七

## 白骨精

处州地多山，丽水县在仙都峰之南，土人耕种，多有开垦到半山者。山中多怪，人皆早作早休，不敢夜出。

时值秋深，有田主李某到乡刈[1]稻，独住庄房。土人恐其胆怯，不敢以实告，但戒昏夜勿出。一夕，月色甚佳，主人闲步前山，忽见一白物躄踊[2]而来，棱嶒[3]有声，状甚怪。因急回寓，其物已追踪而至。幸庄房门有半截栅栏可推而进，怪不能越。主人进栅胆壮，月色甚明，从栅缝中细看，乃是一髑髅咬撞栅门，腥臭不可当。少顷鸡鸣，见其物倒地，只白骨一堆。天明，亦不复见。

问之土人，曰："幸足下遇白骨精，故得无恙。若遇白发老妇，假开店面，必请足下吃烟。凡吃其烟者，从无生理。月白风清之夜，常出作祟，惟用苕帚可以击倒之。"亦终不知何怪。

注释：

1 刈（yì）：割。 2 躄（bì）踊：亦作"辟踊"。躄，同"擗"，跳跃；踊，往上跳。 3 棱嶒（léng céng）：形容乱石突兀、重叠。

## 雷诛王三

常州王三，积恶讼棍[1]也。太守董怡曾到任，首名访拿，王三躲避。其弟名仔者，武进生员，正在娶亲，新人入门，而差役拘王三不得，遂拘其弟往，管押班房。王三知家属已去，则官事稍松，乃夜入弟室，冒充新郎，与弟妇成亲。

次日，差役带其弟上堂。太守见是柔弱书生，愍其无辜，且知其正值新婚，作速遣还。宽限一月访拿王三。其弟入室慰劳其妻，妻方知此是新郎，昨所其寝者非也，羞忿缢死。其岳家要来吵闹，而赧于发扬，且明知非新郎之罪，乃曰："我家所赔赠衣饰，须尽入棺中，我才罢休。"新郎舅姑哀痛不已，一一从命。王三闻之，又动欲念，伺其攒殡之所，往发掘之。开棺，妇色如生，乃剥其下衣，又与淫污。污毕，取其珠翠首饰藏裹满怀，将奔上路。忽空中霹雳一声，王三震死，其妇活矣。

次早，管坟人送信于其弟家，迎归完娶。太守闻之，命斫王三骨而扬其灰。

注释：

1 讼棍：旧时挑唆别人打官司，借以从中牟利的坏人。

## 图公为神

乾隆己丑，两淮盐院[1]图公思阿到任，清操卓然，每日用三百文。遇商人和平坦易，慈爱谆谆，人以为百余年来无此好盐政也。年七十三殁。前三日，遍召幕客戚友曰："吾将归去，君等助我摒挡[2]鹾务[3]，以便交代后人。"众咸疑之，以为谰语[4]。公笑曰："吾岂斯人者哉！"临期，自草遗本毕，沐浴冠带，趺坐而逝。

三七之期，群商往哭，其妾某夫人遣人问曰："诸位老爷可知道天下有思州府否？”曰：“有，此州在广西省。未知夫人何故问之？”曰：“妾昨夜梦老爷托梦云：‘我将往思州府作城隍，上帝所命。’”于是众商哗然，知图公果为神，又不知何缘宦此远方也。

注释：

1 两淮盐院：《盐法志·序》说：“佐司农之储者，盐课居赋税之半，两淮盐课又居天下之半。”清代前期，扬州设两个副省级机构：一个是两淮都转盐运使司（运司衙门），长官是两淮都转盐运使司盐运使（盐运使）；另一个是盐务监察机构，即两淮盐政院（盐院），长官是两淮巡盐御史（盐政）。 2 摒挡（bìng dàng）：料理筹措。 3 鹾（cuó）务：盐务，盐政。 4 谰（lán）语：诬妄之语。

## 随园琐记

余姨母王氏得疾将死，忽转身向里卧，笑吃吃不止。其女问之，曰：“我闻袁家甥将补廪[1]，故喜。”时余犹附生[2]也。姨卒之次年，竟以岁试[3]第三补廪。

先君子亡时，侍者朱氏亦病，呼曰：“我去！我去！太爷在屋瓦上唤我。”时先君虽卒，而朱氏病危，人家虑其哀伤，并未告知，俄而亦死。方信古人升屋复魂[4]之说，非无因也。

阍人朱明死矣，复苏，张目伸手索纸钱曰：“我有应酬之用。”为烧之，目始瞑。

甲戌秋，余病危，见白面小童戴缨帽跪床下，持一单幅，上书“家政条条，人口寥寥”八字。余念此鬼戏我也，我亦戏之。是午饮胡椒汤，胸次稍宽，乃口号续云：“可怜小鬼，只怕胡椒。”僮一笑去矣。当热重时，觉床中有六七人纵横杂卧，或我不欲呻吟而彼教之，或我欲静卧而彼摇之。热减，则人渐少，热减尽，仍然一我而已。方信三魂六魄[5]之说，亦属有之。

至于梦兆，有不可解者。余祖旦釜公好道术，梦至一山顶，有八人饮酒，如俗所画八仙状貌。余祖至，群仙不起。余祖戏曰："八个仙人，十五只脚。"李跛大怒，持杖将击。群仙呼曰："速谢罪！"拉余祖跪谢，而杖已至腰，曰："与汝三年。"惊醒后，腰上凸起如鸡卵，群医罔效，溃裂三年，竟卒。余戏谓："跛奴与我家不共戴天。"每见跛像，必痛詈之，亦复不能作祟。

姊夫王贡南祈梦于少保坟，梦一僧，状狞恶，持棍追击。贡南狂奔，见前面群僧数十，团坐草上。贡南求救，僧拉贡南入草中，而四围膜手向外。追僧至，索贡南不得，喝曰："无情种子，留他作甚？大众闪开，领吾一棍。"贡南惊醒，至今无验。

余幼时，梦束数百万笔为大桴，身坐其上，浮于江，亦至今无验。又立春日，梦关帝绿袍长须立空中，以左手擒我，右手持雷，从脐击入，如烈火钻灼。痛醒，腹犹热也。或以为关帝戊午生，余亦戊午得科之故，终属强解[6]。

壬子乡试，将赴科考，是日五更，梦遇门斗李念先于路，摇手曰："勿去，勿去。相公科考不取，遗才[7]不取，须大收[8]方取耳。"是时科考，遗才最宽，余自问必不至此，后一如其言。因念补廪录科[9]，事甚小而机先动，及后登进士，入词林[10]，改县令，杳无预兆，何也？

注释：

1 补廪：生员经岁、科两试成绩优秀者，增生可依次升廪生，谓之"补廪"。 2 附生：科举制度中生员名目之一。明正统时，于府、县学外有取附学生员之制，清代相沿，生员亦称“附生”。3岁试：明代提学官和清代学政每年对所属府、州、县生员、廪生举行的考试，以分别优劣、酌定赏罚。凡府、州、县的生员、增生、廪生皆须应岁考。 4升屋复魂：升屋，登上屋顶；复魂，还魂。《礼记·礼运》：“升屋而号，告曰，皋某复。” 5三魂六魄：三魂，一曰爽灵，二曰胎元，三曰幽精；六魄，人体有七魄，死后一魄守其骸骨，余六魄皆沦散。据《云笈七籤》卷五四，七魄即：尸狗、伏矢、雀阴、吞贼、非毒、除秽、臭肺。 6强解：强作解人，不明真意而乱发议论的人。 7遗才：秀才参加乡试，先要经过学道的科考录送，临时添补核准的，称为“遗才”。 8大收：最终结果。戏曲脚本的结尾称“大收煞”。 9录科：清代科举考试制度。凡科考一二等，及三等小省前五名、大省前十名准送乡试外，余考三等者，因故未考者，以及在籍之监生、荫生、官生、贡生名不列于学宫，未经科考者，均须学政考试，名为“录科”。10词林：翰林院的别称。明洪武时建翰林院，额曰“词林”，故名。

## 清凉老人

五台山僧，号清凉老人，以禅理受知鄂相国。雍正四年，老人卒。西藏产一儿，八岁不言。一日剃发，呼曰：“我清凉老人也，速为我通知鄂相国。”乃召小儿入。所应对，皆老人前世事，无舛。指侍者仆御，能呼其名，相识如旧。鄂公故欲识之，赐以老人念珠，小儿手握珠叩头曰：“不敢，此僧奴前世所献相国物也。”鄂公异之，命往五台山坐方丈。

将至河间，书一纸与河间人袁某，道别绪甚款。袁，故老人所善，大惊，即骑老人所赠黑马来迎。小儿中道望见，下车直前抱袁腰曰："别八年矣，犹相识否?"又摩马鬣笑曰："汝亦无恙乎！"马为悲嘶不止。是时，道旁观者万人，皆呼生佛，罗拜[1]。

小儿渐长大，纤妍[2]如美女。过琉璃厂，见画店鬻男女交媾状者，大喜，谛玩不已。归过柏乡，召妓与狎。到五台山，遍召山下淫妪与少年貌美阴巨者终日淫媟，亲临观之，犹以为不足；更取香火钱往苏州聘伶人歌舞，被人劾奏。疏章未上，老人已知，叹曰："无曲躬树[3]而生色界天，误矣！"即端坐趺跏而逝，年二十四。

吾友李竹溪，与其前世有旧，往访之。见老人方作女子妆，红肚袜，裸下体，使一男子淫己，而己又淫一女，其旁鱼贯连环而淫者无数。李大怒，骂曰："活佛当如是乎！"老人夷然，应声作偈曰："男欢女爱，无遮无碍。一点生机，成此世界。俗士无知，大惊小怪。"

注释：

1 罗拜：四面围绕着下拜。 2 纤妍：纤细美好。 3 曲躬树：佛经上说北俱卢洲有曲躬之树，能让人随心所欲。

## 徐崖客

湖州徐崖客者，孽子也，其父惑继母言，欲置之死。崖客逃，云游四方，凡名山大川，深岩绝涧，必攀援而上，以为本当死之人，无所畏。

登雁荡山，不得上，晚无投宿处，旁一僧目之曰："子好游乎?"崖客曰："然。"僧曰："吾少时亦有此癖，遇异人授一皮囊，夜寝其中，风雨、虎豹、蛇虺，俱不能害。又与缠足布一匹，长五丈，或山过高，投以布，便攀援而上。即或倾跌，但手不释布，紧握之，坠亦无伤。以此游遍海内。今老矣，倦鸟知还，请以二物赠公。”徐拜谢别去。嗣后，登高临深，颇得如意。

入滇南，出青蛉河外千余里，迷道，砂砾渺茫，投囊野宿。月下闻有人溲于皮囊上者，声如潮涌。偷目之，则大毛人，方目钩鼻，两牙出颐外数尺，长倍数人。又闻沙上兽蹄杂沓，如万群獐兔被逐狂奔者。俄而，大风自西南起，腥不可耐，乃蟒蛇从空中过，驱群兽而行，长数十丈，头若车轮。徐惕息噤声而伏，天明出囊，见蛇过处两旁草木皆焦，己独无恙。饥无乞食处，望前村有若烟起者，奔往，见二毛人并坐，旁置镬，爇[1]芋甚香。徐疑即月下遗溲者，跪而再拜，毛人不知；哀乞救饥，亦不知；然色态甚和，睨徐而笑。徐乃以手指口，又指其腹，毛人笑愈甚，哑哑有声，响震林谷，若解意者，赐以二芋。徐得果腹，留半芋，归视诸人，乃白石也。

徐游遍四海，仍归湖州。尝告人曰：“天地之性人为贵。凡荒莽幽绝之所，人不到者，鬼神怪物亦不到。有鬼神怪物处，便有人矣。”

注释：

1 爇（ruò）：点燃；放火焚烧。

## 棺尸求祭

常州御史吴龙见，文端公之曾孙也。其弟某，馆于李氏，厅宇甚宽，旁有古棺，穗帷[1]尘满，吴亦习见，不以为怪。一夕月明时，棺中橐然有声，则前和开矣，中伸一首出，纱帽白鬚，手指其腹，自称饥渴求祭。吴许之，白髯者向棺中取淡黄色袍服相畀，曰：“此明朝万历皇帝所赐也，今以为谢。”吴不敢受。夜渐阑，棺合缝如故。吴次日告主人，为建斋醮。据云：此棺乃李氏高祖，名杰，前明侍郎。以子孙甚多，惑于风水，故未葬耳。

注释：

1 穗帷（suì wéi）：灵柩前帷幕。

# 卷十八

## 陕西茶客

陕西茶客某，贩茶江南归，宿阌乡[1]旅店。其东厢先有居者，山东二布客也。彼此晚膳毕，闭门睡矣。客梦有怪物，披发，赤短须凹面，撞门入，手持铁索，取东厢二布客锁之。随锁茶客，三人共索如鱼贯然，缚门外柳树上，怪又撞入他店去。二布客铁链甚紧，不能动；茶客链稍松，苦挣得脱。惊醒，以为梦也。告店主，亦不甚怖。次日五更，店主大喊，东厢二客死矣。半里外饭店中，亦死一骡夫。

注释：

1 阌（wén）乡：史称湖县，北周更名湖城县，隋朝为阌乡县，1954年并入灵宝县。此处南依秦岭，东靠函谷关，西连潼关，地处交通要冲，是商贾云集、货物繁阜的聚散地。

## 道家有全骨法

杭州龙井初开时，商人叶姓者司其事。有倪某者，为叶择开工日期。后十年，叶身故，倪忽暴病，有群鬼附其身，语音不一，曰："还我骨！还我骨！"声啾啾然，楚、越、吴、鲁音皆杂有也，最后有自称陈朝傅将军者曰："我助萧摩诃[1]南征北讨，葬此千年，汝何得与叶某擅伤我骨？"家人环求曰："此官府所命，主人力不能抗，将军何不相谅耶?”将军曰:“此虽公事不可违，然汝与叶某理宜将掘骨暴棺事告知官府。官府不从，便与汝无罪。今汝等并不告官，而擅将我等数十人骨混行抛掷，以致男装女头，老接少脚，至今丛残缺散，鬼如何安?”家人请用佛法解禳，将军曰:“佛无能为，惟道家有全骨法，汝往求之。”

于是，叶家人访有礼斗[2]人施柳南、万近蓬等，往而拜求，遂设坛于龙井。作法七日，见西湖神灯赫然，散满水上，或叠高为塔，或横排为雁字，或团聚如大车轮，或散作流萤万点。须臾，斗母下降，霞珮璎珞，严妆不可逼视。牵二囚来，即叶某与倪姓也，皆跪阶前。鬼数十争来笞击，斗母喝曰:“此亦汝等劫数，毋庸仇怨。我命九幽使者尽提残骨，为汝等补还可也。”少顷，髑髅数十具皆有白气萦绕，旋滚成团，其缺处皆圆满矣。将军长丈余，披金甲，率群鬼拜谢斗母。叶亦解锁，合掌膜拜而去，倪病遂愈。此事近蓬为余言。

注释:

1 萧摩诃：字元胤，南朝陈兰陵（治今江苏常州市西北）人，陈朝名将。 2 礼斗：亦称“拜斗”，道教谓礼拜北斗星君。

## 儒佛两不收

杭州杨生兆南，业儒，兼通禅学。殁后一年，托梦于其妻曰:“人死必有所归。我故儒士，司魂者送我于文昌所，帝君出题试我，我不能作，帝君不收；司魂者再送我佛菩萨处，佛出经问我，我不能解，佛又不收。彷徨阴间，无歇足之地。不得已，将以某月日投生张某家。自念我一生好佛，汝须往告张家，勿以荤乳我，免再堕落。”张，故兆南友也。临期视之，其家果生一男，盘膝而生。哭三年不止，张氏啖以荤，哭遽止，而儿遂犯惊痫[1]之疾。此乾隆四十三年事。

注释：

1 惊痫：俗称的“抽风”，中医称为“惊风”，是癫痫发作的主要形式。

## 土窟异兽

闽商陈某，与诸客泛海，遇飓风，飘至一山脚下，见山崖平坦可步，相率樵采[1]。初进，路甚仄，行一二里，即觉开旷。时天色将晚，闻海风萧飒[2]，林鸟啾哃，不敢深入，乃归。

次日，风更甚，舟不行，舟中人悔昨未穷其境，约再往，拉陈与偕。迹前径行八九里，有一溪，水色澄绿，旁有土山，不甚高，穴中似有物喘息。众惧窜走，陈恃胆力，上大树隐身觇之。

食顷，其物出穴外，大倍水牛而形似象，顶生一角，晶莹犀利，盘踞石上长啸，声裂竹木。陈惊惧几坠，但见虎豹猿鹿各以其属至，俯伏其下，不止千计。其物择肥者践之，用舌舐其腹，吸其血，百兽皆股栗不能动。食三四兽，复曳尾入穴。客乃下，寻旧径归，与众言所见，终未知山与兽何名也。

注释：

1 樵采：打柴。 2 萧飒：形容树木被风吹拂所发之声。

# 鸡脚人

闽商杨某，世以洋贩为业，言其祖于康熙中偕客出洋，遇旋风吹入海汊[1]。其水四面高，惟中港独低，又在海水之下。杨舟盘涡[2]而下，人船俱无恙。

至港底，见山川草木，田畴蔬谷，一如人世，惟无庐舍。岸侧有船依泊，内有数十人，亦中州来者，见杨等，欢如骨肉。因言此水惟闰年月有一日独高与海水平，舟始可归，然只一食顷耳，稍迟则又不得上矣。其人先被飓风吹至时，亦曾有人居此港，后遇闰水得归。彼迟不及，留此六年，皆屡遇闰而失其时，故未得去。

杨同舟客有四十人，带有谷菜诸种，咸分土耕种。其地颇沃而收倍，且不须人灌溉，终日与前舟人款接往来，几忘身在世外也。惜无黄历考日时，每食讫，咸登舟待水满而已。

一日，杨与客闲步野外，望隔溪有人行近溪口，皆长丈余，无衣，身有毛，脚如鸡爪，胫如牛膝。见杨，啾唧作对语状，音不可晓。归与彼舟人言之，亦言来时曾于溪口见之，缘溪满不得渡。倘其来此，吾辈宁有孑遗[3]耶?!

后六年八月，遇风水满，与前舟人同归。杨家有老仆曾随行者，今已八十余，尚在，能道其详。按台湾有鸡爪番，常栖宿树上，此岂其苗裔[4]欤?

注释：

1 海汊（chà）：一片伸入邻近大块陆地的窄而长的海湾。2 盘涡：水旋流形成的深涡。 3 孑遗：遗留；剩余。 4 苗裔：后代子孙。

# 吴二姑娘

全椒金棕亭进士，寓扬州马氏玲珑山馆。孙某，年十七，文学颇佳，相随读书，祖孙隔房而寝。夜闻懵呼声，以为魇也，起视唤之，孙即醒悟。棕亭还卧己房。未几又魇，棕亭再往，其孙业已起坐床上，对棕亭，以两手向上，曰："请屈一指。"则一指弯。曰："请屈五指。"则五指弯。自后或叉手，或拱手，作态万状。棕亭呵之，泣求还家见母，乃呼轿送归。

病者自取衣冠靴带着之，请祖父母上坐，拜别曰："儿即登仙去矣。"举家惶惑，莫知所为。日午，神气稍定，私拉乃祖耳语曰："无他，一小狐狸闹我耳。"语毕，瞀乱如初。自称："吴二姑娘与我前世有缘，"或云："妹子吴三姑娘也来了。姐妹二人要同嫁我。"随作淫秽语，令人难闻。拉棕亭向前，呵气一口，其冷如冰，从鼻管直到丹田，毛发皆噤。

镇江蒋春农中翰赠天师符一张，方欲张挂，而病者遽来抢夺，幸系绫本，爪掐不伤。棕亭张符向之，又被吹冷气一口，符飞窗外，绫竟碎裂。棕亭不得已，求祷城隍庙、关帝庙。数日，忽病者呼："接驾接驾，伏魔大帝至矣！"

棕亭悚然，率家人齐跪。病者呼棕亭名骂曰："金兆燕，汝身为进士，而脱帽露顶，不穿公服迎我，有是理乎！"棕亭叩头谢罪。少顷，复呼："接驾，接驾，孔圣人至矣。"棕亭又叩头迎接。文、武二圣，相与共语，嚅嚅不可辨，皆在病者口中作山东、山西处人口吻，如是者自午及申。举家长跪哀求，不敢起立，腿脚皆肿。病者厉声曰："妖魔已斩，封尔孙为上真诸侯，吾当去也！"棕亭叩送毕，进病者粥。病者向空招手曰："吃粥！吃粥！"狂言如故。棕亭大悟，文、武二圣，皆妖冒充。责病者曰："我年逾六十，从未受人欺哄，今乃为汝揶揄耶！"病者缩首内向掩口而笑，作得意状，颠狂月余。

有林道士者来，言拜斗可以禳遣。棕亭于是设坛斋醮，终日诵经。如是七日，病者神气渐清，乃急为完姻，入赘岳家，妖果不至。

此乾隆四十七年三月间事，棕亭先生亲为余言。

## 旱 魃

乾隆二十六年，京师大旱。有健步[1]张贵为某都统[2]递公文至良乡，漏下[3]出城，行至无人处，忽黑风卷起，吹灭其烛，因避雨邮亭。有女子持灯来，年可十七八，貌殊美，招至其家，饮以茶，为缚其马于柱，愿与同宿。健步喜出望外，绸缪达旦。鸡鸣时，女披衣起，留之不可，健步体疲，乃复酣寝。梦中觉露寒其鼻，草刺其口。天色微明，方知身卧荒冢间，大惊牵马，马缚在树上，所投文书，已误限期五十刻[4]。

官司行查至本都统，虑有捺搁情弊[5]，都统命佐领严讯，健步具道所以。都统命访其坟，知为张姓女子，未嫁与人通奸，事发，羞忿自缢，往往魇祟路人。

或曰："此旱魃也。猱形披发一足行者，为兽魃；缢死尸僵出迷人者，为鬼魃。获而焚之，足以致雨。"乃奏明启棺，果一僵女尸，貌如生，遍体生白毛。焚之，次日大雨。

注释：

1 健步：赶路送信的人。 2 都统：清代八旗组织中每旗的最高长官。 3 漏下：计时器漏刻的水面已经下落，指时间已晚。

4 刻：时间单位。古代用漏壶记时，一昼夜共一百刻。 5 情弊：批作弊事实。

## 颜渊为先师判狱

杭州张纮秀才，夏月痢死，家贫无棺，从其叔乞助。叔居海宁，往返五日而纮苏，言至天帝所听谳，已入死案。既而曰："诸生也。"遣一官押至学宫。请二先师出曰："是人已有成案，然必得二师决之。"一师曰："罪轻而情重，当死。"一师曰："虽然，事尚可矜，渠非首谋，姑与减等，五年后改行则已。其父官岭南，有功德于民，姑押令见渠父。"命原押官押至岭南名宦祠见其父。父大呼曰："非吾子也！"拒而不见。母夫人从室旁出泣曰："父不汝子矣！汝当速归改过。但汝死久，恐尸坏，可归则归，否则仍返帝所，自有处分。万勿借他人尸也！"遣鬼仆同至家，觇家人肯认否。及至家，见尸尚横卧未坏，旁有一灯一饭，押者推纮仆尸上，尸遽动，妻子哭而惊视之，其仆呼曰："认矣，可以报主母矣！"遂去。纮已活，人争问纮隐事，纮不言。后未五年，纮竟死。

其从兄名纲者，毛西河友也，告西河曰："大清兵下杭州，潞王北去，其宫眷留匿塘西孟氏家。吾弟为王某所诱，谋出首取赏，既而悔之，不列名。后同王某出首者五人，皆暴死。吾弟死而复苏，然狡性不改，与朱道士争一鹤，乃私窜道士名于海寇案中，竟致之死。负先师之训，违慈母之教，宜其终不永年也。"问："学宫先师姓名，纮曾言何人？"曰："其一颜渊，其一子服景伯。"

# 卷十九

## 钱仲玉

钱生仲玉，少年落魄，游兰溪署中。值上元夕，同人咸出观灯，仲玉中怀郁郁，独不往，步月庭除[1]，叹曰：“安得五百金，使我骨肉团聚乎！”语毕，闻阶下应声曰：“有，有。”仲玉疑友人揶揄之，遍视，不见人，乃还斋坐[2]。

闻窗外谡谡声[3]，一美女褰帏[4]入曰：“郎勿惊，妾非人，亦非为祸者也。佳节异乡，共此岑寂[5]。适闻郎语，笑郎以七尺男子，何难得五百金哉？”仲玉曰：“然则顷云‘有有’者即卿耶？”曰：“然。”仲玉曰：“在何处？”女笑曰：“勿急，勿急。”即拉仲玉手同坐曰：“妾汪六姑也，葬此，为污泥所侵，求君改葬高处，必当如君言以报。”问：“何病亡？”女以手遮面曰：“羞不可言。”固问之，曰：“妾幼解风情，而生长小家，所居楼临街，偶倚窗，见一美少年方溺，出其阴，红鲜如玉，妾心慕之，以为天下男子皆然。已而嫁卖菜佣周某，貌既不佳，体尤琐秽[6]，绝不类所见少年，以此怨思成疾，口不能言，遂卒。”仲玉闻之，心大动，弛下衣，拉女手使摸。而人声忽至，女遽拂衣起曰：“缘未到。”仲玉送至墙下，女除一银臂钏与之曰：“幸勿忘。”言毕而没。仲玉恍然如梦，视银钏，竟在手中，乃秘之。

次夕人静，独步墙阴，遍视不复见，乃语主人，并出臂钏以证。主人异之，起土三尺许，得女尸，衣饰尽朽，肌色如生，与仲玉所见无异，右臂一钏犹存。仲玉解衣覆之，为备棺衾，移葬高阜。

其夕，梦女来谢曰：“感郎信义，告郎金所，郎卧榻向左三尺，旧有人埋五百金，明当取之。”如其言，果得金如数。

注释：

1 庭除：庭前阶下，庭院。 2 斋坐：斋舍座位。 3 谡谡声：形容风声、林涛声等。 4 褰（qiān）帏：褰，撩起；帷，围在四周的帐幕。褰帷即撩起帷幕。 5 岑寂：寂静；寂寞。 6 琐秽：身材矮小委琐，体味臭秽。

## 六郎神斗

广西南宁乡里，祀六郎神[1]。人或语言触犯，则为祟。尤善媚女子，美者多为所凭。凡受其害者，以纸镪一束，饭一盂，用两三乐人，午夜祀之，送至旷野，即去而之他。其俗无夕不送六郎也。

有杨三姑者，年十七，美姿容。日将夕，方与父母共坐，忽嫣然睨笑。久之，趋入房，施朱傅粉，娇羞百态。父母往问，砖石自空掷下，房门遂闭，惟闻两人笑语声。知为六郎，亟呼乐人送之。六郎不肯去。及晨，女出如常，云：“六郎美少年，头戴将巾，身披软甲，年可二十七八，与我甚恩爱，不必送他去。”父母无如何。

越数夕，忽仓皇奔出曰：“又一六郎来！大胡子，貌甚狞恶，与前六郎争我相殴。前六郎非其敌也，行当去矣。”俄闻空中斗声甚剧，似无物不损者，父母乃召乐人双送之。两人俱去，三姑亦无恙。

注释：

1 六郎神：传言六郎神是三头六臂，拥有三只眼，可洞察一切。

## 观音作别

方姬奉一檀香观音像，长四寸。余性通脱，不加礼，亦不禁也。有张妈者，奉之尤虔，每早必往佛前，焚香稽首毕，方供扫除之役。余一日早晨，呼盥面汤甚急，而张方拜佛不已，余怒，取观音像掷地，足蹋之。张闻泣曰："昨夜梦观音来别我，云：'明日有小劫，我将他适矣。'今果被君作蹋，岂非数也！"乃送入准提[1]庵。余想：佛法全空，焉得作如此狡狯，必有鬼物凭焉。嗣后，乃不许家人奉佛。

注释：

1 准提："准"为不空，"准提"为多罗菩萨、金刚藏菩萨，是六道中救度天道及人道之观世音菩萨，是释迦如来之化身。准提菩萨汉译有准胝观音、准提佛母、七俱胝佛母等名，为显密佛教徒所知的大菩萨，禅宗称之为天人丈夫观音。准提菩萨是一位感应甚强、对崇敬者至为关怀的大菩萨，更是三世诸佛之母。他的福德智慧无量，功德广大、感应至深，满足众生世间、出世间的愿望，无微不至的守护众生。

## 兔儿神

国初，御史某年少科第，巡按福建。有胡天保者爱其貌美，每升舆坐堂，必伺而睨之。巡按心以为疑，卒不解其故，胥吏亦不敢言。居亡何，巡按巡他邑，胡竟偕往，阴伏厕所窥其臀。巡按愈疑，召问之。初犹不言，加以三木[1]，乃云："实见大人美貌，心不能忘，明知天上桂，岂为凡鸟所集？然神魂飘荡，不觉无礼至此。"巡按大怒，毙其命于枯木之下。

逾月，胡托梦于其里人曰："我以非礼之心干犯贵人，死固当，然毕竟是一片爱心，一时痴想，与寻常害人者不同。冥间官吏俱笑我、揶揄我，无怒我者。今阴官封我为兔儿神，专司人间男悦男之事，可为我立庙招香火。"闽俗原有聘男子为契弟之说，闻里人述梦中语，争醵钱立庙。果灵验如响。凡偷期密约，有所求而不得者，咸往祷焉。

程鱼门曰："此巡按未读《晏子春秋》劝勿诛羽人事，故下手太重。若狄伟人先生颇不然。相传先生为编修时，年少貌美。有车夫某，亦少年，投身入府，为先生推车，甚勤谨，与雇直钱，不受，先生亦爱之。未几病危，诸医不效，将断气矣，请主人至，曰：'奴既死，不得不言。奴之所以病至死者，为爱爷貌美故也。'先生大笑，拍其肩曰：'痴奴子！果有此心，何不早说矣？'厚葬之。"

注释：

1 三木：古时加在犯人颈、手、足上的三件刑具。

## 烧头香

凡世俗神前烧香者，以侵早[1]第一枝为头香，至第二枝，便为不敬。有山阴沈姓者，必欲到城隍庙烧头香，屡起早往，则已有人先烧矣，闷闷不乐。其弟某知之，预先通知庙祝：毋纳他人，俟其先到，再开门纳客。庙祝如其言。沈清晨往，见烧香者未至，大喜，点香下拜，则扑地不起矣。

扶舁归家，大呼曰："我沈某妻也。我虽有妒行，然罪无死法。我夫不良，趁我生产时，属稳婆将二铁针置产门中，以此陨命。一家之人，竟无知者。我诉城隍神，神说我夫阳寿未终，不准审理。前月关帝过此，我往喊冤，城隍说我冲突仪仗，又缚我放香案脚下。幸天网恢恢，我夫来烧头香，被我捉住，特来索命。"

沈家人毕集拜求，请焚纸钱百万，或请召名僧超度。沈仍作妻语曰："汝等痴矣！我死甚惨，想往叩天阍[2]，将城隍纵恶、沈某行恶之事，一齐申诉，岂区区纸钱超度所能饶免者乎？"言毕，沈自床上投地，七窍流血死。

注释：

1 侵早：天刚亮。 2 天阍：帝王宫殿的门。

## 广信狐仙

徐芷亭方伯初守广信府，有西厢房锁闭多年，云中有狐。徐夫人不信，亲往观之。闻鼾呼声，启户无人，声从一榻中出。夫人以棍敲之，空中有人语云："夫人莫打。我吴刚子也，居此百余年，颇有去意。数欲移居，而门神拦我。夫人可为我祭之，且代为乞情，则我让出朝廷公廨矣。"

夫人大骇，具酒肴向竹床陈设，兼祭门神，告以原委。又闻空中语曰："我受夫人恩，愧无以报，谨来贺喜。府上老爷即日升官。奉嘱者，七月七日，切勿抱官官[1]到红梅园嬉戏，其日恐有恶鬼在园作祟。"言毕寂然。

到期，方伯表兄某过园，见树上有两红衣儿以手招人。就视之，并无形影，但闻崩颓之声，则假山石倒矣，几为所压。九月间，徐公升赣南道。

此事，徐公子秉鉴为我言。

注释：

1 官官：对年轻男子或男童的爱称。

# 卷二十

## 谢檀霞

连昉者，昭州人，好洁耽吟。友人某邀与同贾楚中，友入肆会计，昉独守舟次。泊湘源数日，爱江水净碧，凡衣裳襟带，都促奴子再三浣濯，而自吟不辍。夜梦身立水上，有好女子蹴波与语，自称："谢檀霞，元时人，年十八夭死。父母怜我癖爱此间山水，遂葬于此。今冢没水噬，遗骨久付泥沙。生时好洁耽吟，与君同癖，宜寿而夭，故得全其神气，不复轮回，生死介在仙鬼之间。君明日当死于风涛中，妾怜其癖之同也，敢以预告，君可速附他舟回家。"昉惊醒，即治装，觅下水船抵家。归后足不出户，旋闻湘源陷风涛，死数千人，惴惴无已。

年余，忽梦吏数人突至其家，责以免脱之罪，谓："冥王赫怒[1]，将重按其事。"昉惶遽甚，许焚冥钱若干，方允缓期。数夕后，鬼使复至，索钱加倍，昉亦允许。

正当焚送之期，方昼寝，忽见檀霞自外入，笑曰："我来贺君脱难，寻君居址不得，广为问讯。不图野水之劫，人数太多，容易蒙混。又喜各府判官新旧交代，我已遣人将君姓名注销，自今以后，杳无死期。我是数百年英魂，飘泊无偶，愿共晨夕。授子服气之法[2]，不必交媾如人世之夫妇也。"且曰："鬼差索诈，不必理他，有我在此。"后遂白日降形[3]其家，周旋如妻妾，不饮不食。

久之，昉亦能辟谷[4]，每言祸福辄应，闾里以此敬而奉之。檀霞嫌人世无味，仍偕昉重游湘中，不知所终。

注释：

1 赫怒：勃然震怒。 2 服气之法：中国古代的一种呼吸养生之法。 3 降形：神灵下凡现形。 4 辟谷：道教修炼时，不食五谷，食药物兼做导引等，以延年益寿。

## 引鬼报冤

浙江盐运司快役马继先，积千金，为其子焕章营买吏缺。焕章吏才更胜乃翁，陡发家资巨万。继先暮年娶妾马氏，颇相得。继先私蓄千金指示妾云："汝小心服侍，终我天年，我即将此物相赠，去留听汝。"越五六年，继先病，复语其子云："此女事我甚谨，我死后，所蓄可俱付之。"

继先死，焕章顿起不良，即与其姑丈吴某曾为泉州太守者商曰："不意我翁私蓄尚多，命与此女，殊为可惜。"吴云："此事易为。乃翁死后，我来助汝逐之。"过数日，焕章诱此妾出屋伴灵，私与其妻硬取箱箧，搬入内室，将乃翁卧房封锁，此妾在外，尚不知也。

继先回煞后，此妾欲归内室，吴突自外入，厉声曰："姨娘无往！我看汝年轻，决不能守节，不若即今日收拾回娘家，另择良配。我叫汝小主人赠汝银两可也。"随呼焕章："兑银五十两来。"焕章趋出曰："已备。"妾欲进内，焕章止之，曰："既是姑爷吩咐，想必不错。汝之箱箧行李，我已代汝收拾停妥，毋烦再入。"妾素愿，惧吴之威，含泪登舆去。焕章深谢吴之劳。

又数月，节届中元[1]。妾带去之资及衣饰已为父母弟兄荡尽，欲趁此节哭奠主人，仍归马氏守节。七月十二日，备香帛祭器至马家哭奠，焕章之妻骂曰："无耻贱人，去而复返！"不容入内，命其："坐外厅之侧轩暂过一夜，祭毕即去，如再逗留，我决不容！"妾彻夜哭，五鼓方绝声。次早往视，已悬躯于梁矣。焕章买棺收敛，其母家惧吴声势，亦无异言。

焕章因屋有缢死鬼，将屋转售章姓，别构华室自居。章翁自小奉佛诵经，夜见此女作悬梁哭泣状。翁久知此事，心为不平，且恶焕章之嫁祸，乃祝曰："马姨娘，我家买屋用价不少，并非强占。姨娘与马焕章、吴某有仇，与我家无干。明晚二更，我亲送汝至焕章家何如？"鬼嫣然一笑而没。

次晚，为此女设位持香，送至焕章门，低声曰："姨娘傍立，待我叩门。"即叩门问司阍："汝主人归否？"对曰："尚未。"乃又私祝曰："姨娘请自入，仇可复矣。"司阍者不解章之喃喃何语，笑其痴。章归家，终夜不寐。

天未明，即趋马家听信，见司阍者已立门外，章曰："汝起何早？"司阍者曰："昨夜主人归，方至门，即疾作[2]，刻下[3]危甚。"章惊而返。

下午复探，马已死矣。过数日，吴太守亦亡。焕章无子，其资均为他人所有；吴没后，家亦不振。

注释：

1 中元：即农历七月十五日，道观作斋醮，僧寺作盂兰盆会，民俗则祭祀亡故亲人。 2 疾作：疟疾发作。 3 刻下：目前。

## 灵鬼两救兄命

武昌太守汪献琛之弟名延生者，暑月暴亡。后乾隆二十八年秋日，其堂兄希官亦得危疾，数夜不寐。医者开方，以补剂治之。其母方煎药，病者忽发声曰："大婶娘毋再误也！我昔误于庸医，今希哥又遭此难，我不忍坐视其死。"言毕，即将药碗掷地。希母问曰："汝何人凭我儿？"曰："我即延生也，死未一年，婶娘不能辨我音声耶？"希母曰："汝死后作何事？"曰："阴司神念我性直，且系屈死，命我为常州城隍司案吏。因本官移文浙省城隍，会议总督到任差务要事，命我赍文来此，我故得来一探希哥，不意渠已卧病，几为庸医所杀。此刻我往城隍衙门，将公事了结再来。"语毕，即闭目卧，竟夜安眠。

次早醒，问之，茫然无知。至晚，忽作延生声曰："惫矣，速具水浆来解渴。"希母与之。又云："可呼八兄来，我有话说。"八兄者，即其胞兄也。既至，慰问若生时，且云："八兄，汝何贪戏若此？前在祖宗祠堂池内自荡小舟，几为石柱碰毙。其时幸我在旁，使柱旁倒，不然难逃此厄。柱下有古冢一丘，因我父浚池不察，使他枯骨日浸水中，故欲来报怨。我再三求之，彼方允诺。八兄须为迁葬。"又呼其妹三人至前曰："大妹二妹，有福不妨，小妹禄甚薄，不若随我去，交与母亲照管，何苦在此常受庶母之气？"大笑拱手作别状，曰："再会再会。"言毕，希忽仰卧如初。越数日，病愈，不半年，其幼妹果亡。

二十九年冬，希哥梦延生至曰："兄今愈矣。弟办完此差，小有功绩，可望受职。从此别矣，后会难期。"语竟而去，希哥悲呼而醒。

## 鬼门关

朱梁江，名衣，太仓州诸生也。戊子科赴江宁乡试，寓中患热症，甚危，亲友买舟送归。行次丹徒闸，卧舱中，忽尔晕绝。

见二青衣人导之登岸，其路直而窄，黑暗无光，两足甚轻飘。行约十数里，忽有一物来，紧傍身左；走十数里，又一物来，紧傍身右。再走数十里，到一城，巍巍然双门紧闭，城额横书“鬼门关”三字。二青衣叩门不应，再叩之，旁边突出一鬼，貌甚狰狞，与二青衣互相争斗。遥见红灯一对，四轿中坐一官长，传呼而来。近视之，似太仓州城隍神。神问：“你是何姓名？”对：“系下场太仓州学生员。”神曰：“你来尚早，此处不可久停。”命撤所导之灯送归，见城门洞启，轿甫入而门仍闭矣。

持灯者云：“速随我向东走。”觉非前来之路。行二三里，至大江边，白浪滚滚。持灯者将渠推入江心，大呼救命而苏。时舟已抵太仓城外，盖死去已三日矣。因心窝尚温，故从者促舟子日夜趱行[1]，至家病愈。

此事萧松浦所言。

萧客珠崖时，曾过儋耳，四面叠嶂崒嵂，中通一道，壁上镌“鬼门关”三字，旁刻唐李德裕诗，贬崖州司户经此所题。诗云：“一去一万里，十来九不还。家乡在何处？生渡鬼门关。”字径五尺大，笔力遒劲。过此，则毒雾恶草，异鸟怪蛇，冷日愁云，如入鬼域，真非人境矣。

注释：

1 趱（zǎn）行：赶路，快行。

## 冤魂索命

乾隆戊寅，萧松浦与沈毅庵同客番禺幕中，分办刑名。时茭塘有刃伤事主盗案，获犯七名，赃证确凿。萧照律拟斩，解府司勘转。臬使某疑七犯皆问大辟，得毋过刻，驳审减轻。萧亦不愿办此重案，借此推辞。案归毅庵办矣。

毅庵居处，与萧仅隔一板壁。夜间披阅案牍，闻毅庵斋中若嘶嘶有声甚微，起而瞰之，见毅庵俯首案上，笔不停书；其旁立有三四鬼，手捧其头。又见无数矮鬼环跪于地。萧急呼毅庵视之，忽血腥扑鼻，灯烛俱灭，身亦晕跌窗外，童仆急扶归卧。

次日，毅庵及同人叩其故，萧告以所见。毅庵曰："吾知之矣。昨宵所办，茭塘盗案也。原拟情真罪当，七犯皆无可生之法。因奉驳审，不得不从中减轻二名。内谢阿挺、沈阿痴两犯，本在外接赃，并未入内。因获赃格斗，刃伤事主，且有别案，君故皆拟斩。予欲改轻其罪，以迎合臬司。君所见跪地无数矮鬼，殆二犯之祖宗也；其环侍之无头鬼，非二犯已伏法诛之伙盗，即被杀害之怨鬼来索命也。予不敢枉法以活人，使死鬼含冤于地下，请仍照原拟顶详可也。"其案遂定。

## 北门货

绍兴王某与徐姓者，明季在河南避张、李之乱，所过处尸横遍野。一夕遇李兵，二人自度必死，避城内乱尸中。夜半，灯烛辉煌，自城头而下，疑贼兵巡城。渐近，乃城隍灯笼。愈惊惧，不敢作声。少顷，闻从者曰："有生人气。"又一吏呼曰："一个北门货，一个不在数。"神渐远去。次早，贼兵出城，二人起走，紧记夜所闻，认南路而行。傍晚，又抵一城，恰是北门。突遇贼兵，徐被杀，王遁归家。后子孙甚众。

## 驴雪奇冤

乾隆四十三年春，保定清苑[1]县民李氏女，嫁与西乡张家庄张氏子为室，相距百余里。李女归宁月余，新郎跨驴来迎，令妻骑驴而己步行于后。路经某村，离家仅二十里，缘此村居民素与新郎熟识，必多调笑，且驴亦熟识归路，张乃令妻先行。

至六七里许，有三叉歧路，过西为张家庄大路，过东则任丘县界。有一少年控车自西道辘辘而来，系任丘豪富刘某，将张妻驴冲向任丘道上，相逼而行。天渐晚。张妻心慌，问少年曰："此地离张家庄几何？"少年答曰："娘子误矣。张家庄须向西而去。此是任丘大路，相距数十里。天晚难行，当为娘子择庄借宿，天明即遣人送往，何如？"张妻无奈，勉强允从。

至前庄，系刘之佃户孔某家，备房安歇。其时适孔佃之女亦新婚归宁，孔谓女曰："今晚业主借宿，不能违命。汝当暂回夫家，候业主去后，再来迎汝。"女从而归，其房为刘、张共宿之所，刘之车夫宿于房外，张之骑驴系于檐下。

次日将午，不见启户，孔佃窥于窗隙，见两尸在炕，头俱在地，檐下系驴亦失。孔佃与车夫颤栗莫制。佃乃密语车夫曰："汝家河南，离此甚远，何不载彼衣物速行窜归？一经到官，则尔我身命难保矣！"车夫从之。是晚，即野瘗两尸，御车载物而去。

刘母见子久出不归，杳无音耗，即在任丘县控追车夫；张郎追妻不见，疑有别故，复又赶至清苑控告其岳父母。县官疑有冤，饬捕密访。其时有嗜赌无赖之郭三鬻驴于市，恰与张供毛色相符。向郭盘诘，始知郭三向与孔佃之女有私，孔女归宁，郭从后窗潜入，见有二人共寝，一时气忿，杀此二人，并盗此驴。县令复唤孔佃，根诘尸首所在，亲往起尸。开土三尺，赫然一死人，乃秃头老和尚也。复又深掘，得所杀两尸。

张冤既雪，刘死有踪，而和尚之尸又属疑案。正怀疑间，天忽阴雨，乃避雨古庙，寂无人迹。询诸邻保，云："此庵向有师徒二僧，后以师出云游，徒亦他往矣。"即同邻保往视僧尸，咸云："此即云游之僧也。"遂缉拿其徒。

访至河南归德地界，已蓄发娶妻，开张豆腐店。究其师死之由，缘僧徒所娶之妇，向与其师有奸。后徒渐长，复与此妇私通。其徒每有不平，故共谋杀其师，弃庙远窜，遂成夫妇。乃置之法。

注释：

1 清苑：区名，今属保定市。

## 周将军墓二事

山西宁武有周将军遇吉[1]之墓，百余年来，河水啮其旁，坟渐倾泻。士人张某哀之，具牲牢致祭，默祷曰："将军威灵，当思所以护墓之法。"次夕，天大雷雨，百里内闻有兵马腾踔[2]之声。次日，将军墓旁忽涌出一山，高十丈余，拦截冲水处，至墓前，便绕道曲流矣。人咸异之。

乾隆四十五年，其地山水暴至。有周某者，将军之族孙也，负母而奔，黑夜踉跄，全不认路。其母在伊背上骂曰："汝有妻有子，妻可以生儿，可以传代，汝俱弃之，而独负我龙钟之母，不太愚乎！"其子不顾，牢负其母狂奔而已。次早天明，始知身与母俱立将军墓上，土高丈许，水不能淹。虽行一夜，并无三里之远也。归家视妻子，皆无恙，云："水来时，似有人扶我上屋者，故得生全。"其旁邻人，已无孑遗矣。

注释：

1 周将军遇吉：即周遇吉，字萃庵，明朝将领，辽东锦州卫（今辽宁锦州）人。因宁武关之战，力抗闯军战死，被追赠太保，谥"忠武"。　2 腾踔（chuō）：跳跃；奔腾。

［明］李在《琴高乘鲤图》

［明］陆治《二郎搜山图》（局部）

# 卷二十一

## 蔡京后身

崇祯时，某相公常自言为蔡京后身，以仙官堕地狱，每世间诵《仁王经》[1]，耳目为之一亮。又罚作扬州寡妇，守空房四十年。故癖好尤奇。好观美妇之臀，美男之势，以为男子之美在前，女子之美在后，世人易之，非好色者也。当使女衣袍褶，男饰裙钗，而摸其臀势，以为得味外味。又常戏取姬妾优童数十，以被蒙首，而露其下体，互猜为某郎某姬，以为笑乐。有内阁供事石俊者，微有姿，而私处甚佳，公甘为咂弄。有求书者，非石郎磨墨不可得也。号臀曰“白玉绵团”，势曰“红霞仙杵”。

注释：

1《仁王经》：又名《仁王般若经》，全称《佛说仁王护国般若波罗蜜经》。

## 科场事五条

乾隆元年正月元日，大学士张文和公，梦其父桐城公讳英者，独坐室中，手持一卷。文和公问：“爷看何书？”曰：“《新科状元录》。”“状元何名？”公举左手示文和公曰：“汝来此，吾告汝。”文和公至左，曰：“汝已知之矣，何必多言？”公惊醒，卒不解。后丙辰状元，乃金德瑛。移“玉”字至“英”字之左，此其验也。公得子迟，祈梦于京师之前门关帝庙。梦帝以竹竿与之，旁无枝叶，心颇不喜。有解者贺曰：“公得二子矣。”问：“何故？”曰：“孤竹君之二子，此传记也。破‘竹’字为两‘个’字，此字法也。”已而果然。

王士俊为少司寇，读殿试卷，梦文昌神抱一短须道士与之。后胪唱[1]时，金状元德瑛如道士貌，出其门。

刘大櫆丙午下场，请乩，乩仙批云：“壬子两榜。”刘不解，以为壬子非会试年，或者有恩科[2]耶？后丙午中副榜[3]，至壬子又中副榜。

缪焕，苏州人，年十六入泮，遇乩仙，问科名，批云：“六十十登科。”缪大恚，嫌其迟。后年未三十竟登科，题乃“六十而耳顺”也。

有三人祈梦于于肃愍庙，两人无梦，一人梦肃愍谓曰：“汝往观庙外，照墙则知之。”其人醒，告二人。二人妒其有梦，伪溲焉者，即于夜间取笔向墙上书“不中”二字。天尚未明，写“不”字不甚连接。次早，三人同往视之，乃“一个中”三字，果得梦者中矣。

注释：

1 胪（lú）唱：科举时代，进士殿试后，皇帝召见，按甲第唱名传呼，称“胪唱”。 2 恩科：科举考试用语。明、清时于正科之外，因遇皇帝登极或皇帝、太后万寿等庆典而设的考试称“恩科”，以区别于正科。 3副榜：明、清科举考试中，录取正式名额之外，另行录取若干附加名额，称“副榜”。

## 乩仙示题

康熙戊辰，会试举子求乩仙示题，乩仙书“不知”二字。举子再拜求曰：“岂有神仙而不知之理？”乩仙乃大书曰：“不知不知又不知。”众人大笑，以仙为无知也。是科，题乃“不知命，无以为君子也”三节。

又甲午乡试前，秀才求乩仙示题，仙书“不可语”三字。众秀才苦求不已，乃书曰：“正在‘不可语’上。”众愈不解，再求仙明示之，仙书一“署”字，再叩之，则不应矣。已而，题是“知之者，不如好之者”一章。

## 香亭记梦

香亭于乾隆壬辰冬赴都谒选，绕道东昌。十二月五日，宿冠城县东关客店。夜梦至一园亭，竹石萧疏，迥非人境。几上横书一卷，字作蝇头小楷。阅之，载一事，云：

“新野之渠有巨鱼，化为丽姝，名曰‘乔如’。有李氏子惑焉，至三百六十日，而李氏子以溺死。宋氏子又惑焉，历三十六日，而宋氏子亦死。有杨氏子知其为怪也，故纳之，而特嬖之，绝其水饮，乔如无所施术。三年，生三子，悉化为鱼。六年，杨氏子遍体生鳞甲，而乔如益冶艳。一夕暴风雨，乔如抱持杨氏子，两身合为一身，各自一首，鼓鬐[1]同飞，投洞庭湖。日出时，杨饮水；日入时，乔如饮水。杨氏子犹知与乔如交欢，不知为鱼在水也，而竟得不死寿。此之谓物其物，化其化。”

自此以下，字模糊不可辨。钟鸣梦醒，枕上默诵，不遗一字。

注释：

1鬐（qí）：鱼脊。

## 贾士芳

贾士芳，河南人，少似痴愚。有兄某读书，命士芳耕作。时时心念，欲往游天上。一日，有道人问曰：“尔欲上天耶？”曰：“然。”道士曰：“尔可闭目从我。”遂凌虚而起，耳畔但闻风涛声。少顷，命开目，见宫室壮丽，谓士芳曰：“尔少待，我入即至。”良久出谓曰：“尔腹馁耶？”授酒一杯。贾饮半而止，道人弗强，曰：“此非尔久留处。”仍令闭目，行如前风涛声。

少顷开目，仍在原处。步至伊兄馆中，兄惊曰：“尔人耶？鬼耶？”曰：“我人耳，何以为鬼？”曰：“尔数年不归，曩在何处？”曰：“我同人至天上，往返不过半日，何云数年？”其兄以为痴，不之顾，与徒讲解《周易》。士芳坐于旁，闻之起，摇手曰：“兄误矣！是卦繇词九五阳刚与六二相应，阴阳合德，得位乘时，水火相济，变为正月之卦。过此以往，刚者渐升，柔者渐降。至上九，数不可极，极则有悔，悔则潜藏，以待剥、复之机矣。”其兄大惊，曰：“汝未读书，何得剖析《易》理如此精奥！”信其果遇异人。远近趋慕，叩以祸福，无不响应。田中丞奏闻，蒙召见。卒以不法伏诛。

或云：贾所遇道人，姓王名紫珍，尤有神通，尝烹茶，招贾观之，指曰："初烹时，茶叶乱浮，清浊不分，此混沌象也。少顷，水在上，叶在下，便是开辟象矣。十二万年，不过如此一霎耳。"

嵇文敏公总督河道时，贾常在署中，人多崇奉之。有不相敬者，贾必拉至无人之处，将其生平阴事，妻子所不知者，一一语之，其人愧服乃已。又常问人："可畏鬼否？"曰："畏鬼便已，如云不畏，则是夜必有奇形恶状者入房作闹。"

## 神仙不解考据

乾隆丙午，严道甫[1]客中州。有仙降乩巩县刘氏，自称雁门田颖，诗文字画皆可观，并能代请古时名人如韩、柳、欧、苏来降。刘氏云，有坛设其家已数载矣。中州仕宦者，咸敬信之。颖本唐开、宝间人，曾撰《张希古墓志》，石在西安碑林，毕中丞近移置吴中[2]灵岩山馆。

一日，降乩节署[3]，甫至，即以此语谢其护持之功。此事无知者，因共称其神奇。时严道甫在座，因云："记墓志中云'左卫马邑郡尚德府折冲都尉张君'。考唐府兵皆隶诸卫，左右卫领六十府。志云尚德府为左卫所领，固也，但《唐书·地理志》马邑郡所属，无尚德府，未知墓志何据？"仙停乩半晌，云："当日下笔时，仅据行状开载，至唐《地理志》，为欧九所修，当俟晤时问明，再奉复耳。"然自是节署相请，乩不复降。即他所相请，有道甫在，乩亦不复降。

注释：

1严道甫：即严长明，字冬友，一字道甫，号用晦。乾隆二十七年，借天子南巡，以献赋召试，特赐举人，授内阁中书。因刘统勋推荐入军机处行走，擢内阁侍读，历充《通鉴辑览》《一统志》《热河志》纂修官。丁忧，后引疾不出，筑归求草堂，吟咏其中。毕沅巡抚陕西时，招其入幕。著有《归求草堂诗文集》《毛诗地理疏证》等。 2吴中：泛指吴地。 3节署：官署，官衙。

## 来文端公前身是伯乐

来文端公自言伯乐转世，眸子炯炯有光，相马独具神解。兼管兵部及上驷院时，每值挑马，百十为群，瞥眼一过，其毛病纤悉，无不一一指出，贩马者惊以为神。年七十后，常闭目静摄。每有马过，静听嘶声，不但知其良否，即毛色疾病，皆能知之。上所乘马，皆先命公选视。

有内侍卫数人，精选三马，百试无差，将献上。公时已老，眼皮下垂，以两指撑眼视之，曰："其一可用，其二不可用。"再试之，果蹶矣。

一日坐内阁，史文靖公乘马至阁门外下，偶言所乘枣骝马甚嘉，公曰："嘉则嘉矣，但公所乘乃黄膘马也，何得相诳？"文靖云："适所言诚误，但公何以知之？"公笑而不言。

又一日，梁文庄公入阁少迟，自言所乘马伤水，艰于行步。公曰："非伤水，乃误吞水蛭耳。"文庄乃请兽医针治，果下水蛭数升而愈。

公尝语侍读严道甫云："二十时，荷校于长安门外三十余日，玩索《易》象乾、坤二卦，得相马之道。其神解所到，未能以口授人也。"

## 福建试院树神

纪太史晓岚视学闽省，试院西斋有柏一株，干霄蔽日。幕中友人于深夜常见有人来往其下，章服一如本朝制度，惟袍是大红。纪意树神为祟，乃扫室立主以祀，并作对句悬于楹间，云：“参天黛色常如此，点首朱衣或是公。”自是怪遂绝。

# 卷二十二

## 鬼买儿

洞庭贡生葛文林，在庠有文名。其嫡母周氏亡后，父荆州续娶李氏，即文林生母也。于归三日后，理周氏衣箱，有绣九枝莲红袄一件，爱而着之。

食次[1]即昏迷，自批其颊曰："余，前妻周氏也。箱内衣裳是我嫁时带来。我平日爱惜，不忍上身。今汝初来，公然偷着，我心不甘，来索汝命。"家人环跪，替李求情，且云："娘子业已身故，要此华衣何用？"曰："速烧与我，我等要着。我自知气量小，从前妆奁，一丝不能与李氏，皆速烧与我，我才肯去。"家人不得已，如其言，尽焚之。鬼拍手笑曰："吾可以去矣。"李即霍然病愈。家人甚喜。

次日李方晨妆，忽打一呵欠，鬼又附其身曰："请相公来。"其夫奔至，乃执其手曰："新妇年轻，不能理家事，我每早来代为料理。"嗣后，午前必附魂于李身，查问薪米，呵责奴婢，井井有条。如是者半年，家人习而安之，不复为怪。

忽一日谓其夫曰："我要去矣。我柩停在此，汝辈在旁行走，震动灵床，我在棺中骨节俱痛，可速出殡，以安我魂。"其夫曰："尚无葬地，奈何？"曰："西邻卖炮竹人张姓者有地在某山，我昨往看，有松有竹，颇合我意。渠口索六十金，其心想三十六金，可买也。"葛往观，果有地有主，丝毫不爽，遂立契交易。

鬼请出殡日期，葛曰：“地虽已有，然启期告亲友，尚无孝子出名，殊属缺典。”鬼曰：“此说甚是。汝新妇现有身矣，但雌雄未卜，与我纸钱三千，我替君买一儿来。”言毕去。至期，李氏果生文林。

三日后，鬼又附妇身如平时，其姑陈氏责之曰：“李氏新产，身子孱弱，汝又来纠缠，何太不留情耶？”曰：“非也。此儿系我买来，嗣我血食，我不能忘情。新妇年轻贪睡，倘被渠压死奈何？我有一言嘱婆婆：俟其母乳毕后，婆婆即带儿同睡，我才放心。”其姑首肯之，李妇打一呵欠，鬼又去矣。

择日出丧，葛怜儿甫满月，不胜粗麻，易细麻与着。鬼来骂曰：“此系齐缞，孙丧祖之服。我嫡母也，非斩衰不可。”不得已，易而送之。临葬，鬼附妇身大哭曰：“我体魄已安，从此永不至矣。”嗣后果断。

先是，周未嫁时，与邻女结拜三姊妹，誓同生死，其二妹先亡。周病时曰：“两妹来，现在床后唤我。”葛怒，拔剑斫之。周顿足曰：“汝不软求，而斫伤其臂，愈难挽回矣。”言毕而亡，年甫二十三。

注释：

1 食次：就食之时。

## 穷鬼祟人，富鬼不祟人

西湖德生庵后门外厝棺千余，堆积如山。余往作寓，问庵僧：“此地当有鬼祟否？”僧曰：“此间皆富鬼，终年平静。”余曰：“城中那得有如此许多富人？焉能有如此许多富鬼？且久攒不葬，不富可知。”僧曰：“所谓富者，非指其生前而言也，凡死后有酒食祭祀、纸钱烧化者，便谓之富鬼。此千余棺，虽久攒不葬，僧于每年四节必募缘作道场，设盂兰会烧纸钱千万，鬼皆醉饱，邪心不生。公不见世上人，抢劫诈骗之事，皆起于饥寒。凡病人口中所说，目中所见，可有衣冠华美、相貌丰腴之鬼乎？凡作祟求祭者，大率皆蓬头历齿、蓝缕穷酸之鬼耳。”余甚是其言，果住月余，虽家僮婢子，当阴霾之夜，无闻鬼啸者。

## 鬼送汤圆

杭州王生绳玉，课蒙于横塘钟氏。钟第三子，字有条，年已二十，自瞒其年，称十六，问：“弟子此时尚可读书否？”王答以：“果能志坚，书何不可读耶？”有条大喜，讽诵不辍。其父，俗贾也，不以为然，迫之赴吴门贸易。有条郁郁而往，日赴市廛，夜仍阖户，隐身帷帐中，私自钻研。满房贴“岁不我与”四字。越四月，疾亟而归。时近重九，抵家遂卒。柩停于家。

次年七夕前一日，王睡梦中闻内屋启门声，步至书舍排闼入。见有条左手秉烛，右手执碗，碗内腾腾热气，至王床前，启帐笑曰：“先生肚饥耶？特送点心来。”王坐起接其碗，见内浮汤圆四个，兼有铜铫。遂忘其为鬼，竟挑食之。及三而饱，尚留其一，随手交还有条，有条复为下帐闭门而去。

王忽大悟，惊曰：“有条殁已周岁，今夕胡为而来？”方举念间，体中寒热顿作，自夜及明，循环三次。惫甚，不能起，乃呼舆归家。家中拦门鬼以百十计，男女、大小、他乡、本郡之鬼无所不有，大约鸠形鹄面、披衣曳履之穷鬼为最多，恰无怪状奇形之可怖者。

王有妹嫁翟家，来视兄疾，鬼在病人口中云：“汝是郑家桥翟家娘子，亦来此耶！”王弟访之，果翟邻家修发之妻新缢死者也。

王父为延医投药，掖起病人命服，众鬼挤肩揎背，持其手，使不得服。如是者再四，王心厌焉，竟违父命，终不饮药。次晨，另延一医诊视，问：“曾投药否？”父语以故，医索方视之，惊曰：“幸而未饮，否则今日不能出声矣！”另立一方，鬼不复来夺。从此众鬼阗[1]门塞屋，日掩天光，夜蔽灯火，或坐或立，或言或笑，聚集十余日。家中持经放焰口，毫无效验。一女鬼呼曰：“汝家该延老僧宏道来，我辈便去。”如其言，往请宏道。甫到门，众鬼轰然散矣。病亦渐安。

袁子曰：“同是念经放焰口，而有验有不验，此之谓‘有治人无治法’也。不知鬼食之不宜人食，而以奉其先生，此之谓‘愚忠愚孝’也。”

注释：

1 阗（tián）：充满。

## “忠恕”二字一笔写

黄熚照，歙县人，原任福山同知，罢官后主讲韶州书院。尝书“忠恕”二大字，勒石讲堂，落款“新安后学某敬书”。

忽一日，梦黑衣者二人执灯至曰：“奉命召汝。”黄即随往。至一处，历阶而升[1]，闻呼曰：“止。”黄即立定，黑衣人分左右立，中隔一层白云。闻有人曰：“汝为大清官员，何以生今反古，书‘忠恕’二字，款落‘新安’？宜速改正。”黄惊醒，急将前所刻“新安”二字改写“歙县”。

越数日，又梦前黑衣人引至原处，仍闻云中人诏曰：“汝改书勒石固善，但亦知‘忠恕’二字之义，是一气读否？汝可于古帖中求之。”黄醒，检阅十七帖，见“忠恕”二字行书乃是“中心如一”四字，恍然大悟。复将壁间石刻毁去，仿帖中行书，另写勒石。今现存韶州书院。

注释：

1 历阶而升：沿着台阶，依次登上。历，依次。

## 成神不必贤人

李海仲秀才，秋试京师，在苏州雇鸭嘴船。行至淮上，见舱前来王某求附舟，旧时邻也，因与同行。

泊晚，王笑问：“君胆大否？”秀才愕然，漫应曰：“大。”王曰：“惧君生畏，故以胆问。君既胆大，我不得不以实告。我非人，乃鬼也。我别君六年矣，前年岁荒，为饥寒所迫，掘坟盗财，被捕拿获罪，已斩决。今作鬼依旧饥寒，故往京中索逋[1]，仗君乞带。”李问：“往索何人之债？”曰：“汪某。渠作刑部司官，许拟斩文书到部时为驳减等，故馈以五百金。不料渠全无照应，终不能保全性命，故往祟之。”汪某者，李戚也。李大骇，晓之曰：“汝罪宜诛，部议不枉，汪舍亲不应骗汝财物，我带汝往，说明原委，令渠还汝，以解此仇可也。但汝已死，要银何用？”王曰：“我虽无用，尚有妻子在家，居与君邻。我索得后，可代我付之。”李唯唯。

又数日，将到京师，王请先行，曰：“我且到令亲处作祟，令渠求救无方，君再往说之，方肯听君。否则渠系贪财之人，君虽有言，渠不听也。”言毕不见。李入都觅寓，迟三日，往汪家，汪果得风[2]狂之病，举家求神问卜，毫无效验。李方至门，病人口语曰：“汝家救星到矣！”家人争迎问李，李告以原委。汪妻初意要烧纸钱数万为偿，病人大笑曰：“以假钱还真钱，天下无此便宜之事！速兑五百金交李老爷，我便饶你。”其家如其言，汪病果愈。

又数日，来李处催与同归，李不肯，曰：“我未下场。”鬼曰：“君不中，不必下场也。”李不听。毕三场后，鬼又催归。李曰：“我要等榜。”鬼曰：“君不中，不必等榜也。”榜发无名，鬼来笑曰：“君此时可以归乎？”李惭沮，即日起身。鬼与同船，一切饮食，嗅而不吞，热物被嗅，登时冷矣。

行至宿迁，鬼曰：“某村唱戏，盍往观乎？”李同至戏台下。看数出，鬼忽不见，但闻飞沙走石之声，李回船待之。天将黑，鬼盛服而来曰：“我不归矣，我在此做关帝矣。”李大骇曰：“汝何敢做关帝？”曰：“世上观音、关帝，皆鬼冒充。前日村中之戏，还关神愿也。所还愿之关神，比我更无赖，我故大怒，与决战而逐之。君独不闻沙石之声乎？”言毕拜谢而去。李替带五百金，付其妻子。

注释：

1 索逋（bū）：催讨欠债。 2 风：癫狂。后作“疯”。

## 女鬼告状

镇江包某，年少美丰姿，娶室王氏。包世业贾，常与同事者往来闾巷。乾隆庚子秋日，偕数友为狎邪之游，日暮乃返。王氏方同一老妪入厨下治晚餐，闻叩门声，命老妪往启，见一少妇盛妆而入，直赴内室，问之不答。妪疑为姻戚，往告王氏。王急趋至室，则包在焉，因大笑老妪目昏，误认主人为妇人也。

包忽作女态敛衽而前，与王氏寒暄，且言："包郎在某娼家饮酒时，我在门后专守，俟其出，方得同回。"王见其声音举动不类包郎，恐其疯狂，急召僮仆及邻里姻戚共来看视。包皆一一与见，礼仪周到，称谓无误，宛然一大家女也。或男子稍与相狎，鬼即怒曰："我贞女也，谁近我，我即取其命！"众问："你与包有何仇？"鬼曰："妾与包实因爱成仇，曾控告于城隍神，前后共十九状，俱未见准。今又告于东岳帝君，始蒙批准，不日与包同往矣。"询其姓名，鬼曰："我好人家儿女，姓名不可闻也。""告包者何词？"鬼即连诵十九词，其词甚疾，不能悉晓，大概控包负心，令彼无归之意。或又问："汝即托包身而言，包今何在？"鬼微笑曰："渠被我缚在城隍庙侧小屋中矣。"王氏泣拜，求放其夫，鬼不答。

至夜分，众姻戚私语曰："彼鬼曾言告城隍状不准，今缚包于城隍庙侧，何不往告于神，求其伸理？"于是共觅香烛楮镪，若将往者。鬼忽言曰："今诸人既同来相求，且放彼归，自有东岳审断。"言毕倒地。

少顷包苏，极称困顿，众环问所见，包曰："初出某娼门，即见此妇相随。初尚或左或右，至教场，妇遽前扯我往城隍庙左侧小屋内，黑暗中以绳缚我手足，置之于地，旁似有相守之人。适闻妇来曰：'今且放汝归。'推我出户，一跌而醒，身已在家。此事明日东岳当传审矣。"再询其细，包惟酣睡而已。

次日午后起，曰："差人至矣，速具酒食。"自出厅向空座拱揖，语多不解。酒既设，复归卧床上，更许死矣，惟心头微热。王氏与诸人泣守之，见包面色时青时红时黄，变幻不测。三更后，胸前及喉颊间见红斑爪痕数处。次夜二鼓，辫发忽散乱。至晓始苏，索茶饭尽十数器，吞咽迅速，观者骇然。少定，呼："取酒食款差役！"王氏如前设之；又命取纸钱六千，须去其破缺者，以四千焚于厅前，二千焚于门侧巷内。复自起至大门作拜送状，反室熟睡两日乃能起。悉言所见：

"自女鬼解缚放回后，次日下午，有二差役来传，其一不识，其一陈姓，亦贾人子，儿时与包为同窗友。陈家贫，娶妇时，包曾助以钱数千文，今已殁三载。谓包曰：'此事已发速报司审办，尔我同窗好友，在生又承高谊，自当用情照应，不必上刑具。'同行至中途，见又二役锁前女鬼，鬼大恚，以首触包，手抓伤包面颊，此包身所以有红斑爪痕之现也。女鬼詈二差卖法，差不得已，为包亦上锁同行。路愈远愈黑，阴风惨烈，辫发俱散。

"至一处，仿佛见衙署，差令坐地守候。旋见二红灯由内出，二差去包锁，带入跪于灯止处。见有公案文卷，一官上坐，红袍乌纱，以手捋须，问曰：'汝包某耶？'包应曰：'诺。'官即提女鬼至，讯答语颇多。女与包并跪阶下，相去尺许，绝不闻其一字。见官震怒，令批女鬼颊十五，即上枷锁，二役牵之，痛哭而去。

"包初跪案前，觉沮洳泥泞，阴风吹发，面上丝丝如刀刺，寒栗难当。迨批女颊时，陈役从旁悄言曰：'老兄官司已赢矣，吾为兄辫起发来。'包再举首，灯与官俱不复见。二役乃送之回，言明差钱四千文，其二千，则陈役所私得也。"

人问包："曾识此女否？"包力言不识。揣其情，女鬼因慕包之色而亡，又欲招包以偕阴偶，逞私妄控，故为阴司所责谴。

## 汪二姑娘

绍兴吴某，行三，在赵州刺史署中主刑名。后又延一管书禀者，亦吴姓行三，苏州人。署有“老吴师爷”“小吴师爷”之称。其馆舍对房而居，甚相亲洽。刺史有妾七八人，侍婢甚夥，亦皆妖艳，常出入于馆舍左右。二吴每评论某某当君意，某某当君意，以为戏谑。

一日，公事毕时，已三鼓，各回房就寝。小吴方坐床上吸烟，燃烛于帐外，命仆反掩门而去。少顷，举署皆寂，忽有人推门。小吴问为谁，不答。见一女子年可二十，容色甚美，急趋而进，至床前瞪目视。小吴惊问：“尔何人？何为至此？”女曰：“我汪二姑娘也，来寻绍兴吴三。误矣！误矣！”吴意其为东家侍婢，与老吴有约，因笑指曰：“绍兴吴三在对房，我苏州吴三也。”女瞥然竟去。

明日，向老吴戏言曰：“昨夜大快活？”老吴不解。屡言之，老吴究问所以，小吴笑曰：“吾所目击，尚抵赖乎？”老吴益疑，再三问，小吴告以衣服形状，并汪二姑娘来寻绍兴吴三之语。老吴爽然失色曰：“彼何至此耶？”少定，告小吴曰：“此吾至亲也，亡去已十数年，不识何故寻我？”小吴惊异，见其颜色沮丧，不复再问。

至晚，老吴默默无语，而畏惧之容愈甚，拉小吴至房同居。小吴力辞，老吴不得已，命二仆夹床而卧。小吴彻夜潜听，毫无声息。至晓，其二仆起，视老吴，则已死矣。

## 谢铜头

镇江西门，旧在唐颓山，国初迁于北城外阳彭山，有佛寺，殿宇廊庑修洁，即丽春台古迹也。地近孔道，缙绅当道迎送饮饯，皆在此处。自城门迁后，路既隔远，此寺遂废，惟存大铜佛三尊，相传五代时所铸，约数万斤，露处山内。

有谢某者，素贩铜为业，潜勾通书役销熔而朋分[1]之，议定工费皆谢出，谢取其半，诸人分其半。销毁之日，四体皆化，惟佛头不坏。众皆疑惧。谢曰："此易事耳。"登炉溺之，佛头竟毁。谢年四十余，尚无子。是时方欢笑间，佣工者至前，贺家中已生子矣。谢大喜，以为此佛劫数，当为我毁，遂名其子为"谢铜头"。家由此少裕，日以私铸制钱为事。

数年后，其党以私铸见获，词连谢某。谢自以热灰揉瞎双目，到案时，言目瞽已久，仇扳显然，竟得漏网。及铜头长成，仍事私铸，复为人所控。乾隆某年，父子对缚，斩于阳彭山下。

注释：

1 朋分：共分。

## 狐道学

法君祖母孙氏外家有孙某者，巨富也。国初，海寇之乱，移家金坛。一日，有胡姓携其子孙奴仆数十人，行李甚富，过其门，云是山西人，遇兵不能行，愿假尊屋暂住。孙接其言貌，知非常人，分一宅居之。暇日过与闲话，见其室中有琴剑书籍，所读者皆《黄庭》《道德》等经，所谈者皆"心性"、《语录》中语，遇其子孙奴仆甚严，言笑不苟。孙家人皆以"狐道学"称之。

孙氏小婢有姿。一日，遇翁之幼孙于巷，遽抱之，婢不从，白于胡翁。翁慰之曰：“汝勿怒，吾将杖之。”明日，日将午，胡翁之门不启，累叩不应。遣人逾墙开门阅之，宅内一无所有，惟书室中有白金三十两置几上，书“租资”二字。再寻之，阶下有一掐死小狐。

法子曰：“此狐乃真理学也。世有曰谈理学而身作巧宦者，其愧狐远矣。”

# 卷二十三

## 预知科名

族弟袁楠，作秀才时，癸酉乡试，因有家难，场前奔走倦矣。入闱，进洪字三号。天已晚，即铺板熟睡。二鼓后，闻有人问："何号是袁相公？"不觉惊起。其人乃同考秀才，素不相识者，问："君姓袁，可名楠乎？"曰："然。"其人拱手作贺曰："君已中矣。"问："何以知之？"曰："我临安人，姓谢，与君同号。顷睡梦间，闻外喊取题目纸声甚急。及取之，只一纸，首题是'邦有道，危言危行'二句。其时同号中有六七十人，嘈嘈争问：'题目何止一纸？'外答曰：'此号只中洪字第三号袁某，应得一纸耳。'君既坐此号，名姓皆符，故来相报。"袁谢而颔之。

黎明，题纸出，果如其言，乃大喜，自命必中，纵笔疾书，文如宿构，榜发，竟登第。

## 鬼求路引

德龄安孝廉，知太仓州事。内幕某，浙人也，偶染时症。一夕，大呼曰："归欤！归欤！胡不归？"察其音，陕人也。问："何以不归？"曰："无路引。"问："何以死于此？"曰："我宁夏人，姓莫，名容非，前太仓刺史赵酉远亲也。万里赍粮而来，为投赵故。赵刺史反拒不纳，且一文不赠，故穷馁怨死于此。"问：

“何以不缠赵？幕友与汝宁有冤乎？”曰：“赵已他迁，鬼无路引不能出境，缠他人无益，故来缠幕友，庶几惊动主人，哀怜幕友，必与我路引。”德公闻而许之，召吏房作文书，咨明一路河神关吏，放莫容非魂归故乡。幕友病不医而愈。

## 白日鬼

有偷儿戚姓，技最工，攫取渐多，恐迹之者众，因僦义冢旁败屋居焉。有数鬼见梦曰：“若宜祀我，会且致富。”戚于梦中诺之，觉以为妄。亡何，鬼复见梦曰：“三日内祀我，出三日，则若于夜间所偷，予能白日取之。”戚倔强，觉而不祭。三日后，果大病，命其妻检视诸物，征鬼言验否。时日亭午，诸物忽自移动，若隐隐有运之者。欲起夺之，手足如缚，物尽而缚解，戚病亦痊。乃大悟，笑曰：“我烧闷香迷人，今乃为鬼所迷，世俗所称‘白日鬼’，其斯之谓欤？”自此改行为善。

## 饶州府幕友

慈溪袁如浩，游幕西江，与宁都州程牧交好。乾隆三十一年，程公委署饶州府篆，邀如浩偕往。时郡署新遭回禄[1]，前太守某被焚身死，程公到任，修葺尚未告成。

夜间，如浩持灯往厕中，遇一人年三十许，衣月白衫，举头望月，若有所思，惟下体所着鞋袜，模糊莫辨。见如浩至，拱手问讯。审其音，杭人也，自言周姓，字澹庵。如浩因署内并无是人，诘所自来，乃唏嘘告曰：“我非人，乃鬼也，我系前任司钱谷幕友。上年饶郡被灾，太守某侵蚀赈粮，郡民聂某率领三十余人赴部告准，蒙发本省大宪审问，吊核赈册。不料，太守已早捏造印簿，升斗出入，皆有可凭。大宪为其所欺，遂将数人问成诬告，即行正法。此辈怨魂上诉都城隍，牒阎罗审讯，我系幕友，故被株连，又值公事甚忙，正在查办饶郡灾民册子，候至月余，始得审明，太守某冒赈是实，又冤杀数人，即遣鬼隶擒缚，放入火中，以故在署烧死。我非同谋，罪虽获免，而皮囊已腐，不能还魂，只得羁留在此。因停厝处被瓦木匠溲溺，终日秽杂，坐卧不安，先生肯为我移至郊外，含恩不浅。”言讫不见。

如浩次日寻至署后，果见黑漆棺一具停在墙边，诸工作人在傍喧嚷，遂告知主人，舁至城外，择地掩埋，作文祭之。

注释：

1 回禄：传说中的火神。引申为火灾。

## 铁公鸡

济南富翁某，性悭吝，绰号“铁公鸡”，言一毛不拔也。忽呼媒纳妾，价欲至廉，貌欲至美，媒笑而允之。未几，携一女来，不索价，但取衣食充足而已。翁大喜过望，女又甚美，颇嬖之。

一日，女置酒劝翁曰：“君年已老，需此多钱无用，何不散之贫人，使感德耶？”翁大怒拒之，嗣后且防之，虑其花费。如是者半年，启其所藏，已空矣。翁知女所窃，拔刀问之，女笑曰：“君以我为人乎？我狐也。君家从前有后楼七间，是我一家所居，君之祖父每月以鸡酒相饷，已数十年。自君掌家，以多费故罢之，转租取息，俾我一家无住宿处。怀恨在心，故来相报耳。”言讫不见。

## 夜星子

京师小儿夜啼，谓之“夜星子”，有巫能以桑弧桃矢[1]捉之。某侍郎家，其曾祖留一妾，年九十余，举家呼为老姨，日坐炕上，不言不笑，健饭无病，爱畜一猫，相守不离。侍郎有幼子尚襁褓，夜啼不止，乃命捉夜星子巫来治之。

巫手小弓箭，箭竿缚素丝数丈，以第四指环之。坐至半夜，月色上窗，隐隐见窗纸有影，倏进倏却，仿佛一妇人，长七八尺，手执长矛，骑马而行。巫推手低语曰：“夜星子来矣。”弯弓射之，唧唧有声，弃矛反奔。巫破窗引线，率众逐之。比至后房，其丝竟入门隙。众呼老姨不应，乃烧烛入觅。一婢呼曰：“老姨中箭矣！”环视之，果见小箭钉老姨肩上，呻吟流血。所畜猫犹在胯下，所持矛乃小竹签也。举家扑杀其猫，而绝老姨之饮食。未几死，儿不复啼。

注释：

1 桑弧桃矢：古时巫师的法器，桑木做弓，桃木做箭，以用来捉鬼。

## 疡　医

大兴霍筤、霍筠、霍筦，皆疡医子。筠独秀逸出群，不屑本业，而喜读书。父以其梗家教，怒而责之，赖有邻翁姚学究者，时来劝勉，因得肆力于举子业。不数年父死，筤、筦各行其术，颇能自赡，独筠谋生计拙，日就穷困。

时值试期，�步行之通州，一老仆相随。因起身晚，行二十余里，日已西下，苦无宿店。忽见林际灯光自远而近，一妪奔走气喘。老仆遮问曰：“此处有人家借宿否？”妪应曰：“正有急事去请外科，不得代借宿家。”筠急呼曰：“我晓外科，何不见请？”妪问：“先生如此少年，可曾娶妻否？”曰：“未也。”妪大喜，就请同行，筠心疑其所问非所答。

俄至一庄，门庭壮丽，妪请少待，容先入白老夫人。少顷，妪率婢妇数十趋出曰：“老夫人奉请。”筠与老仆随妪行数十余间屋，始到上房。夫人已相待于中堂，年约三十余，珠环玉佩，光艳夺目，与筠行宾主礼，问姓字年齿及未婚原委。筠以实对，夫人之颜色甚怡，屏去侍婢谓筠曰：“身姓符，本籍河南，寄居于此。孀居无子，只生一女名宜春，年已十七，待字于家。忽患疮疾在私处，不便令人医治。尝与小女商量，必访得医生貌美年少者，乃请疗病，病愈即以小女相配。如先生者，正是合式，但未知手段何如？”筠初念不过欲求一宿，及闻此语，喜不自胜。

夫人命唤蕊儿传语，亲携筠手而行，历曲室数重，始至闺闼。启帘入，见丽人拥锦衾而卧。夫人谓女曰：“郎君乃良医也，儿意可否？”女睨筠低语曰：“娘以为可，便可耳。”夫人曰：“先生请看病，娘且暂去。”女羞涩不胜，蕊儿屡促之，乃斜卧向内，举袖障面。筠坐床侧，款款启衾，则双臀玉映，谷道茧细而霞深，惟私处蔽以红罗，疮大如钱。筠视毕，覆衾下床，夫人迎于窗外，延至书斋，陈设精雅。筠麾诸婢出，碎扇上所系紫金锭，调以砚水，携入见夫人曰：“此药忌阴人手，须亲敷乃可。”夫人曰：“但得病愈，任郎所为。”筠复启衾，摩挲其臀，温存敷药，女但微笑，不作一语。

越数日，疮愈。夫人举酒嘱筠曰：“郎君之于小女，天使来也。”乃部署新室，涓吉[1]合卺。新婚弥月，筠欲归家，夫人曰：“此间荒野，不足栖迟。京师阜城门外，有故宅一所，郎往居之。”筠遂同行，辎重甚富。既至宅，皆画栋雕墙也。居数年，生子女二人。

一夕，宜春忽泣向筠曰：“夙缘已尽，明日将别矣，四十年后当复相见。”天明，携手出门，彼此大恸。前已驻一犊车，望之甚小，夫人与宜春、蕊儿率女婢十数人乘之，车亦不觉隘，瞬息不见，宜春哭声尤恍然在耳也。

筠后举孝廉，出为某县尹，究不知四十年后再见之说，果何如耳。

注释：

1 涓吉：选择吉祥的日子。

## 狐仙亲嘴

隐仙庵有狐祟人，庵中老仆王某恶而骂之。夜卧于床，灯下见一女子冉冉来，抱之亲嘴，王不甚拒；乃变为短黑胡子，胡尖如针，王不胜痛，大喊，狐笑而去。次日，仆满嘴生细眼，若猬刺者然。

## 喇　嘛

西藏谟勒孤喇嘛王死，其徒卜其降生于维西某所。乾隆八年，众喇嘛乃持其旧器访之。

至某所，有麽些头人子，名达机，已七岁矣，忽指鸡雏问母曰：“雏终将依母乎？”其母曰：“雏终将离母也。”达机曰：“儿其雏乎？”有顷，谓其父母曰：“西藏有人至此迎小活佛，曷款留之。”父母以为妄，不听。达机力言之。其父出视，果有喇嘛数十辈，不待延请，竟造其室。达机见之，跏趺于地，为咒语。良久，众喇嘛举所用钵、数珠、手书《心经》一册，各以相似者付之，令达机审辨，得其旧器，服珠持钵，展经大笑。众喇嘛免冠罗拜。达机释钵执经起，遍摩众喇嘛顶，于是一喇嘛取僧衣帽进，达机自服之。群喇嘛以所携锦茵[1]数十层置中庭，拥达机坐。

其父不知所为，众奉以白金五百，锦缯罽[2]各数十端，为其父寿，曰：“此吾寺主活佛也，将迎归西藏。”其父以止此独子，不许。达机曰：“毋忧，明年某月日，父母将生一子承宗祧[3]。我乃佛转世，不能留也。”其父母不得已许之，亦合掌拜焉。众喇嘛拥达机于达摩洞佛寺，远近麽些，千百成群，顶香皈拜，布施无算。留三日，去之西藏。

明年，其父母果如期生一子。

注释：

1 锦茵：锦制的垫褥。 2 罽（jì）：用毛做成的毡子一类的东西。 3 宗祧（tiāo）：犹宗庙。宗，祖庙；祧，远祖之庙。

## 梦中事只灵一半

泾县胡讳承璘，方为诸生时，夜梦至一公府，若王侯之居。值其叔父在焉，其叔父惊曰：“此地府也，汝何以至？”承璘询其叔父：“有何职任？”叔父曰：“为吏尔。”承璘请查其禄命，叔父阅其籍曰：“一穷诸生耳。”承璘再三哀恳，求为之地。其叔父不得已，乃以他人禄命与之相易，曰：“此大弊也，若破，罪在不赦，可若何？”因以其所易籍示之：庚子科举人，雍正元年恩科进士，任长垣县知县，某年日月终。且谓之曰：“尔乡试，须记用卦名。”因以手推之，一跌而寤。

承璘至庚子科首题“岁寒”一节，因用屯、蒙、剥、复等十卦成文，果得高魁。癸卯恩科成进士，又数年，授长垣县知县，一一不爽。无何届死期矣，因预办交盘，且置酒与亲友作别，沐浴易衣，静坐而待。至黄昏后，忽呕血数升，以为必死矣。徐徐平复，竟不死，复活十余年。至乾隆六年，寿终于云南粮道。

梦寐之事，忽灵忽不灵如此。

# 卷二十四

## 为儿索债

葛礼部讳祖亮者为予言："其邻程某，拥重资，无子。晚年生儿，性聪慧，眉目莹秀，程爱如掌中珍。十二岁即多病，所费医药不资。稍长，不事生业[1]，好斗鸡走狗，产为之空，程忿甚。一旦，悬祖宗神像，将笞之。子忽作山东人语曰：'俺吴某也，前生为尔负债万金，今来索取，将尽。汝以我为子也？大误！大误！我昨揭帐，尚欠八十余金，今亦不能相让。'奋衣前，取其母髻上珠，踏碎之，然后死。程卒大穷而嗣绝。"

注释：

1 生业：谋生之业。

## 徐支手

咸阳徐某，家巨富。初生一子，颇聪慧，六岁病痞死。旋生三子，貌皆相似，病亦如之。徐年已迈矣，至第三子死时，抚尸恸甚，用刀剖儿腹，出其痞，复断其左臂，骂曰："毋再来诱我。"其痞形如三角菱，有口，能呼吸，悬之树间，风日吹干，每触油腥，口犹能动。未期年，徐又得子，貌如前，痞虽不作，而左手竟废，至今尚存，人呼为"徐支手"。

## 盗鬼供状

先君子在湖广臬司迟公维台署中。同事大兴人朱扬湖，司钱谷，忽一日狂呼。趋视之，面如死灰，伏地昏迷。饮以姜汁，良久曰："吾坐此校文案，日方正午，见地下砖响，有物蠕蠕然顶砖起。疑为鼠，以脚践之，砖亦平复。稍坐定，砖响如初，掀视之，有黑毛一团，类人头发，自土中起，阴风袭人，渐起渐大。先露两眼，瞪睛怒视，再露口颐腰腹。其黑如漆，颈下血淋漓，跃然而上，举手抱我足曰：'汝在此乎！汝在此乎！吾前世山东盗也，法当死，汝作郯城知县，受我赃七千两，许为开脱。定案时仍拟大辟[1]，死不瞑目。今汝虽再世，而吾仇必报！'言毕，即牵我入地。我大呼。彼见众客至，舍我走。"众视砖迹，犹宛然开。

嗣后，其鬼无日不至。有人共座，则不至。尤畏臬司迟公，闻迟公将至，便抱头远窜。公大书几上曰："问恶鬼，汝作盗应死，敢与法吏仇乎？汝欲报仇，应仇于前生，敢仇于今世乎？速具供状来。"鬼夜墨书其侧，字迹歪斜，曰："某不敢仇法吏，敢仇赃吏。某以盗故杀人多，受冥司炮烙，数十年，面目已成焦炭。每受刑必呼曰：'某当死，有许我不死者在也，郯城县某老爷受赃七千两，独不应加罪乎！'呼六十余年，初不准理，今以苦海渐满，许我弛桎梏报冤，所具供状是实。"迟公无如何，不能朝夕伴朱，命多人守护之。

居月余，迟公生日演戏，诸客饮酒，强朱出观，朱曰："吾待死之人，有何心情看戏？诸公爱我，可多命家人伴我。"如其言。席散往视，朱已缢于床。迟公及诸友俱责家人何以不管？佥云："灯下吹来黑气一团，奴辈便各睡去。"或云："诸奴贪看戏，亦未必伴朱也。”

注释：

1 大辟：古代指死刑。

## 时文鬼

淮安程风衣，好道术，四方术士咸集其门。有萧道士琬，号韶阳，年九十余，能游神地府。

雍正三年，风衣宴客于晚甘园，萧在席间醉睡去，少顷醒，啃曰：“吕晚村[1]死久矣，乃有祸，大奇。”人惊问，曰：“吾适游地府间，见夜叉牵一老书生过，铁锁锒铛，标曰：‘时文鬼吕留良，圣学不明，谤佛太过。’异哉！”时坐间诸客皆诵时文，习《四书讲义》，素服吕者，闻之不信，且有不平之色。未几，曾静事发，吕果剖棺戮尸。

今萧犹存，严冬友秀才与同寓转运卢雅雨署中，亲见其醉后伸一手指，令有力者以利刃割之，了无所伤。

注释：

1 吕晚村：即吕留良，明清之际思想家。初名光轮，字用晦，号晚村。崇德（今浙江桐乡西南）人。明亡，散家财结客，图谋复兴，备尝艰苦。事败，家居授徒。清廷举博学鸿词，他誓死拒荐。后剪发为僧，名耐可。著有《吕晚村文集》《东庄吟稿》。

## 鬼弄人二则

杭州沈济之，训蒙为业。一夕，梦金冠而髯者谓曰：“汝后园有埋金一瓮，可往掘之。”沈曰：“未知何处？”曰：“有草绳作结，上穿康熙通宝钱一文，此其验也。”明早往园视之，果有草绳，且缚钱焉。沈大喜，持锄掘丈余，卒无有，竟一怒而得狂易[1]之疾。

乾隆甲子，冯香山秀才梦神告曰：“今岁江南乡试题‘乐则《韶》《舞》’。”冯次日即作此题文，熟诵之。入闱，果是此题，以为必售，榜发无名。就馆广东，夜间独步，闻二鬼咿唔声。聆之，其闱中所作文也。一鬼诵之，一鬼拊掌曰：“佳哉，解元之文！”沈惊疑，以为是科解元必割截卷面，偷其文字，辞馆入都，以状具控礼部。礼部为奏闻，行查江南解元薛观文，文虽不佳，并非冯稿也，获诬告之罪，谪配黑龙江。

注释：

1 狂易：精神失常。

## 活死人墓

道人江文谷于洗心池旁培小阜，叠石塞牖，趺坐于中，嘱其徒云：“每日向牖呼我，应则已，不应则入收遗蜕。”呼之三年皆应，忽一日应曰：“可厌，吾去矣！”嗣后不应，启石视之，尸果僵，故称活死人墓。

## 沔布十三匹

杭州胡某，程九峰中丞之表侄也。中丞巡抚湖北，胡往求馆，荐与荆州刺史某署中司书记事。半年后，胡妻在家病疟，忽为鬼所附，声如男子。听之，乃其夫也。口称：“到湖北后，蒙中丞公荐往荆州，宾主相得。不料未二月患病身死，有衣箱行李，新买沔阳布十三匹，现在署中，须着人往取。我客死饥寒，可供木主祭我，并广招名僧超度我。”家人闻之环泣，当即成服立主。以死无日月，未便报讣。

亡何，妻病痊。家故贫，欲差人往楚迎丧，以无盘费，屡屡迁延。亡何，胡竟归里，举家骇然，以为鬼也。坐定谈说，方悟前所凭者，乃邪鬼借名索食求超度故耳。顷之，衣箱到门，开之，果有布十三匹，的系胡过沔阳时所买。

## 狐仙开账

和州张某，作客扬州，寓兴教寺。寺中僧舍，素有狐仙，无人敢居。张性落拓[1]，竟往居焉。未三日，果有一翁，自称吴刚子求见。揖而与言，风采颇异，能知过去未来之事。因问：“可是仙乎？”曰：“不敢。”张故贫士，意欲交结之，以图富贵，遂设酒食，与之饮宴，吴亦答谢。

未半月，张力竭矣，而吴之酒馔甚丰。张遂起贪念，终日嬲[2]其设席。吴作主人，亦无吝色。如是者月余，吴忽不至。时遇霉雨，张开箱晒衣，则全箱空矣，中书一账，并质钱帖数纸：“某日鸡鱼若干，某日蔬果若干。”皆典张之衣服而用之，笔笔开除，不空设一席，不妄消一文。

注释：

1 落拓：放浪不羁。 2 嬲（niǎo）：纠缠，戏弄。

## 皮蜡烛

上虞人钱姓者，为人佣工。夜归，见女路哭，问其故，曰：“夫亡无归，家居夏盖山，一时迷路，求为指示。”钱与谐戏，相随至一室中，成夫妇之好。如是者数月。主人见其貌日憔悴，再三问钱，钱言其故。主人曰：“此鬼也，再与交时，须取渠一物以为验。”钱如其言，佯与欢笑，而暗剪女发一束，女大惊走去。钱细视所居之地，全无房屋，其与此女淫处，精流蟹洞中，皆血也。发如烛而软，黑若牛皮，刀斫火焚不坏。自此不敢出门，匿主人家。

未几，鬼入主人家，附其婢身作闹曰：“还我钱郎！不还我者，即将钱郎交与汝家。我暂去，明年来捉。”且云：“俟今秋汝寿尽时，当来降祸。”至期，竟不验。钱姓今犹存。

此事，台州张秀墀为余言。